Traduzindo Hannah

Ronaldo Wrobel

Traduzindo Hannah

2ª EDIÇÃO

EDITORA RECORD
RIO DE JANEIRO • SÃO PAULO
2011

CIP-BRASIL. CATALOGAÇÃO-NA-FONTE
SINDICATO NACIONAL DOS EDITORES DE LIVROS, RJ

W941t Wrobel, Ronaldo
2ª ed.
      Traduzindo Hannah / Ronaldo Wrobel. – 2ª ed. – Rio de Janeiro:
    Record, 2011.

      ISBN 978-85-01-09114-7

      1. Romance brasileiro. I. Título.

                 CDD: 869.93
10-5000   CDU: 821.134.3(81)-3

Copyright © Ronaldo Wrobel, 2010

Capa: Maria Clara Moraes

Consultoria em iídiche: Professora Dora J. Kampela

Texto revisado segundo o novo Acordo Ortográfico da Língua Portuguesa.

Direitos exclusivos desta edição reservados pela
EDITORA RECORD LTDA
Rua Argentina 171, Rio de Janeiro, RJ – 20921-380 – Tel.: 2585-2000

Impresso no Brasil

ISBN 978-85-01-09114-7

Seja um leitor preferencial Record.
Cadastre-se e receba informações sobre nossos
lançamentos e nossas promoções.

EDITORA AFILIADA

Atendimento e venda direta ao leitor:
mdireto@record.com.br ou (21) 2585-2002

Rio de Janeiro, 1936

Emoldurado na parede da delegacia, o Presidente Vargas não tirava os olhos de Max. "O que o senhor quer comigo?", implorava o infeliz. Problemas com documentos, carimbos, selos? Logo ele, tão ordeiro e discreto. "Audiência urgente" fora a explicação do soldado quando o buscou em casa. Audiência com quem, por quê? Tinham-no confinado fazia mais de uma hora naquela saleta horrível, sem um mísero copo d'água.

A expulsão assombrava milhares de imigrantes fugidos de guerras, de tiranias, de penúrias às quais podiam ser devolvidos caso não andassem na linha. E o paradoxo: multidões chegavam todos os anos à Praça Mauá, algumas sem noção do que fosse aquele lugar do qual outras nem sequer tinham ouvido falar. Para a maioria, o Brasil era um pântano onde cresciam bananas e as cobras se enroscavam em pernas desavisadas.

Atrás da porta, passos e vozes difusas. A rotina se cumpria na delegacia: prisões, apreensões, interrogatórios. Em 1935, a tentativa de um golpe comunista lançara o país num inferno sem precedentes. Cassetetes depredavam casas, oficinas, lojas e tudo que cheirasse a subversão para os perdigueiros do major Filinto Müller, Chefe de Polícia. Um tribunal de exceção completava o serviço em ritos sumários, condenando meio mundo sem as delongas da justiça comum. Cadeias de norte a sul andavam lotadas. Até navios serviam como presídio, boiando a esmo pelo Atlântico com sua carga nociva. Max já se imaginava em alto-mar, xingado de gringo e comendo arroz frio. Mas, afinal, o que tinha feito de errado?

Na Rua Visconde de Itaúna mal se notava o balcãozinho que ele abria às 7 horas em ponto para consertar os sapatos da Praça Onze com o afinco dos ancestrais. O avô atribuía a vocação à sina errante da família: bons calçados venciam frios e distâncias. E o que fizera o povo judeu nos últimos milênios, senão vagar pelo mundo ou adiar a próxima expulsão? Quantas "audiências urgentes" seus antepassados não teriam enfrentado na Rússia, na Espanha ou no país de Vargas?

Não, Max não chegava a culpá-lo pelas tensões nacionais. Como apontar causas onde tudo era consequência? O mundo é que desandava, levando o Brasil a reboque. Para o sapateiro, Getúlio não passava de um serviçal, menos líder que liderado, bucha de um canhão forjado ao longo dos séculos. Ninguém, isoladamente, podia ser responsabilizado nem incumbido de resolver um imbróglio começado bem antes de Hitler proclamar suas loucuras e de Stálin exterminar os próprios aliados. Menos perdoáveis eram os projetos urbanos do Presidente. Ainda outro dia se falava em construir uma grande avenida entre o Arsenal da Marinha e a Cidade Nova, para a agonia da querida Praça Onze. *Ôi vêi*, era só o que faltava: virar chão!

Um ventilador de pé rangia nervosamente e o relógio marcava 4h30. Pela primeira vez Max fechara a oficina mais cedo. O que diriam os clientes, os bisbilhoteiros, os *clientelshiks*, as senhoras que vinham cumprimentá-lo ou os idealistas com suas causas malucas? Quem poderia imaginar o sapateiro trancafiado na delegacia, convocado para uma "audiência urgente"? Todos sabiam que Max não tinha causas maiores que os seus sapatos, sempre avesso às controvérsias da colônia. Comunismo ou capitalismo? Israel ou diáspora? Ídiche ou hebraico? Pouco lhe importava. Dia desses tinha insultado um comunista de boné e macacão que tentava aliciá-lo no balcão da Visconde de Itaúna. Dedo em riste:

— Se quer consertar o mundo, primeiro aprenda a amarrar seus sapatos! — E lembrou a parábola do Rebe Zussia, que quando jovem também queria consertar o mundo, mas ao descobri-lo tão grande e complexo, se resignou a consertar seu país. Só que o país também era grande e complexo, daí Zussia ter decidido consertar sua cidade. Já maduro, lutou para consertar sua família, e só no leito final é que confessou a um amigo: "Hoje, tudo o que espero é consertar a mim mesmo."

— É uma história triste — desdenhou o comunista. — Pelo que entendi, Rebe Zussia acabou virando um egoísta.

— Engano seu! Ele ainda queria consertar o mundo, só tinha mudado a tática.

Cinco da tarde, o sol vazado pelo basculante já não realçava o Presidente Vargas. Max remoía uma prece quando um oficial entrou na saleta. Corpulento, estendeu a mão:

— Como vai, Kutner?

Era o Capitão Avelar, esporádico mas cordial cliente do sapateiro. Usava um quepe vermelho, farda cáqui e botas pretas. Tinha a pele morena e barriga farta. Circundou a mesa a passos rijos, arrancando um papelzinho do bolso:

— Achado na Praça Onze. O que é isso?

Max leu um texto curto em letras hebraicas.

— Judeus — grunhiu o militar. — O que estão inventando dessa vez?

O sapateiro segurava uma inocente lista de ingredientes.

— Que tipo de ingredientes? — Avelar acendeu um cigarro.

E Max, o sotaque rascante:

— *Cvatro beterrabash, duash batatash, um quilo de carne...*

— Beterrabas?

— ...creme de leite. É uma receita de *borsht*, capitão. Uma sopa vermelha.

— Vermelha? Comunista?

— Porque tem beterraba.

Avelar tirou o quepe e afagou os cabelos demoradamente. Estava transtornado, prestes a esganar aquele judeuzinho petulante. Ou será que o mais valente capitão da polícia, ilustre patriota, condecorado por tantos heroísmos, conhecedor de todos os hinos e bandeiras, teria se transformado num caçador de beterrabas?

Para contornar a crise, o sapateiro improvisou:

— Muito gostosa. Pode ser salgada ou doce, quente ou fria...

Um golpe na mesa selou o assunto:

— Sopa de merda! Quente, fria, doce, salgada...

O sapateiro já arriscava um suspiro aliviado quando o capitão impostou a voz:

— Mandei chamá-lo por outro motivo, Max Kutner. — Pigarros introdutórios. — Nada grave, você é um bom judeu. Aliás, é por isso que precisamos de você. Está vendo aquele homem?

Apontava Getúlio Vargas.

* * * * *

O relógio beirava a meia-noite quando Max entrou em casa. Andara a esmo pelas calçadas da Praça Onze, ruminando a ordem do capitão:

— Já ouviu falar em censura postal? Temos tradutores que fiscalizam os correios em todas as línguas e dialetos deste planeta. Trabalham sem descanso pelo bem do Brasil. Você é fluente no jargão judaico, certo? Está pronto para uma missão patriótica?

Avelar se referia ao iídiche. Falado por judeus da Europa Oriental, era um alemão bastardo em letras hebraicas, da direita para a esquerda. Durante mil anos o "dialeto" se forjara nas periferias da História, longe das academias e dos poderes. No último século o iídiche vinha ascendendo aos palcos e prateleiras do mundo inteiro, para horror de quem via naquilo uma conspiração maligna, uma teia astuciosamente tramada pelos semitas para dominar a humanidade. Não havia comunismo, fascismo ou democracia imune ao "perigo mosaico". Livros como *Os Protocolos dos Sábios de Sião* advertiam que, um dia, Moscou, Washington e Berlim se veriam curvados ao credo e às manias daqueles homens barbados, que falavam iídiche e não comiam presunto.

O sapateiro tinha aderido à "missão patriótica" por falta de escolha — o que, aliás, era consolador. Haverá culpa sem arbítrio? Caso recusasse a missão, não faltariam suplentes nem carimbos para sua deportação sumária. Mas era aflitivo ver-se atirado na caldeira da História, transformado em fantoche dos poderosos. Trabalhar na polícia seria o fim de uma rotina amistosa, sem aspirações ou polêmicas. Desde a chegada ao Brasil, em 1928, Max gostava de viver que nem erva rasteira: abaixo das linhas de tiro, ainda que pisoteado pelas circunstâncias. Até as bondades ele evitava, sabedor de que as melhores intenções podiam trilhar o caminho do inferno. O episódio do espelho fora emblemático.

A manhã corria em paz quando Roberto Z., um distinto senhor, surgiu na oficina pedindo que Max consertasse a alça da maleta onde guardava um arsenal vendido de porta em porta: tecidos, cosméticos, canetas. Em suma, mais um *clientelshik* a guerrear pelas ruas da cidade. Max não cobrou o conserto e Roberto Z. retribuiu com um espelho de bolso em cujo verso se via uma rosa esmaltada em porcelana. Muitíssimo grato:

— Herança da sogra, vale ouro!

Dias depois, olhando-se no tal espelho, Max enxergou um homem compelido a fazer justiça. Sabia não só onde Roberto Z. morava, mas com quem: Frida devia ter espancado o marido ao sentir falta do tal espelho. Eis a hora de redimir o pobre vendedor, decidiu o sapateiro.

Na Lapa, tocou a campainha com um sorriso angelical.

— O que é isso? — Frida estranhou. — Como foi parar em suas mãos?

— Seu marido me deu...

A careta da mulher fez Max suspeitar da lorota: herança coisa nenhuma! Num calafrio:

— Bem, desculpe, acho que me enganei... Feliz ano-novo, Dona Frida!

— Ano-novo?? Estamos em março, Sr. Kutner! — E contorceu os olhinhos, mãos nos quadris: — Já entendi tudo, tudo, tudo!

Max esboçou alívio antes que Frida lhe arrancasse o espelho e esmurrasse a porta da vizinha:

— Abre logo, piranha! Abre, vagabunda!

Ao que uma ruiva abriu, Frida acertou-lhe o espelho na cara:

— Larga o meu marido, devassa dos infernos! Messalina!

E a ruiva, catando os cacos:

— Então foi ele quem me roubou isto! Ladrão de uma figa! Meu espelho de Limoges!

Desfecho: Frida e a devassa hospitalizadas. De Roberto Z. não se ouviu mais falar.

Duas da madrugada, a ordem do capitão Avelar afligia o insone sapateiro. Um único luxo adornava o quartinho: o retrato do avô Shlomo, saudoso conselheiro. E agora, *zêide*, é ou não aceitável vigiar os patrícios? O que os sábios têm a dizer? Shlomo ergueu o indicador, lembrando os três tipos de erro aprendidos na escola: o consciente, o involuntário e o rebelde. Max segurou o retrato: e o erro forçado, *zêide*?

— Erro forçado não é erro — esclareceu o avô. — Se não existe má-fé ou descaso, para que se culpar? Eles é que erram através de você.

Max reagiu:

— Ora veja! Quem sempre xingou os "cumpridores de ordens", que matavam e roubavam em nome do czar? Quem sempre ensinou que a consciência é o que distingue os homens dos bichos? Quantos heróis deram a vida para que outros não errassem através deles?

Sacudindo o retrato:

— Quer dizer que o senhor perdoa aquele soldado russo?

Shlomo se calou, devolvido ao inverno de 1915. A Guerra destruía a Europa e os poloneses tinham fugido para o oeste. Os russos estavam prestes a invadir a aldeia, mas o teimoso Shlomo fincara o pé no lugar onde havia nascido, onde rezara durante oitenta anos e onde pretendia casar o neto. Vagava pelas ruas desertas, fingindo não escutar o troar dos canhões, criticando os conterrâneos. "Se os macabeus fossem tão covardes, o judaísmo teria acabado há milênios!" Um dia Shlomo cochilava na sala ao escutar a campainha. Chegou a abraçar o judeu russo que jazia à porta, um soldado ruivo e sardento.

— *Sholem!* — saudou o velho, desfeito em gentilezas até um soco derrubá-lo. Do chão, custou a compreender a fúria com que o rapaz pilhava a casa. Comidas, metais, roupas, até cinzeiros eram metidos numa saca de lona.

— *Guevalt!* — foi o que Shlomo conseguiu dizer. — Como faz isso a um irmão?

Enviuvou Rebeca ali mesmo.

* * * * *

A Delegacia Central ocupava uma quadra inteira na Rua da Relação, com seus três andares e portões de ferro. Era naquele lugar que o Major Filinto Müller comandava sua tropa de elite, treinada na Alemanha nazista para combater a "subversão moscovita".

O atribulado vaivém dos corredores abafava a gritaria nos porões enquanto, escoltado por dois fardados, Max subia uma escadaria. Virou à direita, à esquerda, entrou e saiu sabe-se lá de onde até parar numa saleta com uma mesa quadrada, uma cadeira e o implacável retrato de Getúlio Vargas.

— Meu nome é Onofre — disse um rapazola esquálido de bigodinho preto. Trazia um pacote etiquetado: Argentina.

Onofre tirou um maço de cartas, um lápis e um livro pautado a ser preenchido em português. Os papéis, que já vinham desdobrados e sem envelope, deveriam ser manuseados com extrema delicadeza.

Max estreou a "missão patriótica" com uma carta datada nos pampas. Singelo e conciso, um açougueiro pedia notícias do filho. Noutra carta, detalhes de um casamento nos confins patagônios: doces, flautas, rendas. De um brejo frio, alguém pedia dinheiro na terceira carta. Max suava as têmporas: o que aquilo tinha a ver com a soberania brasileira? Por que devassar inocentes, meu Deus?

— O senhor parece nervoso — disse Onofre. — No começo é assim mesmo, depois acostuma.

Max espiou o rapaz com um vago desdém. Brasileiros não tinham vocação para os rigores da caserna: faltava porte, ossatura, frieza. Não que isso fosse tranquilizador. Pelo contrário, soldados inábeis podiam ser tão perigosos quantos os piores cossacos. Max enxugou as têmporas, meditou, buscou a paz que nunca chegaria a encontrar, embora o passar dos dias lhe abrandasse a culpa — e a relutância em aceitar o salário envelopado pela Polícia Central.

O expediente na delegacia lhe tomava duas tardes semanais. Entrava e saía enfiado em chapéus e casacos, confiando a oficina a um jovem recrutado às pressas para acalmar a clientela — não, o sapateiro não estava doente! Zeloso pelas madrugadas, Max entretinha a insônia consertando sapatos e lembrando o passado.

Certa vez o avô lhe disse que "se a palavra é de prata, o silêncio é de ouro". Max só foi entender aquilo aos 12 anos. Aos 14 ousou discordar do avô, alegando que a palavra não era prata nem ouro porque "o silêncio que dissimula tolices também cala sabedorias". Mas os ímpetos da juventude teriam vida breve. Aos vinte anos, Max decidiu só falar e ouvir o indispensável, evitando olhares insinuantes, fugindo das tricas e futricas cochichadas no balcão da oficina. Para que saber da última? Nada de últimas, penúltimas nem antepenúltimas. Adorava morar sozinho e assim viveria para sempre. Mulheres, só com preço e hora marcada. Também não era dado a rapapés. Para que sorrir sem vontade? Que sorrissem os *clientelshiks* com suas maletas de cacarecos, a induzir a compra do que ninguém precisava com o dinheiro que poucos tinham; que sorrissem os defensores de causas malucas como o Estado Judeu que os sionistas pretendiam plantar no Oriente Médio.

— É um cofre do *Keren Kayemet LeIsrael* — sorrira a moça na véspera, brandindo uma caixa de ferro azulado. — Colabore para a criação do Estado Judeu!

— Estado Judeu? — Max martelava uma sola. — Que sonho idiota!

A moça estremeceu:

— Sonho idiota? É assim que fala de Israel? Ben Yehuda ressuscitou o hebraico, Tel Aviv está crescendo, Jerusalém tem uma universidade hebraica e milhares de irmãos fazem *aliá*. Você chama isso de sonho idiota?

Max não respondeu. E a moça, mais curiosa do que irritada:

— Kutner, você tem algum sonho na vida?

Sem olhá-la:

— Consertar sapatos.

Max não era bonito nem feio. Vestia camisas brancas e calças pretas — para que mais? Embora lamentasse a calvície e o ar desbotado, era-lhe prático encarnar aquilo e ir vivendo sem seduzir ninguém. Amor, nem pensar. Amores não passavam de rastilhos de pólvora. Primeiro lotavam as praças, depois os templos, os berçários e, afinal, os bordéis. O celibato ainda era o melhor atalho rumo às putas. Depois de usufruí-las, Max gostava de passear nas orlas litorâneas, vidrado no horizonte, rendido a um si mesmo que só aflorava no silêncio.

Pois agora, e só agora, aos 37 anos, desconfiava que a palavra não era prata nem ouro, mas uma grande jazida com veios coloridos.

Românticas ou triviais, épicas ou fúteis, as cartas tratavam de tudo: saúde, privações, religião, dinheiro. Nasceu o filho de fulana, beltrano engordou, nazistas desfilaram em Buenos Aires. Um rapaz se queixava da esposa para o irmão, por quem a safada se desmanchava noutra carta. Jovens citavam Baudelaire, velhos, o *Talmud*. Tinha-se muito ou pouco, nunca o bastante: ao rico faltava amor, ao amado, a riqueza. Ninguém estava satisfeito. A bem dizer, aqueles que tinham mais do que precisavam eram, justamente, os que precisavam de mais do que tinham. Cada alma era um mundo. Havia os lagos plácidos e os mares revoltos, os cumes e as planícies. A condição humana se narrava em parágrafos não raro anexados a mechas de cabelo ou a desenhos infantis. Às vezes Max deparava com coisas imprecisas — ASBIB, LJ, HPS —, todas prontamente repassadas para o livro pautado. Frases complexas ou incoerentes tinham o mesmo destino. Sua função era traduzir, não interpretar ou censurar. À noitinha deixava a delegacia com um cansaço ameno. Antes de tomar o bonde, passava num china da Praça Tiradentes e comia pastéis de carnes duvidosas, sua secreta adoração.

As cartas com a Argentina não lhe folgavam o pulso (só Buenos Aires tinha mais judeus do que o Brasil). Às vezes Max tentava calcular o número de colegas incumbidos de traduzir o resto do mundo. Quem sabe os seus próprios clientes não fariam isso? Segundo o Capitão Avelar, a América do Norte e a

Europa ficavam a cargo de uma "comissão" à qual Max seria promovido caso trabalhasse direito. Mas, para o sapateiro, a única promoção desejável era a alforria.

Ou não?

* * * * *

Aída abria a temporada lírica do Theatro Municipal. Max contemplou seus vitrais e a opulência das portas voltadas para a Cinelândia, a Broadway carioca. Andou pelas calçadas, espiando os bares lotados e os vaivéns acrobáticos dos garçons com suas bandejas de chope. A elegância fazia fila na porta dos cinemas, de onde os namorados saíam agarradinhos para ocupar os bancos da praça, arrulhando com os pombos. Nas imediações havia os teatros, as casas de bilhar, os cafés onde os astros contracenavam com o público e os políticos conspiravam o que os jornalistas anotavam em seus caderninhos.

Max parou diante do Cine Odeon para ver um cartaz de Charlie Chaplin. O lendário vagabundo era prensado pela engrenagem denteada de uma máquina. Em letras garrafais, *Tempos Modernos*. Ainda outro dia alguém tinha tachado o filme de "panfleto comunista" por zombar do capitalismo. Quem, quando?

Seis horas, a luz migrava do céu para os letreiros, postes, janelas. No alto do Corcovado, o Cristo Redentor ofuscava as primeiras estrelas e benzia o esplendor aos seus pés. A capital do Brasil se acendia para mais um espetáculo, deslumbrando nativos do mundo inteiro. Mas nem tudo era encanto e hospitalidade. O Rio tendia a ser cruel com quem não se ajustasse à sua aura festiva. Aquela folia em nada lembrava os dias turvos da Polônia, com sua gente retraída e a neve nos calcanhares. Patrícios nostálgicos tentavam recriar a Europa nos clubes e bares da Praça Onze, ouvindo músicas e tomando *borsht*. Eram trincheiras cinzentas sitiadas pela algazarra. Outros preferiam esquecer o Velho Mundo, maravilhados com aquele trópico. Já os religiosos viam o Rio com ressalvas, cientes de que o maior perigo morava nos becos baldios, na luxúria ecumênica que, de fevereiro a fevereiro, emendava os carnavais. Bem diziam os colonizadores ibéricos: não existe pecado aquém da linha do Equador. O espírito gregário dos brasileiros era o que faltava para dispersar o Povo Eleito e apagar da Terra o seu legado milenar. Nem guerras e massacres tinham conseguido o que meia dúzia de mulatas consumavam alegremente: 18 divórcios só no último outono! Por isso o casamenteiro Adam S. ensinava: "O inimigo de nossa fé não é a discriminação. Pelo contrário, esta tem sido nossa aliada."

Na Lapa, Max procurou uma baiana cujo tabuleiro tinha a melhor cocada do Rio. Perto dali se podia comer uma carne assada tenra e bem temperada no Clube dos Democráticos. Já quem gostasse de bacalhau devia visitar um pé-sujo na Rua dos Inválidos e beber seus licores caseiros. Em suma, Max tinha virado especialista em bares, restaurantes e tabuleiros — não porque os frequentasse, mas graças a Carlos, um cozinheiro de Nilópolis que assava seus próprios pães e escrevia receitas para os parentes na Argentina.

A propósito, uma tal de Amália W. era quem criticara Charlie Chaplin e acompanhava todos os lançamentos de

Hollywood, catalogando astros, comparando desempenhos, cenários, figurinos e músicas. Os comentários de Amália W. desciam a detalhes técnicos como iluminação e continuidade, desafiando o sapateiro a entrar num cinema pela primeira vez.

Às 9 horas da noite Max caminhava na orla da Glória. Estava pensativo, intimado a lidar com os saberes intrusos que as cartas lhe incutiam. Não adiantava desprezar os segredos de Dona Berta, sua velha cliente, nem a saúde frágil do *mohel* que circuncidava os bebês da Praça Onze. Tinha levado um susto ao descobrir que a espevitada Rosa F. abominava o genro, agourento marceneiro que haveria de lhe fazer o caixão. Já Isaac P. se vangloriava da riqueza que não tinha. E a pobre Helena, que só não racionava problemas? Era felicíssima. De carta em carta Max ia desvendando mistérios, as bênçãos que rondavam os amaldiçoados, as maldições que rondavam os abençoados. Um mesmo fato ganhava versões discrepantes e alegações nem sempre defensáveis. Muitos tinham razões sem, necessariamente, ter razão. A rosa que perfumava Raquel espetava Samuel. E o amor, decantado em prosa e verso, raras vezes passava de duas solidões compatíveis, unidas pelos sagrados laços da opressão.

Claro que o casamenteiro Adam S. não pensava assim. Figura fácil no balcão de Max, folheava seu álbum de boas moças:

— Esta já tem o vestido, só falta o marido. Esta enviuvou pela terceira vez, riquíssima. — E logo se indignava: — Vai ficar solteiro para sempre? Quer que o povo judeu se acabe, Kutner? "Crescei e multiplicai-vos" é ou não o primeiro dos mandamentos?

Max costumava enxotar o homem aos palavrões. A cena se repetia à tardinha, quando Adam S. já tinha infernizado os celibatários das redondezas. Mas não é que, um dia, aconteceu o inusitado? Adam S. ficou desconfiado ao deparar com um sorriso cordial e uma caneca de café na Rua Visconde de Itaúna. Conversaram amenidades enquanto Max apreciava as moças. Lá pelas tantas, fechando o álbum:

— Alguma delas, por acaso, se chama... Hannah?

Adam S. coçou o queixo:

— Não que eu lembre... Solteira ou casada?

— Não sei.

— Existem muitas Hannahs. Como é essa Hannah?

— Não sei.

— Não sabe? Como não sabe?

Max desconversou. E o casamenteiro, depois de uma pausa grave:

— Não pense que eu sou idiota, Max Kutner! Quarenta anos na Terra me ensinaram alguma coisa. Quem não está aqui não é para casar! — Guardando o álbum: — Lembra-te do sétimo mandamento enquanto é tempo. Não vá destruir a vida alheia!

Linda, inteligente, sábia, corajosa. Guita não cansava de louvar a irmã em suas cartas. "Ninguém a conhece por acaso, Hannah. E quem a conhece, nunca esquece. Como pode ser tão maravilhosa?" Na carta seguinte, Guita reiterava: "O mundo melhorou quando você nasceu. Um comediante daqui de Buenos Aires diz que é melhor casar com uma mulher fisicamente tolerável e espiritualmente agradável do que com uma mulher fisicamente agradável e espiritualmente tolerável. Pois quem a conhece, Hannah, não tem dilemas. Você é esplêndida em todos os sentidos."

Hannah primava pela humildade. "Obrigada pelo carinho, querida irmã, mas não me sinto a altura de seus elogios. Como dizem os poetas, o valor está nos olhos de quem vê." Quinze dias depois, Guita insistia: "Não seja modesta, Hannah! Você apaixona todo mundo. Seu primeiro marido era completamente louco por você. Bem, isto é passado. Agora me fale de José. Onde o conheceu, quem é ele, o que faz?" Hannah definiu o noivo como alguém "pobre, mas decente", ressalvando que só casariam no cartório porque, aos 34 anos, não lhe assentavam grinaldas nem laçarotes. Além do mais, as leis judaicas a proibiam de casar outra vez.

Leis judaicas?, pasmou o sapateiro. Por que Hannah não podia casar na sinagoga?

Se Max estivesse na Polônia, não faltaria quem lhe sanasse a dúvida. Nas aldeias interioranas, a vida cabia nuns tantos mandamentos e os rabinos eram chamados para prevenir ou apartar brigas, se não para selar a paz. Todas as comunidades tinham os seus sábios, sempre metidos em livros apergaminhados. Pois no Brasil tudo era diferente. A religião mais parecia um capricho, um adereço, uma pregação fortuita. Leis se faziam nos parlamentos, sabe-se lá como ou por quê, conspiradas e emendadas em gabinetes ou no *snack-bar* dos hotéis. Quem as descumprisse não amargava a culpa, mas transtornos burocráticos, multas, tribunais, prisões.

Max perambulava pela orla do Flamengo, a pensar nos disparates da vida moderna enquanto a brisa lhe salgava os lábios e Niterói cintilava na outra margem da baía de Guanabara. Barcos pesqueiros pontuavam a mansidão das mesmas águas que, um dia, ele navegara.

1928. Uma lancha se aproximou do transatlântico, perto do Pão de Açúcar. O cenário era mais colorido que o vitral da sinagoga de Katowice. "Polícia!", gritaram a bordo. Passaportes em mãos, os passageiros formaram filas no convés. Max quis pular na água, rezar, sumir. Autoridades folheavam livretos, conferiam fotografias, discutiam naquele estranho idioma. Às vezes implicavam com fulanos e beltranos, levados a um recinto afastado. Max trincava os dentes ao ser abordado num escorreito e inusitado iídiche:

— Judeu?

— Sim.

— Passaporte.

Verificando o livreto:

— *Sholem*, Sr. Kutner. Família, amigos no Brasil?

Ninguém.

— Dinheiro, planos?

Nada. O homem lhe deu um cartão: Relief.

Antes de atracar, os passageiros foram levados à Ilha das Flores e examinados pela Saúde Pública. Abriam bocas, braços e pernas para zelosos fiscais de jaleco branco. Duas famílias foram postas em quarentena. Quis Deus que Max não tivesse problemas e, dali a pouco, pisasse o continente com um torpor maravilhado, embrenhado na multidão do cais da Praça Mauá até avistar o cartaz "Relief". Foi levado de carro para uma casa na Praça da Bandeira, onde o surpreendeu a presteza dos patrícios com seus arquivos, cofres e máquinas de escrever. Era uma organização judaica para ajudar os recém-chegados, conhecidos como verdes. Perguntaram-lhe a profissão, a idade, o estado civil. Em menos de uma hora arranjaram um hotel no Estácio, entregando-lhe dinheiro e uma apostila com noções do português a ser aprendido no próprio Relief. No mês seguinte Max se empregou na oficina de um conterrâneo e, três anos depois, comprava a loja na Rua Visconde de Itaúna.

Apesar das dificuldades, a comunidade tinha clubes, bares, bibliotecas e até facções rivais, com sinagogas onde uns não entravam e jornais que outros não liam. Nos bares, discussões varavam as madrugadas, cada qual querendo salvar o mundo a seu modo. Um elenco típico rondava as ruas: rabinos, matronas, *clientelshiks*, casamenteiros e até as malquistas prostitutas — vulgarmente chamadas de "polacas". Pela primeira vez Max viu judeus *sefaradim*, com seus costumes e sinagogas, fluentes num dialeto espanholado de nome ladino. Comerciantes habilidosos ajudavam os mascates *ashkenazim* dando em consignação os tecidos que estes vendiam de porta em porta. Havia judeus nas periferias mais remotas, socados em cortiços e vilas. Os abastados moravam em apartamentos bem situados e passavam os verões em bangalôs nos arenosos subúrbios de Ipanema e Leblon.

Pode-se dizer que a Praça Onze era o coração da comunidade, mas chamá-la de "gueto judaico" raiava a mentira. Ali conviviam italianos, portugueses, libaneses e até brasileiros. Nas proximidades ficava a Estação Ferroviária Central do Brasil, com sua profusão de tipos idos e vindos. Ao longe, o Morro da Providência amontoava barracos, terreiros de macumba, comércio clandestino. Crianças de todas as cores e origens corriam pelas calçadas, brincando de bambolê, jogando futebol e berrando em seu esperanto. A praça que nomeava o bairro — assim batizada em homenagem à Batalha do Riachuelo, acontecida em 11 de junho de 1865, durante a Guerra do Paraguai — tinha árvores, jardins, um coreto e um chafariz, enquanto o casario pincelava o entorno de tom pastel e pedras de cantaria. Montanhas verdes ondulavam o horizonte, sombreando vales e sopés, revolvidas por nuvens que se esparramavam nas encostas e redesenhavam a paisagem. Então se descobria um contorno, um matiz, um momentâneo esplendor.

Às vezes Max tinha que comparecer a repartições bolorentas para atualizar papéis da imigração, imprimir digitais, assinar formulários. Meras formalidades. Afinal, o paraíso também tem suas regras.

* * * * *

Buenos Aires, 3 de janeiro de 1937

Hannah,

Como o seu noivo ganha a vida? Já perguntei várias vezes! E não venha com evasivas do tipo "isso pouco importa" ou "só quero paz". Importa sim! Caso não saiba, a paz não está na pobreza. Você é linda, inteligente. Merece um astro de Hollywood!

Iôssef gosta dele?

Sua amada, Guita

*

Rio de Janeiro, 21 de janeiro de 1937

Guita querida,

Por que falar de meu noivo? Não me obrigue a explicar aquilo que nem a mim explico. José é um bom homem, ponto final.

Tenho trabalhado muito. As vendas natalinas foram excelentes e o patrão fala em abrir uma filial. (...)
Iôssef andava deprimido, mas melhorou.

Beijos, Hannah.

*

Buenos Aires, 15 de fevereiro de 1937

Ah, Hannah, se eu pudesse visitá-la! Mas tenho que ficar na Argentina junto ao meu marido. Amanhã vamos para nossa fazenda perto de Rosario. As safras de milho e trigo não têm rendido o esperado. Jayme vem pensando em comprar terras em São Paulo, quer investir em café e laranja.

(...)

Juro que tento entendê-la! Não confunda decência com pobreza, Hannah! Existem ricos decentes, assim como pobres indecentes! Sei que, para você, decência é indispensável. Mas nem sempre o indispensável é o suficiente. Portanto responda de uma vez o que José faz da vida e pare de esconder as coisas!

Sua, Guita

*

É fácil julgar sem compreender, Guita.
Difícil é compreender sem julgar.
Hannah

* * * * *

— O que o senhor deseja? — a mulher sorriu secamente.

Max apalpara todos os tecidos da loja.

— Eu poderia falar com... Hannah?

— Um momento — acalmou-se a mulher. E foi chamá-la.

Max enxugou a testa e esfregou as mãos. Dali a pouco surgiu uma velhota, o cabelo crespo e um avental encardido. Sotaque lusitano:

— Pois não, sou Ana.

Mais um fiasco. O sapateiro rondava o Centro na hora do almoço, atrás de lojas cujas vendas natalinas pudessem ter sido "excelentes". Em nenhuma delas encontrava a irmã de Guita. Já tinha percorrido quase toda a Rua da Alfândega, sem falar nos *magazines* do Largo de São Francisco e da Rua do Ouvidor. Teria enlouquecido? Nunca fora dado a obsessões ou a causas maiores que a sua oficina. O que estava acontecendo? Onde aquilo ia parar?

Chegou cabisbaixo ao trabalho.

— Boa-tarde, Seu Kutner — Dona Beth enxugava os olhos chorosos. — Veja isto.

Era um par de botas com as solas cravejadas de pregos e estilhaços.

— São do meu filho. O senhor já soube, é claro...

— Soube o quê?

A polícia invadira a cassetetes a Biblioteca Israelita durante um evento sionista. Saldo: 15 presos, escombros, livros e móveis queimados. Uma legião de mães acampava no saguão da delegacia, outra legião rezava nas sinagogas. Dona Beth tirou do bolso uma *mezuzá* chamuscada:

— Estava no chão. — Aos prantos: — Por que nos tratam assim? Que mal fazemos a eles?

Max amargou a certeza. Lembrava nitidamente a menção que um rapaz fizera à biblioteca onde o primo ia ver amigos "estranhos". Era uma carta prolixa e tão bobinha que o autor parecia *meshiguene*, mas o que Max teria a ver com aquilo? Será que lhe cabia auscultar verbos e especular sentidos, ou não passava de um reles tradutor na Rua da Relação?

Talvez a *mezuzá* chamuscada contivesse a resposta.

Max se esquivou de Dona Beth, correu para o quarto e agarrou Shlomo à cabeceira. O que fazer, *zêide*? Diga! Brigar com o poder? Desafiar os generais, *zêide*? Responda, pelo amor de Deus!

O velho afagou a barba:

— Não se precipite, rapaz. Aja com calma. Lodos devem ser revolvidos, não socados.

No dia seguinte, Max foi interpelado pelo capitão Avelar quando chegava à delegacia:

— Venha comigo. — Numa sala sem janelas: — Arranque uma confissão deste verme que não fala português.

No chão, um "elemento israelita" acusado de roubar laranjas.

— Roubei, sim — foi dizendo em iídiche. — Não uma nem duas, mas três laranjas, engolidas com casca e tudo.

Pigarros aflitos:

— E você acha isso... justo?

— Não! Estavam azedas!

Avelar cutucou o sapateiro:

— O que ele disse?

Lembrando a *mezuzá* chamuscada:

— Que não roubou laranja nenhuma!

Semanas depois, Max traduzia a safra do dia ao achar o retrato de uma menina dentro de uma carta.

— No verso — avisou Onofre. — Tem uma coisa no verso.

"Olhe bem esta criança", diziam letras datilografadas. "Judeu mercenário, fascista de merda! Os pais dela estão presos por sua causa!"

Max perdeu a cor, o fôlego. Suando em bicas:

— Posso ir ao banheiro?

Num espelho lascado, deparou não com um covarde serviçal, mas com um herói infiltrado nas hostes rivais. Não tinha escolha, intimado pelos dizeres de um filósofo recém-traduzido: "para que o mal prevaleça, basta que os homens de bem se omitam". De mais a mais, a contraespionagem logo saberia, acaso ainda o ignorasse, que Max Kutner traduzia cartas para a polícia. Daí a descobrir outras coisas seriam favas contadas.

Max admitiu a dura verdade: era questão de tempo ver revelado o seu maior segredo. Já pressentia as chantagens, os bilhetes, os olhares fugidios. Podia entreouvir a boca do povo:

— Soube da última? Max Kutner não é Max Kutner!

* * * * *

Polônia, janeiro de 1928

Katowice congelava. Lenha e batata eram disputadas à porta do cemitério onde Max Goldman sepultava o pai. Não chorou nem choraria nos sete dias de luto. Já no oitavo doava as coisas de Leon e procurava um agente de viagens: queria debandar da Polônia, quiçá da Europa. Chega de miséria! O agente abriu um espesso arquivo e folheou o mundo. Os Estados Unidos haviam fechado as porteiras depois de uma lei contra a imigração. A Austrália era cara e distante. Existiam colônias agrícolas na América do Sul e também na Palestina. Max ficou de pensar.

Em fevereiro, o agente bateu-lhe à porta com uma proposta irrecusável.

Um rico empresário de Pinsk — tão Max quanto o sapateiro — visitaria o Brasil em março. Só que, na véspera do embarque, seu carro despencara nas turbulências de um rio e o corpo estava desaparecido. Caberia a Goldman assumir o papel do finado com o passaporte que o agente se prontificava a fraudar.

— Não há riscos. Nem sequer a morte do homem foi atestada.

— Quanto você quer? — Max se animou.

Vendeu tudo, saldou as dívidas, tomou o trem para o norte e zarpou do Porto de Dantzig sem olhar para trás. Adeus, Polônia!

Desfazia a mala na cabina do navio quando um camareiro trouxe toalhas:

— Estas são para a Sra. Kutner.

Espanto:

— Sra. Kutner?

O sujeito conferiu a lista:

— Sr. e Sra. Kutner.

— Bem... — pigarros. — Ela desistiu da viagem.

Max quis matar o agente. Era só o que faltava: ter de viajar com uma viúva ou, pior, com uma impostora em seu lugar. O susto perdurou até os perigos se dissiparem no horizonte. No segundo dia, graças a Deus, deixaram o Báltico e o Mar do Norte se abriu num esplendor perpétuo. Então o passado virou passado e a Polônia perdeu a acidez, como as cebolas que a avó cozinhava na aldeia.

— Max Kutner — declamava o sapateiro.

Estirado no convés, punha-se a apreciar o luar e os ventos cada vez mais amenos, ouvindo idiomas e inflexões de outros mundos. O navio era uma babel flutuante com suas três classes, salão de jogos e até uma banda de anões albinos que tocava *charleston*.

Inacreditável. Suas únicas viagens, até então, tinham sido na boleia de uma carroça entre Katowice e a aldeia dos avós. O que se via no caminho era uma continuidade trivial, uma mensurável extensão de árvores e arbustos, além de dois córregos e um rancho onde os viajantes paravam para pequenas urgências. Nunca se estava longe o bastante da rotina, das meias furadas, dos repolhos e da polícia. Pois agora a vida flutuava em salmoura e anões tocavam *charleston* nas madrugadas. Quanta água, *main Gót!* Quanto céu, ar, luz! No fim de tudo aquilo ficava o Brasil.

— Brasil — suspirava no convés.

O que esperar do lugar? Seus cheiros, cores, tamanhos. E sua gente, o que vestia, comia, calçava? Seriam grandes ou miúdos, pretos ou brancos? Gostavam de judeus? Que som tinha o português?

Luvas e xales caíram em desuso quando atracaram em Lisboa. Nas Ilhas Canárias já se viam pernas desnudas e, na primeira noite de março, brindaram à linha do Equador. Dias depois Pernambuco despontava a oeste para uma escala de quatro horas.

Frutas, caranguejos vivos e enlameados, castanhas assadas na hora: o porto de Recife era uma profusão de exotismos com seus vendedores pardos e seminus. O calor fedia e a umidade grudava na pele. Max percorreu um bairro onde seios e bundas se alugavam a preços módicos. Adoraria fuçar aquelas mulheres marrons, de cabelos pretos e ancas largas, que lhe sorriam com uma candura virginal. Mas a pressa apitava no cais.

E já pisava a ponte pênsil quando, sem mais nem porquê, uma vertigem lhe rendeu maus presságios. Chegou a ficar pálido, as pernas bambas. Não sairia impune daquela farsa. O passaporte em sua mão era uma fatura a ser quitada em perpétuas prestações.

Desde então, bastava lhe acontecer algo ruim para Max ter a impressão de que o passado lhe cobrava a conta, inclemente feito um *clientelshick* à porta do mau pagador.

* * * * *

Rio de Janeiro, 5 de abril de 1937

Guita,

Foi tudo simples, um documento e nada mais. A lua de mel foi uma tarde no Jardim Zoológico. À noite, uma sopa de cenoura com pão de centeio.

Beijos, Hannah

*

Buenos Aires, 13 de abril de 1937

Lua de mel no Jardim Zoológico? Simplicidade tem limites, não seja ridícula. Festejar o casamento é um mandamento sagrado. Às vezes acho que você herdou a loucura da mamãe. Afinal, onde conheceu esse homem?

Guita

*

Buenos Aires, 14 de abril de 1937

Hannah, dormi mal essa noite. Vocês precisam de dinheiro? Não se acanhe em pedir ajuda!

Sua, Guita

*

Rio de Janeiro, 24 de abril de 1937

Obrigada, Guita, mas não precisamos de dinheiro. Seu amor já nos basta.

Boa notícia: Iôssef gosta muito de José.

Beijos, Hannah

* * * * *

Os cossacos invadiram a aldeia deserta. Corriam a Rússia atrás de soldados para a guerra da Crimeia.

— Ninguém mora aqui? — duvidou o chefe. — Impossível. Procurem nas casas!

Revirada a aldeia, arrastaram o povo para a rua: mulheres, velhos, crianças.

— Queremos homens jovens!

— Foram todos trabalhar nas lavouras do sul — respondeu uma moça.

— Então vá chamar quem fez isto! — O cossaco apontava um muro com cinco flechas em alvos brancos.

Um rapaz adentrou o cenário, desafiador:

— Fui eu! — Mãos nos quadris: — Algum problema?

Gargalhadas. O velho Môshe estava hilário de short vermelho. Um par de meias lhe subia aos joelhos trêmulos.

— Senta, Môshe — disse alguém na plateia.

O asilo fez coro:

— Senta, senta!

A enfermeira arrastou uma cadeira, Môshe sentou. Pigarros:

— Fui eu, mas sou péssimo atirador!

O cossaco indicou as flechas:

— Como explica isso?

Môshe vacilou, vexado pela incerteza. Olhou o público.

— Explique isso! — O cossaco esgrimiu a voz: — Vai logo!

Silêncio. Na plateia, uma anciã cutucou Max:

— Está vendo, meu caro? A juventude é uma grinalda de flores. A velhice, uma coroa de espinhos.

— Môshe, vai logo! — resmungou o cossaco.

E Môshe, num espasmo heroico:

— Bem... primeiro eu atiro as flechas, depois pinto os alvos.

Risos, aplausos. A enfermeira concluiu a história:

— Foi assim que um jovem esperto enganou os cossacos. Agora vamos lanchar!

Max encomendara salgados a uma cozinheira judia. Aplaudia o teatro dos velhos, às voltas com truques expiatórios para abrandar a culpa contraída na delegacia. Além de visitar asilos, também consertava sapatos de graça, doava dinheiro e comprava os estoques dos *clientelshiks*. Mas nem sempre suas bondades surtiam os efeitos esperados — ou os surtiam do modo esperado. Vide a história da *menorá*.

O autor da carta se chamava Sílvio T. Setenta e muitos anos, morador do Méier, punha à venda uma menorá alemã do século XVII. Com o dinheiro pagaria as noites que lhe restavam num quarto de pensão. Detalhava a peça para um magnata portenho, lamentando que, no Brasil, faltassem interessados — leia-se, aquinhoados. Linhas tortas traíam a artrose. Contrariando médicos e conselheiros, Sílvio brandia a *menorá* para miseráveis e sovinas da Praça Onze. "Ó céus!", exclamava. "Teria vivido quase oitenta anos para acabar assim?"

A esperança se esvaía e as pernas prometiam um tombo espetacular diante dos desalmados que nem sequer lhe estenderiam a mão — salvo, obviamente, para roubar a *menorá*. Mas Sílvio T. era um guerreiro. Terminava os dias apregoando a relíquia no Restaurante Schneider.

Carta à mão, Max sentiu o coração doer. Qual a lógica capaz de explicar tamanho sofrimento? A propósito, por que Deus o fizera sabedor daquela agonia? Nada acontece à toa, caro Max! Onde você gastará os fétidos mil-réis pagos pela polícia? Onde, senão no Restaurante Schneider?

Na noite seguinte, o sapateiro deixou a oficina com altivez missionária

O falatório ensurdecia os garçons enquanto Sílvio T. via a divina providência afigurada à sua frente. De uma bolsa puída tirou a *menorá*, comprada por Max sem barganhas. Ali jaziam trezentos anos de história. O dourado do metal já não brilhava. Quantos e quais lugares aquela *menorá* não teria decorado antes de singrar os mares e cair nas mãos de Max?

Na manhã seguinte a joia luzia na oficina. O orgulhoso sapateiro conferia os ornamentos que a clientela só fazia elogiar. Um sábio não hesitou:

— Gótico tardio.

Alguém:

— Vovó tinha uma igual.

Outro alguém:

— É réplica.

Ôi vêi, seria possível uma coisas dessas? Teria comprado um blefe, um latão pretensioso? Saiu com a *menorá* nos braços, a mostrá-la para antiquários e especialistas cujo laudo era unânime: coisa autêntica, século XVII. Uma, duas, três semanas transcorreram e o outono arejou a cidade. Tudo ia perfeitamente bem até um par de olheiras roxas vidrar no sapateiro e informar, laconicamente, que a *menorá* lhe pertencia. Protestos:

— Eu mesmo a comprei!

As olheiras roxas não queriam papo — só a *menorá*. Max insistia:

— Comprei outro dia!

— Do Sílvio T., aquele *shmuck*! — O homem escarrou no balcão. — Pois saiba que Sílvio T. me deve uns bons contos e que esta *menorá* garante a dívida. Saiba também que a dívida vence hoje, agora mesmo, e que ele sumiu do mapa. Su-miu-do-ma-pa!

— Mas...

— Dê a *menorá*. — O homem se debruçou no balcão. — Agora!

Agarrou o candelabro e debandou.

Max perdeu o fôlego. Fechou a oficina e saiu pelas vizinhanças, imolando-se em labaredas. Faltara cautela? Fora ludibriado? No caso, por quem: Sílvio T. ou as olheiras roxas? Seria da praxe comercial indagar de um vendedor a quem ele deve? Em tempo, o credor nem tinha comprovado qualquer direito. Max xingou-se em todas as línguas. No famigerado Restaurante Schneider, embriagou-se até o mundo girar, mas não chegava a odiar Sílvio T. Foi para casa aos tropeços. Depois de urinar numa esquina, imitado por um vira-lata, atravessava a Rua Frei Caneca ao levar o maior dos sustos.

Onze da noite. Ninguém menos que Sílvio T. e as olheiras roxas sentavam lado a lado no bonde. Não conversavam, mal se tocavam, nenhuma intimidade aparente. Max ajustou as incrédulas pupilas: eram os próprios. Incrível! Não fazia sentido vê-los ali, em amistoso silêncio no banco de um bonde. Nem sequer o acaso seria capaz da façanha. O bonde partiu, levando consigo o mistério.

Mas o que realmente impressionou o sapateiro nem foi a desfaçatez dos comparsas, pilantras de marca maior. Conhecia a podridão humana de cor e salteado. Impressionante, mesmo, era a inesperada, a profunda, a inédita paz que o acometeu. Nenhuma culpa, ansiedade, nada! Max levitava em plena Frei Caneca.

Expiara seus pecados.

* * * * *

Rio de Janeiro, 4 de maio de 1937

Guita, você está enganada. Não sou rebelde, não briguei com a Torá. Tenho fortes vínculos com a nossa fé, conforme papai me ensinou. Mas minha forma de honrá-la é, justamente, adaptando seus mandamentos à realidade.

Lembra quando me vi condenada à exclusão? Sofri toda a dor do mundo, mas aprendi uma coisa fundamental: o que não mata, fortalece. Um dia descartei os dogmas que, apesar de não me socorrerem nas horas aflitas, souberam me repreender quando busquei meus próprios caminhos.

Hoje sou dona da minha fé, Guita. Pratico o bem sem cartilhas nem ambições. O discernimento me basta. Como explicar que muitos façam o mesmo sem instrução formal ou re-

ligiosa, sem compensações reais ou imaginárias? Como explicar que não se ensine, embora se aprenda a ser bom? Talvez o amor sincero seja o Deus dos sensatos.

Beijos e beijos,
Hannah

* * * * *

O Rio era um campo minado. Tropas fanáticas se atracavam nas ruas, nem sempre entendendo o que pregavam embora odiassem o pregado pelas rivais. Um quebra-quebra tinha conturbado a Rua do Catete, escolas viviam em pé de guerra, integralistas vestiam verde e vociferavam "anauê", raivosos contra os judeus. Uns desapareciam na calada da noite, outros em pleno dia. Era comum ver gente algemada ser metida em furgões policiais, que arrancavam em fúria com suas sirenes. Quem, o quê, quando, como?, especulavam os burburinhos. Só os destemidos também indagavam os porquês.

Curiosamente, a cidade fervilhava de teatros, cafés, cassinos, locais sabidamente infiltrados de espiões e interesses escusos. Nas embaixadas, cristais tilintavam em coquetéis cujos convivas traficavam segredos. A diplomacia alemã fazia uma vigorosa campanha para conquistar o Brasil, definindo *Herr* Hitler como o único líder capaz de deter o avanço comunista.

Mas o que o sapateiro tinha a ver com isso? Nada, absolutamente nada. Hitler, Stálin, Roosevelt? Max dava de ombros: desprezava os rumos do planeta. Só queria saber de Hannah: onde encontrá-la, como reconhecê-la? Caso ela falasse em verduras, lá se ia vasculhar as feiras; se falasse em praia, revolvia as areias da Zona Sul. Lia e relia as cartas tentando visualizá-la, tateá-la, beijá-la. Chegara a fuçar os papéis, diáfanos e perfumados, lindamente rubricados a nanquim. Um dia pediu que Onofre lhe mostrasse os envelopes, em vão: o soldado já recebia as cartas desdobradas.

Na oficina, o trabalho desandara de vez: Max vinha descumprindo prazos, confundindo coisas e até se machucando estupidamente. Aos domingos parecia um *meshiguene*, gesticulando sozinho pelas esquinas, entregue a conjecturas aflitas.

Um dia, Hannah deu uma dica preciosa. Contou para a irmã que, embora José tivesse "problemas" e usasse muletas, os dois frequentavam "ambientes judaicos". Max concluiu três coisas. A primeira, que José era judeu; a segunda, que encontrá-los seria questão de tempo; a terceira e mais palpitante, que Hannah poderia ter casado por compaixão, não por amor.

Max virou frequentador de palestras e de peças comunitárias. Visitava clubes, escolas, lia os jornais letra por letra. Dos velórios seguia para os bailes, dos botecos, para as sinagogas. Nos serviços de *Kabalat Shabat* do templo Beth Israel recitava as preces com fingida devoção, aproveitando para espiar os arredores e, quem sabe, ter um vislumbre dela. Procurar Hannah era não só sua razão de ser, mas de querer ser o que nunca tinha sido: feliz.

Guita ficou furiosa com as notícias sobre o cunhado e lambuzou de rasuras a carta em que indagava se José era "viril". "Explique os problemas de seu marido!" Max vibrou ao imaginar sua musa semeando a bondade sem que, nela, coisa alguma fosse semeada. Guita aconselhou Hannah a falar com um rabino, ao que a irmã respondeu que nenhum rabino poderia ajudá-la porque ela era uma *aguná*. Max estremeceu: *aguná*? O que é isso?

Aguná, aguná?, ruminava a caminho de casa. Nunca ouvira aquilo. Uma doença, um estigma, um pecado? A palavra machucava os ouvidos, não podia ser coisa boa. Qual desventura teria tornado Hannah uma *aguná*? Sempre o fora ou passara a sê-lo? Quando? Por quê? Oh, rótulos! Somos verbetes, não pessoas. Até Deus tem suas categorias! Fosse o que fosse, Max não deixaria de amá-la. Que os jovens se fartassem de perfeições, porque os maduros preferiam a condescendência. A bem dizer, Max nem tinha idade ou reputação para censurá-la.

Seis e meia da noite, um time de garotos vendia os jornais vespertinos nos pontos de bonde e a boemia debutava nos bares. Aos mistérios do dia sucediam os da noite. O Rio trocava a plumagem e a Biblioteca Israelita já estava fechada. A quem perguntar que diabos era *aguná*?

Na oficina, havia trabalho de sobra. O assistente varreu o chão depois de organizar os sapatos recebidos aquela tarde. Max folheou o bloco com as rubricas dos clientes, o prazo e o valor cobrado pelo assistente. Havia duas bolsas, um cinto e nada menos que 12 calçados, alguns imprestáveis, outros quase isso. Não bastasse, uma senhora pedia "urgência máxima".

— Vem buscar amanhã depois do almoço — disse o assistente.

Era um par de saltos quebrados — aliás, destruídos. Impossível consertá-los em tão pouco tempo. Que a cliente o perdoasse: pressa e qualidade nunca combinaram. A propósito, Max já estava saturado de mulheres histéricas com suas falsas urgências. Em véspera de casamento, o balcão virava uma guerra civil. Sapatos marrons eram engraxados de preto, velhotas queriam recauchutar relíquias, caçulas herdavam o que os irmãos tinham herdado dos pais. Quantos gritos por causa de fivelas lascadas ou couros sulcados! Às vezes Max se comparava aos estilistas frívolos da Rua do Ouvidor, que acetinavam as madames e lhes ouviam as futricas. Nessas horas ele recordava a velha Polônia, cujos sapatos serviam para calçar os pés e não para enfeitá-los.

Max conferiu o bloco de encomendas, folha por folha. Quase sempre os mesmos clientes com suas manias. Já não tinha mandado Dona Sara comprar outra bolsa? E Jonas K., que pedia mais um furo no cinto, pois não parava de engordar? Um bom manicômio poria essa gente nos eixos! Espiava a última página do bloco quando sentiu a fisgada.

— *Ôi main Gót!*

Parou, fechou os olhos.

— *Ôi, ôi!*

Estancou o fôlego: não podia ser! Devia ter delirado, obviamente. O assistente segurou-lhe o ombro:

— O senhor está bem?

Vertigem:

— *Ôi, ôi!*

Max se esparramou numa cadeira e pediu água, o sangue alvoroçado nas artérias. Deu um gole e babou na camisa, para horror do assistente:

— Vou chamar a ambulância!

Max invocou Deus, invocou o avô Shlomo. Não alucinava, conhecia aquela rubrica. Claro que a conhecia, impossível confundi-la. Quantas vezes ela rematara os textos, tão delicadamente? Pincelada a nanquim, era uma clave, uma flor inebriante. Claro que conhecia aquela rubrica.

Hannah.

Capítulo 2

Max morava e trabalhava com o pai em Katowice. A rotina fazia o favor de irmaná-los nos propósitos e despropósitos da oficina onde consertavam calçados. Max ficava eufórico quando, bem-sucedido num afazer, recebia de Leon um olhar aquiescente. Nessas horas, o amava tão intensamente que chegava a corar. Depois esmaecia aos poucos, guardando provisões de afeto até o próximo alento. Era uma relação funcional: Leon dizia o estritamente necessário. Às vezes perguntava pelos estudos do menino ou o parabenizava nos aniversários. Em casa, pedia que Max dormisse na sala quando "amigas" vinham visitá-lo. Assíduas e embonecadas, traziam docinhos que entretinham o menino durante o expediente no quarto ao lado. Alegrar o pai era o dom das moças, que costumavam ficar para um chá com pão. Certa vez uma delas falou de seu filho e fez Max imaginar como seria ter uma mãe tão colorida. A bem dizer, o que mais o impressionava não era o colorido daquela mãe, mas que alguém pudesse ter mãe, qualquer mãe. Como seria conviver com uma mulher em casa a chamá-lo de filho? Como seria ter uma mãe cozinhando os jantares, lavando as roupas e espanando os móveis? Seria verdade que as mães davam remédios para os filhos, que os agasalhavam e os repreendiam? Aos oito anos, Max pediu que o pai falasse de Reisele. Uma lágrima prenunciou a resposta.

Leon e a Reisele Goldman se casaram aos trinta e poucos. As núpcias tardias levaram o rabino a suspeitar que alguém, ali, fosse viúvo ou divorciado. Passaram a lua de mel com Shlomo e Rebeca, na aldeia onde só fizeram escutar: e o filho? Não havia pressa, desconversavam. Viviam uma rotina tranquila em Katowice, Reisele levando o almoço quentinho para a oficina de onde Leon voltava ao fim da tarde. Tudo funcionava a contento. Aos sábados passeavam de mãos dadas, sem conceder ao mundo mais que uns olhares fortuitos. E o filho?, pressionavam os conterrâneos. Leon e Reisele gostavam do silêncio, da paz, do equilíbrio conjugal que as crianças correm a sabotar antes mesmo de nascer.

Um dia, Reisele engravidou. Os médicos fizeram ressalvas porque ela passara dos quarenta anos: repouso absoluto e alimentação reforçada. Leon chegava da oficina mais cedo para assistir a esposa, assumindo o fogão, o tanque e a vassoura, além de trazer trabalho para casa (mas só aquilo que não pudesse incomodá-la). Reisele venceu os meses de barriga sem percalços, desmentindo os agourentos até o menino nascer em abril de 1899 e, comilão, ganhar o vigor que a mãe perderia na única semana comum a suas vidas. Foi uma tragédia. A viuvez arrasou Leon Goldman, que só não chegou a culpar o filho porque nem se prestou a julgá-lo.

Nos feriados, Max sacolejava na carroça entre Katowice e a aldeia onde moravam os avós paternos. Ganhava comidas, brinquedos, roupas. Ali, sim, o amor fluía generosamente. Shlomo lia fábulas e contava piadas das quais o menino ria, acima de tudo, por haver quem lhe fizesse rir. Foi através dos avós que Max aprendeu a amar. E amaria quem tivesse que amar em troca das velas acesas em *Chanucá* ou dos doces de *Purim*. Amaria, preciso fosse, até a si mesmo.

Mas a Guerra matou os avós e destruiu a aldeia. Em 1916, Max se livrou do Exército Polonês comendo sementes tostadas até pesar menos que os 50 quilos minimamente necessários para o alistamento. Tinha virado uma ossada, os olhos fundos e orelhas de abano. Não era bonito nem pretendia sê-lo. Os instintos viris ele resolvia com as amigas do pai, que lhe ensinavam o impensável a preços camaradas. Uma delas queria ter Max como genro, outra o avisava assim que os bordéis renovavam os estoques. Eram todas branquinhas, os peitos rijos e os cheiros frescos. Max vivia um destino linear, remunerando o prazer até aparecer Sofia.

Trinta e seis anos, tinha a pele sardenta, os cabelos pretos e um olhar melancólico. Vestidos sóbrios lhe embalavam os quadris e o par de seios que Max apalpava em afoitos devaneios. Fazia-lhe entregas domiciliares, atento às mãos onde luzia um severo anel nupcial. Sempre amável, Sofia servia biscoitinhos que o rapaz ia comendo sem pressa nem fome. Certo dia, ela pediu ajuda para calçar um sapato. A euforia de Max só não foi maior do que o constrangimento. Sofia fingiu descaso, escondendo o riso.

Nascia um romance intenso e sigiloso enquanto o marido de Sofia, caixeiro-viajante, se ausentava. Max adorava mordiscar um sinal de nascença no pescoço da amada, propondo-lhe que fugissem, que tivessem filhos na América e esquecessem o passado. A mulher prometeu pensar no assunto para não desiludi-lo. Um dia confessou que apanhava do marido, tolerado havia vinte anos graças a um pacto de famílias abonadas. O que Max mordiscava era a cicatriz de uma briga, não um sinal de nascença. O romance acabou quando o marido chegou de viagem. Semanas depois o casal foi embora de Katowice e não deixou rastros. Max custou a esquecer Sofia, amadurecendo sem o lirismo dos enamorados ou a credulidade dos religiosos. Achava as outras fúteis e tagarelas. No Brasil, passou a frequentar uma pensão na Glória, vidrado nos mamilos roxos e nas bundinhas arrebitadas que torneavam as morenas. Tinha aversão a matrimônios, filhos, netos. Para que perpetuar uma espécie tão problemática, afeita a brigas e mentiras? Para que complicar o que uns mil-réis bem resolviam?

Pois agora — que absurdo! — Max traía a própria história. Era mais um refém da paixão, caído na cilada de onde ninguém escapara ileso desde os versos do Rei Salomão. Quem diria que sua missão patriótica ia degenerar naquilo? Ah, o amor! Quantos bichos ditos irracionais ignoram essa falácia que, a pretexto de civilizar e propagar a espécie, escraviza bilhões de almas desprevenidas?

* * * * *

Às 8 horas da manhã o sapateiro já estava na Biblioteca Israelita.

Aguná. Mulher acorrentada. Segundo a Lei Judaica, o casamento só termina com a morte de um dos cônjuges ou através do divórcio concedido pelo marido. A mulher se torna uma *aguná* caso o homem a abandone, esteja desaparecido, incapacitado ou recuse a concessão do divórcio. As *agunot* — plural de *aguná* — são tidas como casadas e, portanto, não podem casar novamente. Se casarem, serão consideradas adúlteras e seus filhos, bastardos.

Fonte: Dicionário da Biblioteca Israelita.

Meio-dia em ponto. Max tinha gastado um sabonete no banho, feito a barba, escovado os dentes e perfumado o rosto, além de conferir o caimento da roupa: calça preta, camisa branca e uma boina de feltro quadriculada. Dispensou o assistente e pôs-se a sorrir no balcão, as mãos trêmulas e o fôlego instável: por que Hannah era uma *aguná*?

De tanto imaginá-la, agora temia a verdade: estaria pronto para conhecê-la? Quem sabe fosse preferível adiar o encontro e prolongar o idílio? Não, a realidade nunca fora piedosa com os apaixonados. Sonhos só são sonhos enquanto sonhados. Vieram-lhe à mente os avós, que entreabriam portas e janelas à espera do Messias. Rebeca corria para a sala sempre que um ruído sugerisse a aparição, mas era só Shlomo ensaiando o reencontro com os mortos. Acreditavam candidamente na ressurreição, em jardins paradisíacos e coisas do gênero. Estariam loucos?, perguntava-se o neto. Àquela época Max não tinha perplexidades, remorsos nem saudades para precisar de um messias. Tudo era gérmen, aurora, semeadura. O que não existia, que não existisse! Pois agora, trinta anos depois, o que fazia o sapateiro além de imitar os avós e tornar Hannah sua diva messiânica? Por que agia assim? Tradição milenar, herança espiritual ou apenas um modismo vulgar propalado por Hollywood? O que seria o amor dos filmes, das canções e dos romances senão um mito salvador?

Max trincava os dentes, num misto de medo e coragem. Os religiosos deviam sentir o mesmo no leito de morte: e agora? Veriam confirmados os seus fervorosos prognósticos sobre outros mundos ou seriam sumariamente extintos? Quantos saberiam manter a firmeza nos estertores, sem uma fagulha de incerteza? Pois Max não guardava qualquer fagulha. Guardava labaredas!

E se Hannah não fosse Hannah, mas uma farsa, uma aberração, um homem? Por que viera ao Brasil, onde trabalhava? Tinha os pés grandes — e exigentes. Calçava um escarpim argentino, o forro de seda. O que mais calçava? Max passara a noite a consertar-lhe os saltos, pincelando de sabão o couro preto e fuçando o forro de seda. Engraxou os sapatos até o céu clarear. A cidade ainda dormia enquanto ele ensacava lixo, arranjava isto ou aquilo e, dentro do possível, embelezava a oficina.

Teve fome, comeu uma maçã. Três, quatro, cinco da tarde. Cinco e meia. O relógio fatiava o tempo a golpes secos. Tique-taque, tique-taque. Cucos, pêndulos, calendários! Para quê? A existência é contínua, o essencial não marca hora. Vive-se, morre-se, ama-se a qualquer instante. A bem dizer, Max nem tinha esperado tanto assim por aquela felicíssima iminência. Esperaria mais, muito mais, caso o bom Deus não lhe abreviasse a angústia. Tique-taque. Hannah viria num tique ou num taque?

E o mundo, em qual deles teria surgido? Quantos tiques perfazem uma vida? E uma morte? Em que momento o destino se firma, a sorte se lança? Tique ou taque? Tempo, tempo, tempo. Sangria desatada! Nau desgovernada! Sentença irrecorrível!

— Com licença, boa-tarde.

* * * * *

O diabinho pediu que o pai lhe ensinasse a fazer maldades. E o pai, didático:

— Você ainda é criança. Comece fazendo pequenas maldades.

O filho salivou:

— Quais? Quais?

— Impeça as pessoas de realizar seus sonhos.

— Só isso? — decepcionou-se o filho.

— Calma! No futuro você fará coisas piores.

O diabinho se esmerou nas maldades: quem queria casar não casou, quem ia viajar não viajou. Anos depois o pai veio parabenizá-lo:

— Agora você atingiu a maioridade, já pode fazer grandes maldades. As piores, as mais terríveis.

— Quais? Quais?

— Ajude as pessoas a realizar seus sonhos.

Hannah era linda, absolutamente linda. Mais que linda, era perfeita. Uma obra-prima, um capricho de Deus, sua filha dileta. Alta, esbelta, elegante. Ah, que mulher! Tinha os olhos esverdeados, a pele rosada e dentes branquíssimos. Hannah era mais que perfeita, era, era...

49

— Aquele ali. Por favor, senhor...

Apontava a estante atrás do sapateiro. No anular, uma aliança.

— Kutner — balbuciou. — Max Kutner.

Ela recuou, levemente surpresa. Falava um iídiche articulado, a voz doce:

— Kutner? Aquele ali, Sr. Kutner.

Castanho e farto, seu cabelo se desfazia em cachinhos dourados. E os lábios? Que dizer dos lábios?

— Aquele ali, o preto.

Usava um vestido amarelo com gola e punhos de fustão branco. As unhas eram rosa-chá.

— O senhor está bem, Sr. Kutner?

Max entregou os sapatos. E ela, conferindo os saltos:

— Estão excelentes! Achei que não tinham jeito, muito obrigada!

Ele vibrou:

— De nada. — Pigarros: — Que bom que gostou!

— O senhor também é polonês?

— De Katowice, na Galícia.

— Nasci em Bircza.

— Perto da Ucrânia?

— Isso.

Educadamente, Hannah esperou a cobrança que ele adiou com perguntas e comentários sobre o passado. Saudosa:

— Meu pai era religioso, ajudava o rabino na sinagoga. O senhor é casado?

— Solteiro — Max abriu um proponente sorriso.

Hannah pegou a carteira:

— Quanto é?

— Dez mil-réis. Quando veio ao Brasil?

— Há oito anos. Ou nove? Já não sei...

— Gosta daqui?

Hannah contou as notas.

— Se gosto daqui? — Pensou antes de falar. — Seria difícil gostar do Brasil, se fosse fácil gostar de outro lugar.

— É, as coisas não andam fáceis...

— Não andam, não. — Guardando a carteira na bolsa: — O que esperar de um mundo onde Carmen Miranda não é brasileira, Hitler não é alemão, Stálin não é russo?

Risos.

— Parabéns pelo trabalho, Sr. Kutner. Tome.

Max ainda tentou estender o papo, mas Hannah tinha pressa. Recebeu o dinheiro a contragosto.

— Volte sempre!

— Voltarei sim, obrigada — e pôs os sapatos numa sacola.

— Posso entregar em casa!

— Não é preciso. — Hannah concedeu-lhe o último sorriso. — *Sholem*, Sr. Kutner!

E foi-se.

Max não se conteve ao vê-la dobrando a esquina. Nem um segundo a mais, saltou sobre o balcão e foi atrás dela na atribulada Praça Onze. Driblou carros, assustou gente e tropeçou em cachorros, escondido atrás de árvores e postes, até se ver pendurado no estribo de um bonde para o Estácio. Hannah ia no primeiro banco, afagada pela brisa, alheia ao admirador que, agarrado a uma trave ensebada, catava no bolso as moedas do cobrador. O bonde sacolejava, brecava, gente subia e descia. Lá na frente Hannah mal se mexia, os cabelos esvoaçantes.

Saltou no Rio Comprido, perto da Praça Estrela. Atravessou a rua, olhou os jornais num quiosque, sorriu para uma criança e atraiu olhares no botequim onde comprou cigarros e uma piteira. Pediu uma bebida amarela — cerveja, guaraná? —, ajustou a piteira no cigarro e começou a fumar no balcão, o olhar vago. Max se protegeu atrás de uma amendoeira. Hannah estava serena, quase triste — e linda! Em que pensava? De quem se lembrava? Fumava e bebia sem pressa. Seus movimentos eram um bailado, uma poesia gestual imune ao mundo, à risonha malandragem do botequim. Tanto melhor que não sorrisse: mulheres como ela dispensavam truques e trejeitos para exalar seus encantos — feito as borboletas, que no apaziguar das asas revelam o seu tênue esplendor. Lá pelas tantas deu o último trago e apagou a guimba no copo.

Morava no Edifício Topázio, vizinho ao botequim. Era um prédio novo com cinco andares em pó de pedra, estreito e comprido. Mais um desses portentos modernos que pipocavam da noite para o dia. A cidade crescia a passos largos e cada vez mais se falava na construção da tal avenida entre a Cidade Nova e o Arsenal da Marinha. Morros inteiros iam abaixo, Copacabana era um canteiro de obras. De repente aquela vila já não existia, aquele casarão se transformara em escombros. A tradição agonizava onde quer que o futuro fincasse suas ávidas estacas.

Mas nada disso importava ao sapateiro. Para que requentar o passado? Quem olha para trás é coruja! Vilas, palácios, sobrados, casarões? Que demolissem todos, um a um, contanto

52

que o Edifício Topázio fosse poupado, pois era lá que Hannah escrevia suas cartas. Qual apartamento teria o privilégio de acolhê-la? Onde ela descansava suas virtudes?

* * * * *

Duas semanas depois

O Presidente da República visitara as obras de uma usina hidrelétrica, noticiava o repórter patrocinado por drágeas contra os males do pâncreas e da vesícula. Em seu aplaudido discurso, o líder antevia um futuro glorioso para o Brasil. Exaltava as florestas e jazidas daquele país fadado ao progresso, com seus três fusos e a maior costa atlântica das Américas. Tinha uma voz não propriamente grave, mas nasalada, prestes a anunciar tempestades e bonanças com a mesma e enfadonha entonação. Amado por quem não o odiasse e odiado por quem não o amasse, era temido por todos. Depois do discurso presidencial, o eufórico locutor ressaltou que, com preciosos minérios e um povo ordeiro, a nação auriverde exigia bons pâncreas e vesículas. Uma vinheta estridente encerrou o repórter.

Meia hora depois a rádio cuidava de esportes. O barbeiro aproveitou para xingar o juiz que selara o placar do último Fla-Flu. Falou do zagueiro, do centroavante e do ponta-esquerda, sem distrair o acabrunhado freguês, que já tivera os cabelos cortados, a barba escanhoada e o rosto hidratado com creme de hamamélis. Agora Max pedia à manicure que lhe aparasse as vinte unhas e respectivas cutículas. Alicate à mão, a indiscreta senhorita perguntou por que ele não tirava os olhos do prédio em frente. Max fez ouvidos moucos.

Sim, o encontro com Hannah tinha confirmado seus melhores presságios. Na última carta para Guita, ela comentava a façanha de José na Quinta da Boa Vista. Andara léguas de muletas e ainda remara num laguinho. Um atleta! Ou não? Max estava irrequieto: o porteiro do Topázio tinha garantido que nenhum manco ou aleijado chamado José morava num de seus cinquenta apartamentos. Como assim? José não existia, não usava muletas? E Iôssef, quem era Iôssef? O porteiro não sabia.

Em sua penúltima carta, Hannah contava ter reunido os amigos para um piquenique de *Shavuot*. Cantaram, dançaram, e Hannah recitou de cor os Dez Mandamentos. Max ficou surpreso: como ela podia se dedicar tão vivamente à fé que a transformara numa "mulher acorrentada"? As *agunot* eram malvistas dentro e fora dos círculos femininos. Carregavam o estigma do abandono e a suspeita de seu merecimento, quando não lhes rondasse a acusação de ter dado sumiço nos maridos. Agourentas, malsinadas, até de bruxas eram chamadas. Nem por isso Hannah arredava o pé do judaísmo. Que mulher fantástica! Quantas pessoas, por muito menos, não haviam desertado de suas tradições em busca de crenças fáceis? Quantos falsos messias não rifavam o paraíso com banda e fanfarra? Como se a fé não exigisse provações, como se a vida fossem águas plácidas e translúcidas, e não correntezas que tudo arrastam, salvo as pedras bem assentadas no leito!

Eram 10h30 da manhã quando Max levou o susto. Ninguém menos que o Capitão Avelar apareceu no barbeiro, o peito estufado e um quepe de feltro.

— Max Kutner, o que faz aqui?

— Estou... unhas, cortando.

— No Rio Comprido?

— É.

Uma pausa reticente. Avelar apalpou os cabelos:

— Moro a duas quadras daqui. — E como o sapateiro não reagisse: — Foi bom encontrá-lo. Precisamos conversar, mas não agora. Esteja no meu gabinete às 4 horas.

*

Um extenso mapa detalhava o Brasil. Arquivos, canetas e medalhas adornavam a mesa de Avelar. Folheando um livro preto:

— "Criaremos, em breve, enormes monopólios, colossais reservatórios de riquezas, dos quais as próprias fortunas dos cristãos dependerão." — Avelar brandiu o livro, uma veia saltitante na testa. — Sabe o que é isto, Kutner? *Os Protocolos dos Sábios de Sião*. Está tudo aqui, a bíblia secreta dos judeus! Mas não é disso que eu quero falar.

Limpou a garganta antes de entregar ao sapateiro um papel anotado. "Grupo Bnei Israel, Rua Feliciano, nº 23, Madureira."

— Um grupo como outro qualquer? — instigou o capitão.

— Talvez sim, talvez não. Um antro moscovita? Quem sabe... Descubra o que é isso. Alguma dúvida? Ótimo. Amanhã haverá uma... — Escolheu a palavra: — Confraternização. Quem são, quantos são, o que pretendem?

*

Casas, prédios, templos recobriam os morros suburbanos. Naquelas bandas a capital federal era uma feiura só. *Ôi vêi!* Max morria de medo, sacolejando fazia quase uma hora no vagão do trem, maldizendo sua "missão patriótica" comodamente estreada na Rua da Relação e, agora, estendida a Madureira.

Saltou numa plataforma sem sombra nem bancos, vizinha a um morro pobre jamais visto nos cartões-postais. Aquilo era o avesso do Corcovado — o Anticristo! Percorreu quadras com casas e quintais arborizados. Pipas saracoteavam no céu, crianças gritavam ao longe. Era um desses lugares de vidas e matos baldios, onde os relógios bocejam e as galinhas morrem de velhice.

Max pediu a Deus que encontrasse pessoas amáveis e caridosas na Rua Feliciano, sem os mistérios conspirados pelo capitão Avelar. Conferiu o mapa da polícia, contornou uma praça onde um moleque brincava sozinho, subiu por uma ladeira e entrou numa rua inóspita em cujo fim havia um casebre azul-claro com portas e janelas fechadas. No quintal, patos e um gato adormecido. Silêncio absoluto. Max coçou a cabeça: e agora? Confirmou o endereço, olhou os lados, secou o suor. Ninguém à vista. Queria ir embora, esquecer o assunto. Coragem, Max! Um vento súbito chacoalhou as árvores e espalhou folhas pelo quintal, acordando o gato. O sapateiro moveu uma portinhola, cumprimentou os patos e contornou uma procissão de formigas no chão de terra. Duas plantas agonizavam em vasos quebradiços, ladeando a porta que ele ia bater com o nó dos dedos quando ouviu o rangido. A porta se abriu para dentro e Max viu um rosto pálido, os olhos leitosos e um sorriso sarcástico. Antes que desmaiasse:

— *Sholem*, Max Goldman.

No dia seguinte o Capitão Avelar se refestelava em seu trono de jacarandá enquanto um rapaz fardado estendia a mão para Max:

— Tenente Staub, chefe do departamento judaico.

— Um jovem e promissor talento — enalteceu o capitão.

— Sente-se, Kutner, queremos ouvi-lo.

Max explicou que o grupo Bnei Israel não passava de uma associação dedicada a distribuir donativos e visitar doentes. Os membros do grupo lhe pareceram pacatos e trabalhadores, sem motivações políticas. Max chegou a dar um "dinheirinho" para os necessitados, mas declinou cordialmente quando convidado a participar do grupo.

O capitão e o tenente se entreolharam.

— Só isso?

— Só.

— Nada de suspeito?

— Nada.

— Tem certeza?

— Absoluta.

O Tenente Staub fez mais três ou quatro perguntas até a serena convicção do sapateiro abreviar o interrogatório.

— O senhor é um estimado amigo do Brasil — saudou Avelar.

— Obrigado, capitão.

— Judeus como o senhor são bem-vindos.

— Obrigado, tenente.

Staub chamou Max para um "passeio". Andaram por corredores, subiram escadas, visitaram gabinetes entre acenos e continências, Staub explicando as funções e a estrutura de cada órgão, departamento, secretaria. Estavam num Brasil de corpos rijos, braçadeiras e coturnos lustrosos. Ao final, o tenente convidou Max para um cafezinho em sua sala. Enfaticamente:

— Bem disse o Mefisto de Goethe: o populacho não pressente o diabo nem quando este lhe põe a corda no pescoço. Como os revolucionários explicam os massacres de Stálin, os exílios na Sibéria? — Pausa retórica. — Não explicam, porque a propaganda oprime mais que mil exércitos. Os comunistas aboliram até a religião para não concorrer com outras utopias. Desconfie de quem prega a igualdade, meu caro. A riqueza do homem está na diferença.

Max estranhava a cortesia: por que o tenente perderia tempo com um reles tradutor? Haveria uma longínqua empatia entre os dois? Talvez Staub quisesse dizer algo, silenciado pela prudência. O quê?

A conversa foi interrompida por um soldado afoito:

— Tenente Staub! — Prestou continência. — O Major Müller quer falar com o senhor!

— Já vou.

Staub tirou um espelho do bolso, penteou o cabelo e ajustou a farda. Na despedida, Max captou uma aflita bondade em seu olhar.

* * * * *

Os invernos cariocas eram mais quentes que os verões poloneses. Nos dias mornos de Katowice, as casas se abriam e o povo sorria a qualquer pretexto, desfilando a brancura na orla do rio. Praças e bosques se enchiam de flores, borboletas e bichos saltitantes. Famílias faziam piqueniques, namorados passeavam de mãos dadas.

Na Europa, os meses do ano eram como as pessoas, cada qual com seu temperamento, sua feição: uns ranzinzas, outros gentis. Os ranzinzas camuflavam suas bondades, os gentis, suas mazelas. Tudo tinha cheiro, textura, cor — e prazo. O verde pulsava com um vigor efêmero porque, já em setembro, o outono desbotava os campos e os humores. A sensação que se tinha é de que o frio vivia à espreita e que o calor era uma concessão passageira, um sopro vital. Ninguém se enganava em Katowice: de junho a agosto o monstro cinzento só estava cochilando (ouviam-se os seus roncos), para logo acordar com os ânimos renovados e verter gelo durante seis meses. Então as frutas dariam vez a conservas e carnes gordas, o único cheiro seria o de lenha queimada, as pessoas se fechariam em casacos e o céu pesaria sobre seus caminhos. Em novembro, a neve viria apagar cores e viços. As árvores, sem sombrear ninguém, não passariam de esqueletos retorcidos até a próxima primavera.

O Rio de Janeiro era diferente. As estações do ano se pareciam umas com as outras e os ciclos da natureza só despontavam nas feiras e nos mercados com suas ofertas sazonais. De vez em quando um ipê-roxo ou uma amendoeira amarelada pincelavam a paisagem, então as lojas corriam a vender as "modas da estação" só para reinventar seus estoques. Podia-se ir à praia ou passear na floresta a qualquer mês. Nos verões, tempestades castigavam a cidade com enchentes e desmoronamentos. Depois, uns belíssimos arco-íris arrebatavam as molhadas testemunhas e tudo voltava ao normal. O inverno era tão brando que até festas aconteciam ao ar livre.

Naquela tarde, por exemplo, Max traduzia os detalhes de um casamento num sítio em Jacarepaguá — doces, salgados, violinos. O rabino tinha oficiado a cerimônia com um olho nos macaquinhos que, pelos galhos de um salgueiro, ameaçavam sujar os convidados. Perto da orquestra, um córrego encharcava as crianças enquanto os adultos dançavam e gritavam *mazel tov*. Os confeitos do bolo foram tão elogiados que uma tia cega pediu para apalpá-los. Max quase riu. Ficaria até emocionado caso a festa tivesse realmente acontecido; caso aquilo não fosse uma farsa tramada há oito dias na Rua Feliciano nº 23, Madureira.

*

Três copos de água com açúcar lhe resgataram o juízo. No casebre azul-claro, Max foi posto numa cadeira, as pernas bambas e a calva suada. Na sala havia senhoras gorduchas, jovens, sábios e tolos. O grupo Bnei Israel era, de fato, uma associação beneficente. Coletavam dinheiro, casacos, comida. A polícia não teria do que suspeitar caso aquelas pessoas não cuidassem, muito especialmente, de judeus vitimados pela repressão. Prisões, deportações e sumiços despedaçavam os lares, faliam negócios, dissipavam horizontes. Quantos pais, filhos, cônjuges condenados à penúria, ao desespero, ignorando se os entes jaziam em celas ou covas? Como ajudá-los?

Dona Ethel citou o *Talmud*:

— *Kol Israel arevim zeh bazeh*. Todo judeu é responsável um pelo outro.

Um narigudo tomou a palavra:

— Garantimos o estudo de quarenta crianças, remédios para idosos. Buscamos notícias de presos e deportados. Nos dias santos, recebemos irmãos em nossas casas. Não queremos saber de política. Esquerda ou direita, não importa. Somos judeus há quatro mil anos. Quem é de esquerda há tanto tempo?

Dona Ethel:

— Os *goyim* sempre vão inventar motivos para nos perseguir.

Um velhote sorriu:

— Conheci seus pais, Max Goldman. Reisele era uma princesa. — Fechando o sorriso: — Ainda solteiro nessa idade?

E o narigudo:

— Temos bons espiões, inclusive na polícia. Um deles atraiu você para cá.

Um ortodoxo não perdeu a chance:

— Os espiões foram muito úteis e corajosos em nossa história. Já ouviu falar nos *meraglim* que Moshé mandou para Canaã?

E Max, mais perplexo do que esclarecido:

— O que querem de mim?

O narigudo uniu as mãos:

— Temos irmãos perseguidos pela polícia. Estão bem escondidos e vamos embarcá-los para a Argentina com passaportes falsos. As instruções para nossos companheiros estão nesta carta cifrada que você vai traduzir nos próximos dias. Falamos de um casamento em Jacarepaguá, tudo mentira. Não traduza os nomes dos convidados.

Dona Ethel:

— Entendido, Max Goldman?

O sapateiro não reagiu.

— Ótimo — festejou a mulher. — Tome, aqui está o meu endereço. Agora você é um dos nossos.

*

Traduzido o casamento, Max bebeu água e passou à carta seguinte.

De Buenos Aires, Guita relatava o banquete que ela e Jayme tinham oferecido para a nata portenha. Uma noite memorável. E já que, segundo Guita, "os eventos valem por seus imprevistos", ei-los: os *hors d'oeuvres* acabaram porque um ministro foi devorá-los na cozinha; pérolas barrocas coincidiram em proporções alarmantes; dois embaixadores não se cumprimentaram.

Guita concluía com uma centelha de realismo: "Já que ninguém me admira, pelo menos que me invejem! Eis um consolo para esta pessoa cuja única virtude é ser sua irmã."

Na semana seguinte:

Rio de Janeiro, 14 de agosto de 1937

Guita querida,

Não tente controlar o que os outros pensam de você. É como tentar moldar as nuvens com um sopro. Uns a amam em segredo. Outros a desamam assim também. Os motivos de cada um? Melhor não saber. O sentimento alheio é um pântano que a nossa vaidade tenta florir. Só que os pântanos também têm suas flores.

Beijos, Hannah

* * * * *

Um dia Max acordou diferente. Algo lhe faltava, a cabeça estranhamente leve e o corpo ágil. O espelho do banheiro refletia um homem resoluto. Cadê os ombros curvados, os lábios foscos, a tristeza inata? Teria enlouquecido, morrido? Tomou banho, apalpou o rosto, o peito, o sexo, as pernas. Apalpou o espírito, foi se apalpando sem dor nem receio. Então desconfiou que não ele, mas algo nele teria morrido. De novo no espelho, Max suspeitou que enxergava um homem sem culpa. O ar já não pesava — revigorava. Na cabeceira da cama, o avô Shlomo recitou dizeres do rabino Hillel: "Se não for eu por mim, quem será? E se não agora, quando?"

Max estava cansado de dilemas e censuras rebuscadas. Era o bicho-homem rosnando para as finuras do espírito. Será que a ética só servia para coibir e penitenciar? Por que o namoro milenar entre a dor e a decência? Guita é quem tinha razão, metida em paetês mundanos, e não na precoce mortalha em que alguns se enrolavam com presumido heroísmo. Max já não aguentava arrastar correntes em ritos expiatórios. Queria, isto sim, ser feliz, ser pleno, ser homem — e ser ético! Porque o verdadeiro desafio do homem ético não é a obediência cega aos mandamentos sagrados, mas o apego à sua essência.

Sim, Max traduzia Hannah, devassava segredos, usava um nome falso. Sim, Hannah era casada. E daí? Qual o peso disso num mundo insano, onde guerras guerreavam com outras guerras? Max se via atirado na arena, engalfinhado com leões que não rezavam o *Shemá* nem beijavam amuletos. Era matar ou morrer. Que a conquistasse definitivamente em vez de jogar xadrez com os ventos, rodopiando a esmo enquanto outras peças avançavam e redefiniam o placar.

Combinou a calça com a camisa. Eram 7 horas de sua primeira manhã sem culpa.

A Praça Onze se espreguiçava. Pelas calçadas se viam as garrafas que os leiteiros da madrugada tinham espalhado de porta em porta. A sonolência deixava os cortiços, sobrados e vilas enquanto as esquinas cheiravam a café, crianças uniformizadas faziam bagunça a caminho da escola e os trens já estouravam suas boiadas na Central do Brasil.

Às 8 horas Max ensaiava acasos atrás da amendoeira no Rio Comprido: "Você por aqui, que adorável coincidência!" Teria feito uma entrega ali perto. A propósito, também consertava bolsas, carteiras, malas e cintos. Se gostava do trabalho? O suficiente para não desgostar; pagava-lhe as contas. Judaísmo? Não era religioso, mas comemorava as datas, rezava em hebraico e xingava em iídiche. Por sinal, estavam em vias de estrear o ano de... de... (cálculos aflitos). Isso: 5:698! *Ghit Iur!*

Oito e meia, as portas do Topázio se abriram e Hannah apareceu num comportado vestido preto e branco, os cabelos presos em coque. Cumprimentou o porteiro e pisou a calçada com o escarpim recém-consertado. Estava sóbria, elegantíssima, andando depressa. Com que trabalhava? Moda, joias, cosméticos? Entrou aqui, virou ali, comprou uma maçã numa quitanda, saiu comendo e deu uma olhada nos jornais pendurados num quiosque. Um cinto lhe marcava a cintura e salientava o quadril, repuxando o plissado preto até os joelhos.

O carro já estava na Praça Estrela, uma limusine negra. Um motorista de quepe abriu a porta traseira e Hannah entrou rapidamente. O carro partiu sem demora, intrigando o sapateiro: o que Hannah fazia numa limusine?

Voltou para casa abismado: uma proletária de limusine? Mais parecia uma pomposa aristocrata, não a Hannah das cartas. A bem dizer, Hannah parecia a própria Guita. Por que a pressa e o motorista? Cadê José e o enigmático Iôssef?

Max passou o dia confuso, aventando absurdos.

Na tarde seguinte cumprimentou o soldado Onofre, abriu o livro pautado e inaugurou os trabalhos com um arrepio. Agora Hannah se traçava num papel amarelo.

Rio de Janeiro, 27 de agosto de 1937

Guita,

    Rosh Hashaná está chegando, tempo de renovação.

    Sabe em quem pensei hoje? Na tia Sabina! Sempre meshiguene. *Vivia numa penteadeira cheia de potes, vi-*

drinhos, escovas, esperando o "homem certo". Tinha guardado um perfume, um frasquinho lacrado para o grande dia.

Só que, a cada ano, tia Sabina escovava cabelos mais brancos e o perfume estragava no vidro. Do "grande dia", nem sinal. Uma vez fui brincar com as coisas dela e... quebrei o perfume. Isso mesmo! Quebrei o perfume do grande dia. Ôi vêi! Mamãe bateu em mim, papai ficou furioso, tia Sabina passou tão mal que chamamos o médico, o rabino, até o coveiro foi avisado. Que confusão, meu Deus!

Só que tia Sabina não morreu. Mais que isso. Pegou a vassoura e fez questão de limpar o quarto.

Quem diria, Guita! No dia seguinte tia Sabina acordou vinte anos mais moça. Estava livre! Apareceu lá em casa dizendo que "é melhor viver sem sonhar do que sonhar sem viver".

Tia Sabina estava certa, certíssima. Hoje entendo o que ela quis dizer. Entendo, mas não aprendo.

Meu perfume já quebrou há anos, e o que fiz senão guardar os cacos? Choro todas as noites pensando naquele acidente estúpido, no rio onde Max afundou com o carro. Sou, sim, uma aguná, literalmente acorrentada. Porque não há nem haverá homem que me faça esquecê-lo.

A vida é cruel, querida irmã. Tão cruel que, dia desses, conheci outro Max Kutner. Acredite! Um sapateiro da Galícia. Oh, pobre coitado, um homem tão sem graça... Como ousa ter o nome do meu amado?

Iôssef manda lembranças!

Muitos e muitos beijos.

Hannah

Capítulo 3

Um crucifixo dourado, santos de barro e louça, o escudo de um time de futebol. Max ajustou o foco: o que fazia naquele sofá? Tudo doía.

— Melhorou, seu judeu? — uma gorducha trouxe café.

O primeiro gole queimou-lhe a língua.

— Sou Dina, mãe do Onofre. Tirei-lhe as meias porque dormir com elas dá azar. Você desmaiou no trabalho, mas meu filho conseguiu trazê-lo. — Uma pausa astuta. — Qual o nome dela?

— Hannah.

— Venha tomar uma sopa.

À mesa, Max espiou os amuletos de Dina com uma vaga — e inédita — reverência. Se antes evitava profecias, contente com o acaso, agora se perguntava por que o destino o teria feito apaixonar-se pela viúva do autêntico Max Kutner. Sim, havia naquilo uma coerência fatídica. Era a justiça celeste pondo os pingos nos is, punindo Max pela farsa do passaporte. Ninguém menos que o próprio defunto vinha vingá-lo através de sua viúva!

— Acenda uma vela de duas cores sobre um papel com o nome dela — disse Dina.

— Mas... sou judeu.

Descaso:

— No mundo só existem apaixonados e desapaixonados, o resto é besteira.

Max hesitou em pedir o que jamais teria pedido, a zombar de quem pedisse:

— Faça Hannah gostar de mim.

Dina secou as papas com um lenço:

— Traga um copo, um cigarro, qualquer coisa tocada pela boca de Hannah. Algo me diz que essa mulher é de Oxum. Vou resolver o problema em três dias. Agora venha!

Era um quintal com plantas, entulhos e gatos. Dina ergueu os braços bojudos:

— Oh, Santa Rita dos Impossíveis! Qual a sorte deste judeu? Vozes do povo, mensageiras fortuitas, dizei a sorte deste judeu!

Apertou as mãos do sapateiro:

— Agora vá! Preste atenção no que a rua disser, porque a verdade está na voz do povo. O acaso é o melhor profeta.

Max desceu uma escada até a Praça da Cruz Vermelha. A cabeça latejava e as pernas bambeavam na Avenida Mem de Sá, onde uma roda de samba tocava Noel Rosa. Cordas, caixas e latas ritmavam a cantoria:

— Saber mentir é prova de nobreza/Pra não ferir alguém com a franqueza/Mentira não é crime/É bem sublime o que se diz/Mentindo pra fazer alguém feliz.

* * ⁔ * *

68

Buenos Aires, 31 de agosto de 1937

Hannah querida,

Você é um anjo! Que em 5698 continue a fazer o bem do qual tantos precisam, inclusive eu!

Ghit Iur!

Guita e Jayme

*

Rio de Janeiro, 9 de setembro de 1937

Guita,

Obrigada pelas palavras! Você também é um anjo.

Aliás, os anjos são muitos e estão por toda parte, esperando a oportunidade de nos assistir com suas mãos anônimas. A bem dizer, todos somos anjos de ocasião. Angelicais são as circunstâncias, não as pessoas.

Mas uma coisa é certa. Os anjos, caso existam, também têm seus próprios anjos. E são, justamente, aqueles que lhes dão a chance de ajudar. Benditas as pessoas a quem estendo as mãos, pois em verdade elas é que me estendem as suas. Como ensina o Talmud: aquele que dá é quem mais recebe.

Beijos,

Hannah

* * * * *

Max tinha 11 anos quando os avós hospedaram um viajante na aldeia. O homem tinha conhecido os confins da África e navegado o rio Ganges, na Índia. Viu Tel Aviv brotar nas dunas ao norte de Jaffa, antes de escalar uma pirâmide egípcia perto do Cairo. Em suma, um aventureiro. A avó Rebeca punha o jantar na mesa quando o visitante desafiou o avô a dizer se o ser humano crescia para cima ou para baixo. E Shlomo: para cima, logicamente!

— Ledo engano! — divertiu-se o outro. — Crescemos para os lados, todos eles, inclusive para baixo. O mundo se expande a partir de um núcleo essencial. É uma ilusão achar que nossa jornada é evolutiva. — E para o aturdido menininho: — Entendeu?

"Sim", Max responderia vinte anos depois. Tinha descoberto que, para cada bem, há um mal equivalente, que cada centímetro acima presume outro abaixo. A sabedoria não exclui a ignorância, nem a fartura, a escassez. O Brasil era o melhor exemplo: enorme, fértil, quente. Tudo brotava, tudo minava na imensidão, inclusive a miséria, talvez porque existisse um conluio entre a falta e o excesso. A abundância patrocinava a penúria — ou seria o contrário? Não se morria de fome ou de frio no Rio de Janeiro, onde madames jogavam moedinhas para pedintes mais fortes que os estivadores da Polônia. Frutas caídas das árvores apodreciam perto de mendigas que aleitavam crianças. Favelas ladeavam mansões, que ladeavam cabeças de porco, que ladeavam palácios. Só olhares desavisados para estranhar a bizarra harmonia da capital brasileira, uma tropicalíssima colcha de retalhos.

Judeus se achavam enxertados naquele cenário onde mulatos arranhavam o iídiche e políticos apostavam no jogo do bicho. Os saraus de um botequim embalavam as preces na sinagoga do andar de cima. Nem mesmo os integralistas metiam medo com seus patéticos anauês. Brasileiros não sabiam odiar. Max podia, até, sofrer ofensas e ameaças, mas não por ser judeu, e sim porque todos se ofendiam e se ameaçavam em ritos de guerra e paz. Ria-se o tempo inteiro, a qualquer pretexto. Bebia-se muito: cerveja, cachaça, vinhos baratos. A sensualidade viciava os olhares, lotando os bordéis e as gafieiras.

O país era uma afável algazarra, um cortiço hospitaleiro contanto que as regras — ou a falta delas — fossem acatadas. E o judeu típico, impregnado de culpas e medos, tradicional intruso na casa alheia, ia se achegando em levas sorrateiras, como um bloco errante que se agrega à folia e, mais cedo ou mais tarde, ronca a cuíca da irmandade.

E que irmandade! Em Manaus, o túmulo de um rabino dito milagreiro atraía romeiros da Amazônia. No sertão nordestino sobravam vestígios do judaísmo banido pela Inquisição. E os atabaques macumbeiros, secretamente adorados pelas elites? Ora, se o país era uma festa ecumênica onde todos cobiçavam a fé do próximo e cediam um tantinho da sua, por que Max seria exceção?

No Morro da Providência, subiu até um largo onde a malandragem bebia numa birosca. Ladeiras e lodaçais faziam da vida uma teimosa acrobacia. Comprou a vela que Dina encomendara: "Nem uma, nem três: duas cores!" Que Shlomo o perdoasse, mas na Polônia as crendices também desafiavam ortodoxias e chegavam a inflacionar os preços dos alimentos. Em certos lugares, alho e cebola mais serviam para espantar demônios do que a fome.

É bem verdade que, no fundo, Max duvidava que velas e súplicas pudessem mudar o mundo. Cânticos, amuletos, incensos. Será que Deus cedia a truques baratos? Será que sua onisciência e bondade não bastavam para julgar pessoas mais preocupadas em bajulá-lo do que em tomar juízo? Quantos religiosos, no apego às tradições, não acabavam esquecendo o valor que as embasava? Quantos ritos não passavam de meros cacoetes, de gestos mecânicos e hipócritas? Quantos devotos só rendiam preces a Deus porque não podiam enfrentá-lo com espadas e fuzis?

Em casa, Max escreveu "Hannah" num papel, apagou a luz e riscou um fósforo. A chama bailou timidamente no pavio, quase agonizante até romper numa labareda de chamuscar ceticismos. Shlomo chegou a suar no retrato. Bem que Dina suspeitara: "Essa mulher é de Oxum" — mais precisamente, uma *aguná* de Oxum.

* * * * *

"Um copo, um cigarro, qualquer coisa tocada pela boca de Hannah." Max declamava a ordem de Dina, encostado à boa e velha amendoeira. Foram duas horas de espera até a amada aparecer num gracioso vestido azul-claro, bolsa e sapatos brancos. Andava sem pressa, mãos e olhares vadios. Em nada lembrava a apressada senhora que outro dia entrara numa limusine. Nem lembraria: no Estácio, Hannah embarcou num taioba, o famigerado bonde cargueiro usado por lavadeiras e feirantes com suas trouxas e até bichos. Max ficou boquiaberto. Pessoas de boa cepa não punham os pés naquelas pocilgas que nem janelas tinham, feito caixotes ambulantes.

— Táxi! Siga o taioba!

O vagão foi para o Centro via Cidade Nova, cruzando a Praça da República e o Largo da Carioca até parar na Galeria Cruzeiro, coração da Avenida Rio Branco. Hannah comprou cigarros numa tabacaria e saiu por ruas cuja estreiteza prensava multidões. Caminhou lindamente, vendo as vitrines da Rua Gonçalves Dias antes de entrar na Confeitaria Colombo e pedir alguma coisa no balcão da doceria. Ao longe, Max vibrou: um garfo ou guardanapo eram favas contadas! Nunca pensara que fosse tão fácil conquistá-la. Que o Deus de *Moshé* perdoasse a ofensa, mas a concorrência tinha ofertas mais tentadoras.

Gritinhos. Uma loura abraçava Hannah no balcão. Max aguçou as pupilas: uma amiga? Conversaram animadamente enquanto Hannah segurava um pratinho e levava à boca o garfo predestinado às bruxarias de Dina. A loura ria e gesticulava, Hannah escutava e Max vidrava na presa luzidia, devolvida ao balcão junto com o pratinho. Hannah falou qualquer coisa para a loura e cruzou o salão, abrindo a bolsa na fila do caixa. Hora de agir, decretou o sapateiro. Em nome dos orixás!

Max era uma lança certeira rumo ao balcão. Esbarrou em quem fosse preciso até o susto paralisá-lo. Estremeceu no salão: via algo horrível, inacreditável. Sozinha no balcão, a loura raspava o prato e engolia o garfo em lances sorrateiros. Não podia ser! A larápia olhava os lados enquanto Hannah pagava a conta. Puta dos infernos! Ainda limpou a boca com o dorso da mão e chupou todos os dedos. Porca!

Na rua, Hannah e a larápia trocaram beijinhos e se afastaram. Hordas corriam em vários sentidos, como flechas em rotas entrecruzadas, mirando alvos de onde tornariam a ser atiradas para todos os lados. Hannah perambulou por três quadras até acabar sentada num banco do Largo de São Francisco, o vestido esparramado enquanto acendia um cigarro. Cruzou as pernas e, com as mãos, começou a recitar sua poesia gestual. Tragava demoradamente — atenta aos pombos que ciscavam ao redor? Não, Hannah não os contemplava; mero acaso o olhar coincidente. Hannah vivia noutro mundo e suas incursões a este eram exílios momentâneos, males necessários.

À distância, Max fingia estudar os bilhetes lotéricos pendidos num quiosque. Não, ele já não primava pela pureza e podia apostar que Hannah mentia para Guita. Seria mesmo casada? Com que trabalhava? E Iôssef, quem era Iôssef? Em suma, quem era Hannah?

Max espichou o rosto quando ela deu o último trago e, com um peteleco, atirou no chão a bagana incandescente. Teria bocejado ao se levantar e sair andando? Com os olhos, Max demarcou o lugar da bagana. Mas a estratégia fracassou: havia milhares de baganas no chão. Milhares! *Dreck*, e agora? Claro: o batom de Hannah faria a diferença! Max se agachou e engatinhou entre os pombos para examinar as baganas, uma a uma, contra o sol do meio-dia. Cinco, dez, vinte baganas e nenhuma nódoa rosada, nenhum batom. Fuçava as pontas e apalpava os cotos, imitado por um mendigo que já atraía uma risonha plateia. Um policial abriu alas, menos rígido que curioso. Estava prestes a interpelar o senhor de quatro, mas não foi ele quem fulminou o sapateiro:

— Sr. Kutner?

Era Hannah. Voltara para pegar o maço esquecido no banco.

— O senhor está bem?

Max não se mexeu.

— Procura alguma coisa, Sr. Kutner?

— Não...

Hannah lhe estendeu a mão, Max se levantou. Estava pálido.

— Não procuro nada. — Náuseas: — Nada, nada.

A plateia foi dispersando. Max pigarreou para ganhar tempo, os ossos trêmulos e a boca seca. Hannah o olhava com delicadeza, sem cobrar explicações.

— Os anjos!

— Anjos, Sr. Kutner?

— Sim, os anjos! Estão entre nós.

Hannah disfarçou o espanto. E Max:

— Porque angelicais são as circunstâncias. — Vertigem: — Mas não se engane: os anjos também têm seus anjos.

— O senhor bebeu?

— Preciso de você! Estenda-me a mão!

Hannah o levou até uma lanchonete e pediu um pão com manteiga. Ele mastigou por mastigar.

— Melhorou, Sr. Kutner?

Max fez que sim, a boca providencialmente cheia.

— Que bom — Hannah suspirou. — Então fique em paz.

E desapareceu.

* * * * *

Todos se levantaram para ouvir o toque do *shofar*. Coberto por um xale branco, um homem subiu no púlpito da sinagoga e soprou o chifre de carneiro. Era *Iom Kipur*, o Dia do Perdão, quando os judeus jejuam e expiam os erros cometidos no ano que passou.

Recém-inaugurado, o Grande Templo Israelita orgulhava a colônia com seus vitrais e mezanino para mulheres. Nem Buenos Aires tinha coisa parecida. Um mosaico ladeava a arca com os rolos da Torá, envoltos em branco para o dia santo. Mas poucos ali previam alegrias para o ano novo. O governo Vargas acusava os judeus de tramar um golpe para implantar o comunismo no Brasil. Insurreições, quebra-quebras e assassinatos fariam parte da "conspiração semita" descoberta pelos militares, vulgo Plano Cohen. Max sabia que tudo não passava de uma farsa para iludir o povo e justificar truculências como a expulsão de Olga Benário, a bolchevique devolvida a Hitler.

Terminada a cerimônia de *Iom Kipur*, vieram os cumprimentos. Foi com um discreto aceno que Max reconheceu Dona Ethel, do grupo Bnei Israel. Dali a pouco, na escadaria para a rua, alguém lhe ofereceu um caramelo para quebrar o jejum. Aos poucos o sapateiro ia se acostumando aos olhares enviesados, aos zum-zuns pelos cantos. Àquela altura, até as árvores da Praça Onze sabiam que ele trabalhava na polícia. Talvez por isso a maioria o evitasse ou nem sequer cogitasse convidá-lo para o jantar de *Iom Kipur*. E daí? Ele não deixaria de saber como teriam sido os tais jantares — comidas, talheres, humores. Sempre havia um desbocado para azedar os ânimos com verdades fora de hora, ou alguém cuja saúde preocupava. Sempre havia um peixe salgado demais ou um bolo delicioso com nozes e passas.

Max era estranhamente íntimo daquela gente, assíduo em suas vidas feito uma alma penada. Como podiam ser tão iguais e tão diferentes, a esconder os mesmos segredos uns dos outros, para que ninguém desconfiasse do que todos sabiam! Geriam suas honras com mãos de ferro — e pernas de pau. Inclusive o próprio sapateiro.

Voltou para casa entregue aos pensamentos. Por que tinha jejuado pela primeira vez desde a Polônia se não sentia culpa nem era religioso? A resposta lhe veio enquanto cozinhava um ovo no fogareiro. Jejuar fora um gesto de comunhão com o pai, com os avós, com a grande e extemporânea família à qual Hannah também pertencia. Ergueu um brinde ao ano novo. Mas, afinal, quais novidades 5698 lhe reservava?

Os patrícios minguavam no balcão, agora frequentado por coturnos e coldres. Carrões pretos estacionavam à porta da oficina com costumeira indiscrição. Até o Capitão Avelar gostava de chacoalhar suas medalhas pelas calçadas da Visconde de Itaúna. Por essas e outras Max vinha conquistando a ostensiva antipatia ou a cautelosa reverência dos vizinhos. Certa vez uma mãe se pôs a implorar notícias da filha presa e Max tratou de expulsá-la. Era só o que faltava: virar sucursal da polícia! Enquanto isso, na Rua da Relação, ele fazia uma carreira ascendente, encarregado de interrogar os judeus que não soubessem ou quisessem falar português, em geral forasteiros ou endividados com a Lei.

— Que nos deixem em paz! — rogou um rapaz gaúcho, detido enquanto procurava emprego no Rio. — Não ameaçamos ninguém! Somos tão poucos que nem precisávamos ser pacíficos. Deviam, isto sim, prestar atenção nos alemães do Sul. É lá que mora o perigo!

Tinha razão. Em Santa Catarina e no Rio Grande do Sul, milhares de alemães e descendentes se recusavam a falar português enquanto, nas escolas, suas crianças estudavam em materiais vindos de Berlim. Para eles, a anexação do Brasil ao Terceiro Reich era questão de tempo, e a suástica não tardaria a tremular no Palácio do Catete. Todos os anos, em abril, essas comunidades festejavam o aniversário do Führer com desfiles, banda e fanfarra.

Max escondeu a compaixão ao anotar em um caderninho:

— Buscando emprego no Rio, rapaz? Onde está hospedado?

No dia seguinte, o gaúcho foi procurado por um velho marceneiro que precisava de um assistente. Não, o marceneiro não era amigo de Max nem tinha posto anúncio nos jornais. Como Max sabia? Através das cartas, naturalmente.

* * * * *

Rio de Janeiro, 1º de outubro de 1937

Guita querida,

Simhat Torá *é a festa do saber. Por isso dedico esta carta a um assunto especial: a ignorância. Afinal, a ignorância é a mãe da sabedoria! Aprendendo a ignorar, aprende-se a saber. A ignorância nos ensina a lidar com o mistério, com a dor, com o não. E admitir que nem tudo tem ou tem tido resposta. Nossos sábios dizem que a pergunta certa já contém metade da resposta.*

Aprecie o silêncio. É nele que afloram as boas respostas. Algumas são intuitivas, vêm de outros mundos e têm medo deste. Fogem ao menor ruído. Desconfie de respostas agradáveis ou absolutas, que calam perguntas. Nossas dúvidas não são crateras, mas horizontes. Que tal contemplá-las em vez de enchê-las com qualquer argamassa?

Ben Sira ensina: "Não busque o que lhe for oculto e compreenda o que lhe for permitido." Conviver com a dúvida pode ser melhor do que combatê-la. Pessoas que não toleram o mistério ainda correm um risco adicional: o de só fazer perguntas que caibam em suas respostas, de antemão concebidas para atendê-las. Na vida dessas pessoas, as respostas é que induzem as perguntas, não o contrário. As perguntas só são os preâmbulos de suas pobres certezas.

Para comemorar Simhat Torá, tenho ido de casa em casa pedir livros em iídiche. Vou doá-los para um asilo de idosos na semana que vem.

Iôssef manda lembranças! Beijos,
Hannah

* * * * *

Sempre aos farrapos, Mendel F. causava mais pena do que indignação quando insultava os passantes. Tomava banho no chafariz da Praça Onze e roncava a sono solto pelas esquinas. Idade incerta, teria sobrevivido a um massacre na Ucrânia e não conseguia lembrar como chegara ao Brasil. Enfim, mais um *shleper*.

O fato é que, naquela tarde, Mendel F. estava surpreendentemente calmo e até cortês pelas calçadas, exibindo sapatos lustrosos e dizendo que Max Kutner era um santo. Aos brados:

— Pague o sapateiro com livros! Livros em iídiche!

Em poucas horas a oficina virou uma biblioteca. Prosa e verso, comentários rabínicos, dicionários, até pedaços de enciclopédia remuneravam o sapateiro. À noitinha, Max encheu uma mala de saberes: Tolstói, Scholem Aleichem, Dostoiévski. Chegou a folheá-los, a ler estrofes e parágrafos. Numa das obras, Ivan Ilitch narrava a própria morte. Noutra, um pobre alfaiate ganhava na loteria. *Ôi main gót*, que coisas bem escritas! Tão diferentes daquelas cartas vulgares e cheias de erros! Nada como a excelência dos mestres para pôr a Praça Onze no seu devido lugar. Max chegou a dar um suspiro desdenhoso e a lastimar sua sorte antes de admitir, com alguma relutância, que no íntimo dos íntimos preferia aquelas velhas e boas cartinhas. Meio confusas, é verdade, mas sempre humanas, sem escudos ou pretensões literárias. No fundo, Max gostava dos borrões e das rasuras no lugar da tipologia industrial, como se a grafia dos patrícios falasse por si e, não raro, desmentisse o próprio teor. "Estou calma", diziam letras trêmulas. Sem falar nas lágrimas gotejadas, nos perfumes, nos beijos vermelhos. Quantas frases não desafiavam Max a reinterpretá-las no livro pautado, arriscando sentidos? Certo dia, na fila do açougue, quase perguntou para Abram G. o que ele queria dizer com uma parábola hassídica. Noutro dia, não segurou a língua quando Dorinha K. veio buscar uns sapatos: "Quem matou a velha foi Raskólnikov, e não Fiódorovitch." A cliente coçou a cabeça, atordoada com o estranho aviso.

O grande problema do sapateiro eram as coisas intraduzíveis. Não existia uma paridade confiável entre o iídiche e o português, dois mundos inconfundíveis. Por sua própria ori-

gem popular, o iídiche tendia a uma rabugice afável e peculi-
ar. As críticas, as intromissões, as ironias do "jargão judaico"
vinham permeadas de uma intimidade tão fraterna e presu-
mível que se dispensavam as vênias da norma culta. Às vezes o
iídiche mais parecia uma briga de família, com todos os traumas, mitos e manias que cercam os lares. Por isso Max mordiscava tanto a ponta do lápis, imerso em dilemas. Volta e
meia o tenente Staub mandava chamá-lo para esclarecer dúvidas menos técnicas que filosóficas, suscitadas por contos, parábolas, até piadas transcritas no livro pautado. No bonde para
casa o sapateiro chegava a ter discussões imaginárias, revendo
opiniões e revogando certezas. Sobre ele próprio, inclusive.

Hannah, por exemplo. O que fizera, senão revelar um
Max amoroso e vibrante; senão espessar um sangue aguado
pela apatia? Talvez a questão fosse bem mais simples e tudo
aquilo, tão romântico e existencial, não passasse de mero tesão
— desses que igualam o homem às feras —, alçado à trans-
cendência para escamotear a crueza do instinto. Fosse o que
fosse, eram 10 horas da manhã quando o táxi parou à porta do
Edifício Topázio.

— Trezentos e dez — disse o porteiro.

Max arrastou a mala pelo saguão sem esconder o nervo-
sismo. O que dizer? Simples: um cliente — não lembrava o
nome — teria avisado que Hannah estava doando livros para
um asilo em *Simhat Torá*. Ora, não lhe custava ceder parte de
seu acervo, grande e variado assim porque ele adorava literatu-
ra. Seu lazer preferido era aprender, refinar os saberes e, sobretudo, as dúvidas, porque afinal de contas "é preciso aceitar

o mistério e admitir que as boas respostas afloram no silêncio". Quem teria dito isso? Ben Sira ou tia Sabina?

Não, melhor não inventar bobagens. Que tal um papo simples e amigável? Olhá-la nos olhos sem máscaras, como gostaríamos de olhar para Deus e, superadas as mágoas e perplexidades, confessar a dúvida: por quê?

Chamou o elevador, que desceu soprando um vento infecto pelo basculante da porta. Ben Sira ou tia Sabina, quem ensinara que a pergunta certa contém metade da resposta? Quem apreciava as flores do pântano enquanto guardava um perfume para o "grande dia"? Max esfregava as mãos suadas. A cabine subia devagar, roçando correntes, parando noutros andares com solavancos que precediam o ranger das portas pantográficas. *Ôi vêi*, quanta demora!

Trezentos e dez, trezentos e dez. A mala devia pesar uns trinta quilos, para a agonia da alça que lhe feria a mão. Era um corredor labiríntico sob lâmpadas que espalhavam mais sombras do que luzes. Enxugou o suor, recompôs o traje. Cumprimentaria o marido de Hannah e também Iôssef, atento aos bons modos. Conversariam amenidades ou, se tanto, pertinências. Max saberia se levantar (acaso sentasse) e ir-se embora na hora certa. Paciência e método distinguem o bom semeador.

Trezentos e dez, lia-se em letrinhas douradas. No batente direito, uma discreta *mezuzá*. Max inspirou fundo, fundíssimo, golpeado pela vertigem. Qual o desfecho daquele embuste? Ainda podia evitá-lo, dar meia-volta: Adão e Eva receitavam a ignorância há milênios. Pôs a mala no chão e tocou a campainha, um trinado melodioso. Cinco, dez, quinze segundos. Ninguém em casa? Tornou a tocar, secando as

mãos num lenço amarrotado. Bom-dia ou boa-tarde? No relógio, 12h15. Ruídos, passos, saltos contra o piso até uma portinhola de vidro se abrir e olhos vigilantes esquadrinharem o
sapateiro. A portinhola se fechou rapidamente. Correntes, ferrolhos, torções e Max deu com uma senhora gordinha e
maquiada a medi-lo dos pés à cabeça. Notando a mala:

— *Clientelshik* não! — e bateu a porta na cara do sapateiro.

Max tocou a campainha novamente. No que a portinhola
de vidro se abriu, em bom iídiche:

— Não sou *clientelshik*, vim falar com Hannah Kutner.

— Ah, sim... — Torcendo a maçaneta: — Então entre, por
favor. Entre logo, vamos. Perdoe a confusão.

Teria seus cinquenta anos e falava um iídiche cantarolado,
estampada num azul cheio de conchas, estrelas-do-mar, peixes e cavalos-marinhos. A mulher parecia uma moqueca, re-
bolando os quadris rechonchudos até uma saleta onde
pendiam, engaiolados, um papagaio e uma cacatua.

— Sente-se, por favor. Sou Fany.

— Sou Fany, sou Fany! — gritou o papagaio.

— Cala a boca, Iôssef! — Vermelha de ódio: — Bicho
maldito!

Iôssef, um papagaio? O sapateiro sentou numa poltrona
bordô, a mala entre as pernas e os olhos pasmos. Onde estava?
Muitos judeus repartiam casas, se não cortiços, que apelida-
vam de "pensões", ajeitando a vida como fosse possível. Famílias inteiras se enfiavam em quartos e disputavam o mesmo
banheiro enquanto salas e cozinhas viravam assembleias barulhentas. O próprio Max, por exemplo, morava de improviso
nos fundos de sua oficina.

Ainda assim havia algo errado naquela sala, e não era o cheiro adocicado nem o papagaio Iôssef.

Fany trouxe um refresco e perguntou se Max tinha hora marcada, porque Hannah andava "muito ocupada". Ele disse "não", ao que ela pediu paciência e espiou a mala, as mãozinhas cheias de anéis e — *ôi vêi!* — cada unha pintada de uma cor diferente. Desdenhosa:

— O que o senhor faz da vida?

— Sou sapateiro. Trabalho na Visconde de Itaúna, perto da praça.

— Esta mala aí é o quê?

— Livros.

— Livros, para quê?

De repente, gritos. Vinham de outro quarto, agudos e remoídos.

— Que é isso? — Max se agitou: — Que é isso?

Fany quase riu antes que outro grito arrancasse o sapateiro da poltrona. Esbarrando em móveis, espichando as orelhas:

— De onde, de onde? De onde, meu Deus?

— Está tudo bem, senhor! Acalme-se, por favor! — E agarrou o desvairado.

— O que é isso? É Hannah?

— Claro que sim!

Pânico:

— De onde?

Os dois se atracaram antes de Max empurrá-la e invadir um corredor à direita. Hannah uivava feito loba atrás da porta que o sapateiro tentou abrir. Estava trancada. Começou a socá-la:

— Hannah, Hannah!

Alguém tossia convulsivamente lá dentro. O que estaria acontecendo? Machucavam-na? Fany implorou que Max voltasse à sala, fincando-lhe as unhas coloridas, xingando-o de tudo quanto pudesse ofendê-lo. Mas, antes que a lógica o socorresse, a porta se abriu e a tosse revelou o seu autor: o corpulento Capitão Avelar, enroscado em lençóis, fedendo a sexo. Max ficou petrificado. Ao seu lado, irritadíssima, Hannah perguntava que diabos acontecia ali. Estava nua, totalmente nua.

Max pressentiu o desmaio quando as coisas começaram a fazer sentido.

— Sr. Kutner? — foi sua última escuta.

Capítulo 4

Polônia, 1896

Artur foi acordado por um ronco estranho. Olhou a vela à cabeceira, apagada pelo vento às 5 horas em ponto. Preferia não ter escutado aquilo. Os galos começavam a cantoria quando ele deu com o irmão morto na cama ao lado. Suspirou tristemente, afagando o rosto inerte. Depois caminhou pelas tábuas rangentes para chamar os pais. A mãe correu ao fogão para aquecer o chá das visitas enquanto o pai, de porta em porta, avisava a aldeia. Era um menino doce, amoroso. Definhava havia anos, tuberculoso, cuspindo sangue e infestando o casebre onde quatro — agora três — se espremiam.

Os vizinhos lavaram e enrolaram o menino num lençol branco. Tudo foi rápido, ninguém chorou nem rasgou roupas. No cemitério, o pai recitou o *kadish* e o corpo desceu à sepultura sem caixão. As rezas domésticas duraram uma semana, mas o luto foi abreviado porque era preciso trabalhar.

Dezesseis anos, Artur conhecia os ritos fúnebres: mais se morria do que se vivia na aldeia. E não só nela. Fome, frio, miséria, massacres enterravam milhões de judeus na Europa Oriental. Uma comunidade inteira tinha sido chacinada na Rússia, acusada de contaminar rios e poços, além de sacrificar crianças cristãs para usar seu sangue no preparo das *matzot* de *Pessach*. Muitos fugiam, indo "fazer a América", onde se comiam laranjas todos os dias e os prédios pareciam montanhas. "Argentina" também era palavra mágica, além do Estado Judeu que uns falavam em construir no Oriente Médio. "Sonhos, sonhos!", desdenhava o pai, sempre enroscado em xales e tiras de couro, confiante no Criador. Já o incrédulo filho preferiria se enroscar em joias e mulheres bonitas — o que, definitivamente, não existia em Lowicz. Olhava os horizontes, instigado por viajantes que traziam notícias de Varsóvia.

Os dias eram iguais. Os sóis mal raiavam na aldeia e lá se ia, chapinhando nos lodaçais, uma dúzia de homens barbados para as preces na casa do *shammes*. Aproveitavam para discutir a Torá e contar piadas. Só então, instruídos e abençoados, punham-se a trabalhar no que lhes rendesse uns pães ordinários e galinhas para os sábados. A maioria saía pelas redondezas, legando a aldeia às mulheres e crianças. Meninos estudavam na casa do *shammes*, entre livros embolorados e biscoitos que ele assava num forno a lenha. Meninas ficavam em casa. O pai de Artur era marceneiro: serrava, martelava, polia as madeiras de Lowicz. Artur ganhava uns trocados capinando terras cristãs. Tocava rebanhos e furtava alimentos para a família, apesar dos alertas da mãe: aquilo ia acabar mal.

Em setembro aconteceu. "Ladrão!", berrou o fazendeiro, escoltado por capangas e cães raivosos. Artur correu, livrando-se de quatro batatas, tropeçando em tufos e pedras até ser espancado, quase morto pelos poloneses. Amargou semanas na cama, chorando sem lágrimas, contorcendo as mãos ossudas e se perguntando o que fazer. Hora de reagir, arregaçar as mangas! Ambição sem iniciativa era como sino sem badalo. E, já que o cheiro de roça o enojava, que fosse fuçar as cidades.

A alvorada rosava a aldeia e os barbudos chapinhavam na primeira neve de 1897 quando Artur arrumou uma trouxa, comeu pão, beijou a mãe e tomou a estrada. Seu futuro não cabia naquele brejo.

O que mais impressionou o rapaz foi a profusão de gente. Nas avenidas de Varsóvia, prédios se alinhavam em reverente continência enquanto o poder, saído de seus palácios, desfilava em coches suntuosos. Boêmios lotavam os cafés, só esvaziados quando os leiteiros prenunciavam as manhãs. Praças imensas eram enfeitadas com chafarizes, pórticos, estátuas. Mas a opulência que deslumbrava também excluía. Artur teve de buscar suas proporções noutra Varsóvia, farta em antros e becos, ranços e gente esfarrapada. Mal falava polonês, bracejando feito um afogado, virando-se em expedientes vagabundos, comendo restos e dormindo ao relento, aquecido por destilados e fermentados. Estava aflito, quase apavorado. Esperanças ruíam, mas voltar a Lowicz era impensável. Rezar também: sua fé morrera com o irmão. Precisava ganhar dinheiro, nem que estendendo a mão à caridade — ou à delinquência.

Postar-se à porta da sinagoga foi sua derradeira — e eficaz — artimanha. Em fevereiro conseguiu o emprego no ateliê do alfaiate judeu. Afagou casemiras, sedas e linhos que vestiam não propriamente a elite, mas sua sósia. Engordou, aparou os cabelos, teve as bochechas coradas e estreou a primavera em trajes dignos. Chamava a atenção pelo porte altivo, o olhar viril. E o melhor: só precisava falar iídiche, porque os clientes eram todos judeus. Arranjou-se num quarto de fundos com uma janela debruçada na vida alheia. Dias melhores viriam, pressentiu ao notar o mulherio na casa em frente.

Risos, brindes, decotes: Artur logo viu que a virtude não morava ali. Festejou a novidade, especulando preços e suas salientes contrapartidas. Foram noites fisgando detalhes, suando e arfando, embaçando o vidro do quarto enquanto preferia esta ou aquela moça, ressalvando defeitos só para abrandar a vontade de agarrá-las, mordê-las, adentrá-las furiosamente. Heroínas! Grisalhos, calvos e encarquilhados estiravam suas pelancas na cara das pobres coitadas, que de vadias nada tinham: trabalhavam com afinco, resignadas às tantas provações. E, quando os clientes batiam em retirada, lá se iam as moças recompor os encantos, perfumando e empoando suas fadigas.

No ateliê, Artur começou a errar medidas e espetar os dedos. Faltava-lhe um bom espelho para disfarçar as olheiras, mais roxas que o forro do paletó deixado para um conserto. Artur ficou intrigado. Conhecia aquela padronagem: traços verdes e azuis, quadriculados sobre fundo cinza-escuro. De onde?

— Dr. Kelevsky quer aumentar os bolsos — instruiu o alfaiate.

— Mas os bolsos já são grandes...

Muxoxo:

— Dr. Kelevsky é Dr. Kelevsky!

Mais um excêntrico em Varsóvia, resmungou o rapaz.

Pois no dia seguinte Artur deparou com um refinado senhor, bigodes curtos e pincenê. Concedeu um olhar casual ao rapaz, que não hesitou: claro! Aquele paletó frequentava o bordel vizinho — não uma nem duas, mas várias vezes. Artur logo adivinhou o ofício do Dr. Kelevsky, que agora o contemplava com trejeitos aristocráticos.

— Iídiche, o rapaz?

— De Lowicz — confirmou o alfaiate.

— Sei...

Kelevsky coçou o bigode, o ar arguto e um insinuado sorriso que Artur retribuiu. Provocativo, Kelevsky despejou no balcão um isqueiro de prata, uma cigarreira, dinheiro e canetas. Pediu que Artur colocasse aquilo nos bolsos aumentados e que vestisse a peça. Ajustando o pincenê:

— C'est parfait!

E sorriu, censurado pelo acabrunhado alfaiate. Um mês depois o dinheiro do rufião pinicava as mãos do aprendiz, seu filho postiço. O agora chamado Artur Kelevsky parecia talhado, física e moralmente, para as missões que lhe fariam a fortuna, ora devolvido aos charcos interioranos, ora atracando nos mais remotos continentes.

* * * * *

Rússia, nove anos depois

Golda teve que beber água para conter o soluço: rezas e promessas surtiam efeito! O branco lhe caía bem, sobressaído na noite estrelada. Oficiado por um tio, o casamento acontecia a céu aberto para que os mortos, lá de cima, também assistissem à cerimônia. Melhor assim, porque nem os próprios vivos caberiam na única sinagoga da aldeia, uma casinha providencialmente pequena para que um só Deus pudesse morar nela. Vários convidados vestiam costuras e remendos da própria Golda, cujo vestido fora feito às pressas a pedido do noivo.

O bonitão surgira do nada, tão improvável quanto o Messias. Depois de rondar o mundo atrás da cara-metade, bastou o primeiro olhar. Era um dia de outono e Golda brincava com as crianças das redondezas na creche improvisada em seu quintal.

— Com este anel — recitou o bonitão —, tu és consagrada a mim conforme a lei de Moshé e Israel.

— Está casada — falaram as testemunhas.

Só as crianças não escondiam a tristeza. Preferiam-na aos trapos, os cabelos soltos, sem aquele véu esquisito. Talvez pressentissem a saudade — que, aliás, todos temiam. Como viver sem Golda, a moça mais alegre e prestativa da Rússia?

Os noivos beberam vinho e Artur quebrou o copo com uma pisada certeira.

Mazel tov! Lágrimas e abraços. O primeiro beijo enciumou homens e mulheres, que aplaudiram por aplaudir.

Todos tinham ajudado a preparar a festa. Acordeões, clarinetes, violinos soaram a noite inteira. Meninas discutiam

quem casaria primeiro, meninos corriam pelos campos enlua-
rados, mulheres ostentavam o melhor de seus armários. Não
se ouviam cacarejos nos galinheiros baldios porque todos os
bichos, até a única e estimada vaca da aldeia, enfastiava os
adultos enquanto os pomares, transformados em compotas,
lambuzavam as crianças. Pastas, conservas e geleias completa-
vam a mesa. Os noivos rodopiaram às gargalhadas, aplaudidos
por sóbrios e bêbados. Logo eram levantados e sacudidos por
braços eufóricos: *Mazel tov, mazel tov!* Da Sibéria ao Cáucaso
se escutava a cantoria. Menos audível era o cochicho:

— Golda está rica.

Empresário polonês, o rapaz morava numa cidade americana, dono de um restaurante especializado em bifes. Tudo *kosher*,
naturalmente. Tinha até um palácio com lagos e jardins em...

— Nova York? — arriscou o pai de Golda, a língua trôpega.

Artur corrigiu:

— Buenos Aires.

— É tudo América! — riu-se o sogro.

A manhã seguinte desafiou a lógica. No céu, uma nuvem
escassa fazia chover enquanto Golda abraçava um a um, sere-
nando angústias e acumulando promessas. Da tia-avó ganhou
um vestido azul-marinho com botões de marfim africano para
usar no primeiro dia de América. Também ganhou lenços,
bibelôs e até um pingente de âmbar. Jurou voltar com o primeiro filho, mas nem a criança mais ingênua da aldeia, pre-
maturamente realista, esperava esse dia. Como ter planos,
semear futuros numa região onde galinhas bicavam os corpos
dos donos? *Pogroms* eram a maldição: saques e chacinas em

nome do czar Nicolau II, cidades inteiras na mira das armas cossacas. Pura maldade! Graças a Deus Golda escapava, convocada pelo futuro, quem sabe para fecundar a aldeia noutro mundo? Uma idosa puxou Artur pelo braço:

— Ouça bem, rapaz! Nem pense em prendê-la em casa! Golda é trabalhadora, muito trabalhadora!

Artur sorriu:

— Não se preocupe, ela vai trabalhar bastante!

E como o destino tinha pressa, entraram na carroça. Golda estava afônica, olhos aguados e nariz vermelho. Amparou o rosto no marido, apertou-lhe a mão. Eis o seu homem, tão bonito e inteligente. Iria amá-lo na dor e na alegria, na riqueza e na pobreza. Amaria suas virtudes, suas fraquezas. Teriam filhos, netos, bisnetos. Saberia perdoá-lo, entendê-lo e fazê-lo feliz, como manda o *Talmud*. E foi com uma centelha de humor que, enxugado o rosto, Golda cutucou o cocheiro. Simulando casualidade:

— Para Buenos Aires, por favor.

* * * * *

Hamburgo

Trancafiada havia cinco dias, Golda já não sabia como se ocupar naquele quarto de hotel. Tinha desfiado carretéis consertando cortinas puídas, um lençol e duas fronhas. Beirava a loucura, andando em círculos, esvaindo-se num penico porque não havia banheiro no quarto. Nem o curral da aldeia

fedia tanto. Artur só chegava à noite, trazendo comida e queixas contra o inverno que interditava o porto, adiando a viagem
para a Argentina. Saía pelas manhãs, esbaforido, confinando a
mulher no desespero.

Meio-dia, Golda apalpou a janela recoberta de neve. Mal
enxergava o porto, seus navios e guindastes sob crostas brancas. Era o inverno mais gelado dos últimos anos, mas isso não
chegava a preocupá-la. Tampouco pensava na longa jornada
da Rússia até ali, seis meses serpenteando em trens e charretes. Não lhe importavam os palácios vienenses, nem os Alpes
tiroleses ou a opulência de Berlim. Golda só pensava em Artur.

Andava estranho, cada vez mais disperso e agressivo. Tinha
negócios a resolver onde quer que passassem, ausente por longas horas, até dias. Prometia sossegar na América do Sul. Entre uma promessa e outra Golda reaprendia que a América
tinha norte e sul. Que dizer da Europa, com seus ocidentes e
orientes, centros e penínsulas?

Golda nunca imaginara terras e diferenças tão grandes.
Sonhara, isto sim, com uma aldeia sem fim — claro que aber-
ta a novidades, mas nada comparável àquilo. Sentia-se absurda, exilada, anônima. No saudoso povoado, tudo cheirava a
pobreza, mas Golda tinha o domínio dos fatos, olhava nos
olhos, pisava o chão. Deixara um lugar humilde, mas coe-
rente, para ingressar numa sucessão de paisagens, gentes e
acontecimentos fortuitos. Golda era uma qualquer, não a
Golda prestativa, cândida e querida pelos conterrâneos. Seus
gestos não tinham ressonância. Impossível se fazer entender,
se fazer Golda — inclusive para o marido.

Estava casada com uma incógnita. Amá-lo na dor e na alegria era um desafio precocemente severo. Em Viena, Artur explodira ao vê-la doente, os braços pontilhados de vermelho. Felizmente a crise fora sanada por um médico amigo. Aliás, amizades não faltavam: Artur cumprimentava policiais, porteiros, homens e mulheres de feições duvidosas. Fluía em mil idiomas, negociando aquilo que Golda tentava associar ao restaurante de Buenos Aires. E, quando ela se atrevia a fazer perguntas, Artur vinha com evasivas, chocolates, bocejos.

Três da tarde, Golda arranhou a janela do quarto. Via um judeu religioso lá fora. Andava contra o vento, obstinado em seu rumo esbranquiçado. A nevasca surrava o traje escuro, o chapéu de abas largas. Golda não era culta ou religiosa, nem sequer alfabetizada, mas conhecia homens como aquele, assíduos na aldeia. Assustavam um pouco, erguendo as mãos e modulando a voz, cheios de sorrisos e caretas. Mas eram amigos. Golda queria saudá-lo, dizer *sholem* ou qualquer coisa para, assim, requentar a alma, espessar o sangue, ter notícias de si mesma.

Só que a porta do quarto estava trancada e a janela, emperrada. Golda beirava o pânico ao escutar passos, chaves, dobradiças. Artur entrou, afobado, relinchando feito um cavalo. Foi desabotoando o casacão, jogando as roupas pelo chão, o cachecol, abrindo a calça, devassando a nudez inédita. Então, sem preâmbulos, agarrou Golda, arrancou-lhe os panos e tirou todos os proveitos do corpo tenro e inerte.

Golda não gritou, não gemeu nem nada. Estava confusa demais para reagir. Suportou as dores sem um pio, um esgar, refugiada num confim da alma, legando a carne ao marido faminto. E depois de usufruída, amargou a estranha suspeita de ser, ou ter sido, um corpo — mais nada. A lógica se invertia. Não era a alma que animava o corpo, fiel hospedeiro daquela, mas o contrário. A carne é que importava. Golda se descobria mera inquilina do rosto, dos seios, dos cantos e recantos que Artur realmente desejava.

Levantou-se. A noite caíra, Hamburgo era um breu. Pelo reflexo do vidro via o marido estirado na cama. Pediu-lhe para ir ao banheiro no fim do corredor, precisava se lavar. Artur deixou, bem-humorado, porque o porto ia ser liberado no dia seguinte.

Buenos Aires era questão de semanas.

* * * * *

Quando o navio parou na França, Artur fez Golda arrumar a mala e se mudar para um cubículo acinzentado com duas beliches e uma latrina. Sem entender nada, Golda abriu a escotilha de seu novo quarto e viu o marido no cais, conversando com homens uniformizados. Que coisa estranha: ele mostrava a carteira para os guardas enquanto cumprimentava três mulheres. Dali a pouco a portinhola da cabine rangeu e as três entraram, confusas e barulhentas. Artur veio em seguida:

— Fiquem calmas! — E, apresentando um baixinho carrancudo: — Leib vai cuidar de vocês.

Assim como Golda, as três vinham de aldeias judaicas. As afinidades não tardaram a chocá-las: Artur havia casado com as quatro, às quatro prometendo o mesmíssimo éden, falando do restaurante cujos bifes *kosher*, desconfiaram as moças, eram elas próprias. Golda custou a compreendê-las, aquilo não fazia o menor sentido. Então, mais por pavor que por indignação, esmurrou a porta e tentou escapar pela estreita escotilha. Viu a costa francesa recuar lentamente, diluída em brumas.

Passaram a primeira semana entulhadas na cabine, falando sem trégua, disputando a latrina e a comida trazida por Leib, que se referia a Artur como "o chefe". Golda soube que o tal chefe havia, felizmente, embarcado com eles e que gostaria de rever as esposas na "hora certa". Isso viria a acontecer depois da escala numa ilha rochosa, cheia de casinhas brancas e morros íngremes. Artur usava bengala e um terno cinza-chumbo, a fala mansa, porém resoluta:

— Saiam, podem sair da cabine, mas não se queimem ao sol. Brancura é fundamental!

Golda quis socá-lo, xingá-lo. Não conseguiu: faltava-lhe vocação para odiar — e, muito especialmente, para odiá-lo. Tinha certeza de que as coisas iriam se ajustar. Detrás daquela provação havia um porquê, um sentido oculto, uma bondade ora indecifrável. E como Golda relutasse em deixar o quarto, Artur segurou-lhe a mão:

— Confie em mim, venha.

No convés, deu com uma profusão de azuis. O mundo era água, crianças brincavam de roda perto de um velho curvado. Foi então que Golda abriu uma fresta na lógica, no tempo, no espaço. Por um mísero instante, além das circunstâncias e seus parâmetros, ela conheceu a paz. Dizem que no ápice da desesperança mora o alívio, porque é ali, onde nada se espera, que tudo se basta. Ali, o trigo não promete o pão, a uva não promete o vinho nem a aurora anuncia o sol. Nenhuma ânsia ou presságio. Ali, a vida não é véspera nem desenlace. E foi precisamente ali que Golda captou a beleza do mar, do céu, de Deus. Sentiu o vento acarinhar-lhe o rosto, soltou os cabelos, os braços, inspirou fundo. Nada de horizontes que não aquele traçado à sua frente, sobre um Atlântico sem promessas, e ainda assim — ou por isso mesmo? — maravilhoso.

Recobrada a razão, viu as três mulheres numa risonha tertúlia. A noite já espessava o céu, Artur tinha ido embora e Leib se preparava para tanger o mulherio de volta para o cárcere.

* * * * *

Ancorados no Rio de Janeiro, os passageiros que seguiam viagem para Buenos Aires foram retidos no convés porque as autoridades sanitárias inspecionavam as cabines. Muitos tinham saltado no Brasil, inclusive as "esposas" de Artur e o insuportável Leib. Golda gostou de saber-se única outra vez, como se nada tivesse acontecido desde o embarque em Hamburgo. Agora sim o mundo retomava o sentido. Foi falar com o marido, encantada com a paisagem e cheia de dúvidas sobre a Argentina. Cigarrilha à mão, Artur não quis conversa. E Golda, seriíssima:

— Pode me escutar?

— Agora não, estou fumando, saia daqui.

Num surto audacioso:

— Sou sua mulher, preciso que me escute!

Ele se enfezou:

— Mulher de quem? Não minha!

— Como não? Somos casados!

— Putas não casam! Aquele casamento não era de verdade, entendeu? Agora saia daqui, estou fumando e quero sossego!

Golda estremeceu, os olhos vermelhos. Teria alucinado? Ela, solteira e deflorada? Impossível. Haviam trocado alianças, quebrado o copo! *Guevalt*, nunca ouvira tamanho absurdo! Agarrou Artur, que a repeliu com um soco e um palavrão. Golda rolou no chão até ser acudida por uma senhora que, escandalizada, lhe tomou as dores e resolveu chamar o comandante.

— Não é preciso. — A moça agradeceu. Levantou-se sozinha e tentou recompor a gola do vestido, os dedos trêmulos. Era o vestido azul-marinho ganho da tia-avó para o primeiro dia de América. Ficou parada, notando a roupa rasgada e os botões de marfim africano pelo chão. Secou a coriza, a baba, as lágrimas, e tirou a aliança do anular. Estava machucada, despenteada, desfigurada ao cambalear pelo assoalho, o batom melado e um olhar sombrio até subir no parapeito, abrir os braços e saltar sobre a baía de Guanabara. Caiu feito uma pedra. Preferia a morte ou qualquer desgraça àquele destino. Mergulhou, espancada pela água morna e lodosa, da qual emergiu em tosses convulsas. Curiosos se acotovelavam no convés, Artur gritava desesperadamente. Era dele que Golda fugia. Cossaco judeu, monstro infernal! Começou a bracejar, a espernear. A cada gesto engolia litros, perdia força e sangue pelo nariz. Mas nadava, nadava incansavelmente, nadava rumo à sua aldeia, às boas e velhas trevas, ao mundo onde era amada, era gente, era Golda!

100

Então foi se cansando, perdendo o fôlego, o corpo rebelado. Já estava tonta e delirante, bebendo escórias ao deparar com um barco de madeira e ser resgatada por mãos escuras. Os homens berravam e remavam. Golda se viu numa poça opaca, entre peixes agonizantes. Notou seus rabos aflitos, os olhos esbugalhados. Raríssimos na aldeia, já chegavam secos e defumados, duros que nem ferro, muito usados nas mesas de *Pessach* e do ano-novo. Golda nunca tinha visto um peixe vivo. Gostava de catar girinos no único córrego da aldeia, mas só para lhes contar segredos e fazer desabafos.

Acordaria num leito hospitalar, sabe-se lá quantos dias depois, sem entender as enfermeiras, esvaída em suor e excrementos. Tomava injeções, babava as sopas, morria de sede. Às vezes conversava com os pais, ordenhava galinhas ou paria vaga-lumes. Duas mulheres bonitas e bem-vestidas, exageradamente maquiadas, vinham afagar-lhe os cabelos e falar, em iídiche, o que Golda decifrava a duras penas. Sara e Zélia (eis os seus nomes) cuidariam dela quando deixasse o hospital. Seriam boas amigas, solidárias e confidentes. Mas Golda não queria amigas. Só fazia perguntar pelo marido — Artur, Artur, Artur — no fio de voz com o qual teceu o último apelo: Artur.

Morreu sozinha, esquálida, numa madrugada de janeiro. Febre tifoide, segundo a certidão. Sara e Zélia exigiram que os funcionários do hospital lavassem Golda e a embalassem num lençol; queriam um enterro digno e judaico para que ela descansasse em paz. Mas ninguém lavou a defunta e as polacas ainda ouviram zombarias. No Cemitério do Caju, o caixão baixou à cova entre os santos e crucifixos das cercanias.

Sara e Zélia presidiam uma comissão que já vinha pleiteando um cemitério judaico na cidade.

Dez anos depois a Prefeitura concedeu o alvará para o Cemitério de Inhaúma. Foi uma tarde solene de 1916, com direito a piquenique e discursos no próprio local. Algumas mulheres chegaram a cantar e a dançar, as irreverentes já demarcando lotes e especulando datas, brindando ao anjo da morte. Depois da algazarra, Zélia pôs seu chapéu e tomou o bonde para o Caju. Queria colocar uma pedra no túmulo de Golda. Lá chegando, enfurnada em granitos e alamedas, resolveu procurar a administração para encontrar a lápide. Era uma salinha abafada, os móveis velhos e bagunçados. A funcionária forçou um sorriso ao revirar gavetas com arquivos amarelados, lamentando os estragos causados pela última chuva. Zélia esperou meia hora, quarenta minutos, bebeu água e usou o banheiro. Mas quando as varizes começaram a doer, suspeitou ter perdido Golda para sempre. Não reclamou.

Foi até a orla da baía de Guanabara, pensou em Deus e atirou uma pedra na água.

* * * * *

Polônia, 1930

Duas da madrugada, a cervejaria não dava sinais de fadiga: risos, falatório e o vaivém dos garçons com suas tulipas espumantes. Sozinho no alvoroço, Artur não tinha a que brindar. Não lhe faltava dinheiro ou saúde, mas era ofensivo estar exilado na cidade onde tudo começara, a milhares de quilômetros de sua *chaise longue* no palacete da Avenida Córdoba, sede da Zwi Migdal. Ah, Buenos Aires! Será que Artur tornaria a ver seus cafés, palácios, bulevares? Tornaria a ouvir os cálidos tangos de Gardel?

Doía-lhe a cabeça, o estômago, tudo. Aos cinquenta anos, pela primeira vez Artur temia a solidão. Era um desfecho ingrato para mais de três décadas de intensos trabalhos. Quantas moças distribuídas pelo mundo? Argentina, Brasil, Estados Unidos, África do Sul, Índia, China. Felizardas! Sem a Zwi Migdal teriam apodrecido em aldeias mais insalubres que os bordéis onde eram bem pagas. Não lucravam sozinhas. O tráfico de peles remunerava muita gente, desdobrado em negócios fabulosos. Só na Argentina, a organização tinha gerido indústrias e lojas não raro frequentadas pelos mesmos e respeitáveis judeus que viravam a cara para Artur nos bulevares portenhos. Quantos não iam aliviar, nos antros polacos, o que suas esposas chamariam de horrendas perversões? Cínicos! Alfaiates, advogados, corretores de imóveis. Esbanjavam nobreza, tementes ao deus em nome do qual nunca haviam rejeitado as delícias do submundo judaico. E o que esperar em troca? Quem estenderia a mão, levantaria a voz em prol dos irmãos impuros? Nem sequer concediam a estes o direito de casar em suas sinagogas ou de ser enterrados no cemitério de La Tablada!

Sim, Artur Kelevsky tinha levado algumas almas à ruína. Mortas não por ele, mas pelo choque entre seus alienados romantismos, brotados nas aldeias do Leste Europeu, e as duras circunstâncias do mundo real. Artur era um mero intermediário, um negociante como outro qualquer. Não inventara a profissão mais antiga do mundo nem sua vasta e insaciável clientela. Às moças não faltavam comida, roupas, remédios, cosméticos. E, no entanto, o que faziam as desnaturadas? Criticavam seus benfeitores, aprontavam confusões, queriam abandoná-los para "recomeçar" suas vidas. Quantas delas o próprio Artur não tinha livrado da cadeia, de tribunais e desafetos? Quantas ele não tinha mandado para prostíbulos distantes, acusadas de crimes e arruaças? Em Três Arroyos só trabalhavam reincidentes, encrenqueiras profissionais. E caso adoecessem, quem as internava em bons hospitais, sanatórios, hospícios? Artur Kelevsky! O mesmo que, nas assembleias da Zwi Migdal, defendia a educação de seus filhos e o emprego de seus maridos. Até casamentos, velórios e *Bar Mitzvot* aconteceram na Avenida Córdoba. Sem falar nas mulheres ali chegadas de mala e cuia, sem horizontes, a buscar na prostituição o que o mundo moral lhes negara. Opressão ou vocação? Oprimidas eram as esposas tradicionais, chocadeiras feias e infelizes nos lares do Once. Deviam invejar as putas com as quais, em verdade, se confundiam. Ganhavam de outros modos, menos nítidos e defensáveis. Criticavam as congêneres como se suas partes íntimas fossem santuários, não cassinos! Já as polacas eram esclarecidas e prósperas. Geriam seus próprios negócios — costuravam, cozinhavam. Faziam-no em paz, contanto que não traíssem a Zwi Migdal. Nem pensar em vadiar por conta própria ou sonegar as taxas da organização.

Mas o ser humano é um autêntico transgressor, daí as surras, confinamentos *y otras cositas más*. Castigos que elas próprias se impingiam através dos agentes da Zwi Migdal, não raro policiais. Igualmente cooperativos eram muitos políticos, magistrados, diplomatas e autoridades. Deserções podiam acontecer, mas os piores dissabores vinham de fora.

Nas últimas décadas, sobretudo nos anos 20, combater a chamada "escravatura branca" se tornara a causa-mor de um bando de ociosos. Portos e estações ferroviárias se enchiam de senhoras com seus panfletos alarmistas. Algumas advertiam as moças nos próprios navios, chegando a "adotá-las" — para não dizer raptá-las. Que cortassem os colhões dos machos, ora! Ativistas de merda!

Se bem que todos os ramos comerciais envolviam perdas e riscos — e ninguém melhor que Artur Kelevsky para computá-los. Comandara mil prostíbulos, duas indústrias e 18 lojas, faturando o incalculável. E, como o setor exigia estoques renovados, uma legião de agentes — rapazes ambiciosos — percorria as roças da Polônia, da Rússia, da Hungria e redondezas. Tinham que ser hábeis para fisgar as maçãs mais viçosas.

A verdade é que a "importação de peles" nunca fora um negócio estável em sete décadas. Mas nem os pessimistas, agourentos e invejosos poderiam prever o desastre acontecido em 1929, quando uma puta velha e insurgente foi procurar um comissário da polícia federal em Buenos Aires, de nome Julio Alsogaray, a quem fez denúncias bombásticas contra a Zwi Migdal. Falou dos castigos, confiscos, ameaças. Falou das contas, dos subornos, dos negócios simulados.

Piranha! Havia posto tudo a perder. Resultado: mandados de prisão, bordéis desmantelados. Puro antissemitismo! Ou será que os argentinos fariam isso com rufiões franceses, italianos, turcos? Justiça de merda! Tinham levado as polacas à penúria, e seus clientes, à loucura. Não tardaram os estupros, as bebedeiras, os desajustes que o ilustríssimo comissário deixara de prever, achando que a civilização fosse um mar de almirante e não uma oceânica hipocrisia. O próprio Artur tivera que fugir, cruzando o rio da Prata na calada da noite, chafurdando nos pampas uruguaios até, clandestino, zarpar de Montevidéu para a Europa. Não era sua primeira aventura *al mare*.

Nunca esqueceria 1914, quando uma esquadra inglesa interceptou um navio alemão com oito moças. O alvo não eram elas, mas a própria embarcação. Os súditos do Rei informaram que a Europa tinha acabado de entrar em guerra, que o navio inimigo seria recolhido a um porto escocês e os passageiros, acomodados noutro transatlântico. O horror foi unânime — ou quase. Enquanto os ingênuos erguiam as mãos, Artur esfregava as suas. Voltou para a Alemanha, desafiando bombas e fuzis para abastecer as frentes germânicas com fogosas provisões. E na África do Sul, quando as moças foram emboscadas por uma tribo selvagem? Artur conhecera meio mundo, de Hong Kong a Havana. Cocaína e ópio frequentaram-lhe o sangue, mas preferia o absinto de Praga.

Pois sua gloriosa odisseia caía em desgraça. Cinquenta anos, quem diria! A caneca de cerveja era sua escassa companheira de aniversário. Onde festejaria o próximo? Informantes o aconselhavam a esquecer Buenos Aires. Que tentasse o Brasil, onde um líder carismático havia tomado o poder.

Cabia a Artur esperar a poeira baixar. Venezuela, Colômbia, México, Cuba eram alternativas. Mas, aos cinquenta anos, Artur já não tinha o vigor de outrora. Sofria de pressão alta, artrose e outras chagas. Talvez preferisse envelhecer à beira-mar. E, já embriagado, imaginou-se nas praias cariocas, tostado ao sol, mimado por uma companheira. Nada de mocinhas abobalhadas e românticas. Não! Queria uma mulher madura, que o amparasse no lento e inevitável ocaso. Depois de duzentas e tantas noivas — e respectivas sogras, felizmente distantes —, descobria-se tão vulnerável quanto suas presas. A ninguém confessaria a incursão da véspera. Caminhara na Rua Nalevki, reduto judaico de Varsóvia, chegando a entrar numa sinagoga. Bendito anonimato após décadas de inamistosa notoriedade! Talvez não passasse de um lampejo poético a sensação de ter, afinal, sepultado o irmão menor.

Artur se espreguiçou e pediu a conta ao garçom. No relógio, 3 horas da manhã.

Contornou mesas cheias a caminho do banheiro, mal contido na calça. De repente, o pasmo. No balcão, uma mulher diferente contava dinheiro, fazia anotações e dava ordens a um servil batalhão. Era linda, sem pinturas nem truques, o ar assertivo, cabelos fartos, lábios propensos à cortesia e... uma Estrela de Davi no peito! Seria possível, uma judia? Artur engoliu o susto e vacilou nos passos. Finalmente forjou o olhar, aprumou a coluna e se aproximou, a pretexto de perguntar onde era o banheiro.

— Primeira porta à esquerda — disse a mulher em polonês.

E Artur, galante:

— Iídiche?

Ela parou, a observá-lo com vago interesse. Tinha o olhar gentil:

— *Sholem*, senhor...

— Kelevsky, Artur Kelevsky.

— *Sholem*, Sr. Artur Kelevsky. — A mulher cruzou os braços: — Kelev significa "cachorro" em hebraico.

— É mesmo? — franca surpresa. — Não sabia.

Ela sorriu. Teria seus trinta anos? Nenhuma ruga ou flacidez, só a beleza maturada pelos anjos. Artur se arriscou:

— Posso saber o seu nome?

A mulher desviou o olhar timidamente e separou moedas no balcão. Artur se sentiu um vira-lata sarnento na mira da vassourada. Mas o medo não tinha porquê — ao menos por ora. Um doce suspiro precedeu a resposta:

— Hannah Kutner.

Capítulo 5

Rio de Janeiro, 1937

A pérgula do Copacabana Palace estava enfeitada para o coquetel natalino. Um arranjo floral verde e amarelo boiava na piscina em cujo entorno as senhoras vestiam as finuras da moda e os fardados traziam medalhas no peito. Garçons serviam uísque e repassavam bilhetinhos. Sorrisos, gestos e palavras se atinham à etiqueta, e rompê-la era prerrogativa das altas patentes. Um piano embalava os ritos do poder — ao qual, convictamente, Max não aspirava. Apertou mãos ensebadas, fingindo interesse ou surpresa quando oportuno, mas não conseguia sorrir. Que lhe perdoassem o olhar distante e a voz monótona, pois a única coisa mais difícil do que se livrar daquela hipocrisia era tolerá-la.

Max tinha caído nas graças da corte. Dias antes aplaudia as proezas de uma orquestra no camarote da polícia no Theatro Municipal, metido num *smoking* alugado e brindando às asnices da Sra. Avelar. O próprio capitão tratava o sapateiro como se nada tivesse acontecido na casa de Hannah, meses antes. Elogiava o maestro e os trinados do pianista, embora o concerto que preocupava a nação fosse regido longe dali, nos salões da República. Sob o pretexto de combater o "perigo vermelho", Getúlio Vargas havia fechado o Congresso, dissolvido os partidos políticos e decretado o Estado Novo. Eis o consenso na pérgula do Copacabana Palace: o futuro do Brasil era, na melhor das hipóteses, uma incógnita.

Lá pelas tantas o sapateiro pediu licença, deixou a pérgula e atravessou a avenida Atlântica para espairecer na orla. Sentou-se num banco da calçada e inspirou fundo. As águas iam e vinham, espumando na areia com um troar suave. Max gostava do mar, das montanhas, da porção intocada pelo homem. Tinha saudade. Saudade de uma esperança perdida, de uma boa causa para embalar seus dias cinzentos. Agora podia compreender os mutilados saudosos do membro perdido. Mas qual o membro perdido por Max, senão uma muleta ilusória?

Nunca as ofendera, nunca as desprezara. Desde cedo o pai lhe ensinara que homens de verdade respeitam as profissionais. Pagava todas em dia e não levava sentimento para casa. Às vezes economizava uns cobres para estrear as novatas recém-trazidas dos bosques e vilarejos. Chegara a ter as prediletas em Katowice e a lamentar duas mortes nunca esclarecidas pela polícia.

No Brasil, manteve a tradição nas pensões da Glória. Adorava o calor latino, a languidez das mulatas, suas conversas moles depois do batente. Putas brasileiras amavam de verdade. Aceitavam fiado e gozavam mais que os clientes, exaurindo os viris e iludindo os broxas. Viravam amigas, confidentes, conselheiras. Que dizer das polacas?

Max não as procurava, relutante em pagar mulheres a quem palavras como *matzá* ou *meshiguene* soassem familiares. Não conseguia misturar dois mundos tão antagônicos. Seria mais ou menos como ter os avós Shlomo e Rebeca sentadinhos na beirada da cama, olhando suas lambuzeiras. Não, o judaísmo não rimava com lascívia. Judeus tendiam a se achar o elo de uma corrente virtuosa, fundada em valores como honra e sabedoria. As polacas, ao contrário, eram associadas a um único valor — o monetário. Quase toda a Praça Onze sentia um misto de pena e nojo das desregradas, que inscreviam na história do Povo Eleito um capítulo tenebroso. O problema era evidente quando companhias de teatro iídiche visitavam o Rio e as polacas faziam questão de sentar nas primeiras filas, escandalizando as boas famílias. Quantos bate-bocas e expulsões não atrasaram espetáculos?

Faziam ponto nas vitrines luminosas do Mangue, zona do baixo meretrício, passando por francesas. Tinham sua própria sinagoga na Praça da República, onde riam e choravam nos dias santos, recrutando cantores e mestres de cerimônia entre seus pares porque nenhum rabino digno lhes dava conversa.

Eram uma tribo à parte e professavam o judaísmo à sua maneira, gerindo uma sociedade de assistência mútua e se enterrando no malfalado cemitério de Inhaúma (o último bordel, segundo os debochados). Nos últimos anos a polícia vinha fechando "antros semitas" e deportando seus rufiões, para a aflição das coitadas, que acabavam trabalhando por conta própria, mudando de ramo ou definhando em sanatórios e manicômios. Bem feito, diriam os cordatos. Como ousavam desdenhar das leis de Deus e manter uma sinagoga com arca sagrada e tudo o mais? Como ousavam reinventar a *Torá* e acrescer aos Dez Mandamentos um 11º, a dizer que os outros eram relativos, passíveis de reconsideração, de interpretações canhestras e revogações sumárias?

E Hannah, como encaixá-la nessa história? Qual o seu passado, suas metas, seus porquês? Teria caído em desgraça devido à prematura viuvez? Seria mais uma vítima da má sorte, fisgada por rufiões desnaturados? Como tinha vindo parar no Brasil, iludida por quem? Qual gênio teria conseguido iludi-la? Hannah destoava das colegas, inclusive porque as típicas polacas eram analfabetas, figurinhas opacas, e não refinadas pensadoras.

Max ainda procurava esquecer o desmaio naquela tarde fatídica; procurava esquecer os tapas de Fany no chuveiro gelado antes de ser levado para casa; procurava esquecer os quatro dias de cama enquanto Fany lhe tirava a temperatura, dava sopa e trocava os lençóis. Para os clientes, a gordinha dizia que o Sr. Kutner convalescia de uma "gripe passageira". À noite, fazia uma boa faxina, se ajeitava num canto e dormia o necessário para saudar a manhã com uma lufada de café no fogareiro. Quando Max se recuperou, Fany juntou sua trouxa e partiu sem delongas, sacolejando a robustez num vestidinho listrado.

Voltar à rotina vinha sendo um martírio. Asilos, sinagogas, teatros? Nem pensar. Nas horas aflitas, Max tentava nomear o que ainda sentia por Hannah. Consideração? Respeito? Grati-

— Você me respeita?

— Muito.

— Já temos uma bela afinidade: também me respeito. Sabe por quê? Porque nunca obriguei ninguém a deitar nesta cama, porque pago todas as minhas contas, porque ajudo muita gente e ainda jejuo em *Iom Kipur*! Não estou preocupada com o que dizem por aí.

Hannah se levantou para pegar um cinzeiro na cabeceira da cama. Batendo a cinza:

— Conhece a parábola do lençol, Max? Vou contar. Sarah estava na janela olhando o varal da vizinha quando chamou o marido: Isaac, venha ver como estão sujos aqueles lençóis! No dia seguinte, a mesma coisa: Isaac, que horror, venha ver! Será possível que a vizinha não aprenda a lavar lençóis? Bastava me perguntar, pobre coitada! O tempo passou e os lençóis foram ficando cada vez mais sujos, para o horror de Sarah. Um dia aconteceu o milagre! — Hannah recostou na poltrona, ajeitando a bainha do penhoar. — Sarah viu o impossível: o varal da vizinha tinha os lençóis mais brancos do mundo. Isaac, venha cá, não acredito, estão mais limpos que os nossos! Como pode? Então Isaac respondeu calmamente: muito simples, mulher. Muito simples. É que hoje cedo eu resolvi lavar nossas vidraças!

Max baixou o rosto com humildade. Pegou a xícara, mas já não havia chá para disfarçar a angústia.

— Devo perder todas as esperanças?

— Só as impossíveis.

— Quais são as possíveis?

— Custam cem mil-réis por hora.

Max se rebelou:

— "O judeu que não acredita em milagres não é realista.'

Hannah apagou o cigarro no chá:

— O judeu realista só acredita nos milagres certos. — Olhou o relógio. — Sessão encerrada. Oh, desculpe, não toco em dinheiro, resolva isso com a Fany. Boa-tarde, foi um prazer.

Max era o mais derrotado dos homens ao dar os mil-réis para Fany. Já pisava a soleira da porta quando Hannah veio arrastando a mala:

— Leve isto daqui, por favor! Que coisa pesada!

E Max:

— São livros.

— Livros?

— Ia doá-los para um asilo.

— Asilo?

Max fez que sim com a cabeça:

— São livros em iídiche.

Surpresa:

— Em iídiche?

— Tchékhov, Sholem Aleichem, Dostoiévski...

Incrédula:

— Você leu todos eles?

— Todos.

Hannah e Fany se entreolharam. E Fany, num lampejo:

— Por que não doá-los para a Casa Amarela?

Hannah abriu um sorriso radioso:

— Ótima ideia! Está livre semana que vem, Max?

✳ ✳ ✳ ✳ ✳

dão, talvez, por ter despertado nele um vigor insuspeito. Lembrou-se dos fins de inverno na Polônia, quando os galhos secos se enchiam de brotinhos verdes e acusavam a vida até então incubada sob o gelo. Vermelhos, amarelos, lilases irrompiam aos quatro ventos, para a delícia de olhares desbotados pela neve. Que dizer dos perfumes, dos sabores, das texturas primaveris? Em suma, Hannah teria sido sua primavera. A imagem talvez soasse pueril, não fossem as primaveras também precursoras de perigos como gripes e peçonhas. Mas nem por isso deixavam de ser adoráveis, assim como as cartas que Hannah continuava a escrever para a irmã.

Pobre Guita, alvo de tantas e tão rebuscadas mentiras. Supondo que a irmã fosse pura, perguntava pelo cunhado e por Iôssef. Dia desses queria saber se Hannah lhe confiava "todos" os segredos. A resposta, lapidar, viria num cartão: "As verdades que eu digo não precisam ser tudo para que tudo que eu diga seja verdade."

Um estalo abreviou o devaneio: hora de voltar para o Copacabana Palace. Max deixou o banco preguiçosamente e já atravessava a avenida, resignado ao próximo uísque, quando levou o susto. Quase foi atropelado, zonzo no asfalto. Não podia ser! Claro que tinha alucinado ao ver Hannah Kutner num vestido preto e recatado, saltando de um carro à porta do hotel. O que faria ali, cabelo em coque? Não era Hannah, obviamente. Que ele buscasse tratamento porque já estava delirando; que tomasse uma boa e dolorosa injeção antes que Moshé lhe acenasse do Corcovado ou que o Pão de Açúcar se convertesse no Monte Sinai. Procure um médico, Max! Mas, antes disso, que tal falar com o *concierge* no saguão?

— Aquela mulher de preto... que acabou de entrar.

— Mulher? — interrompeu um brutamontes à porta do elevador.

— De preto... Hannah.

E o brutamontes:

— Nunca viu uma mulher?

— Eu a conheço...

— Não conhece, não!

— Como não?

— Saia daqui.

Mal-estar no saguão. Max insistiu:

— Mas...

— Agora! — E escandiu: — A-go-ra!

Que fazer, senão obedecê-lo? Max ficou transtornado: era Hannah, sem dúvida. Onde estaria, por quê, com quem, por quanto? Na pérgula, o Capitão Avelar liderava uma concorrida rodinha. Com quem Hannah estaria, Deus do céu? Max quase esmurrou um diplomata bêbado que veio amolá-lo. Precisava identificar a mulher de preto. Imediatamente.

Deixou a pérgula, tropeçando em hóspedes até invadir o saguão atrás do brutamontes. Foi do *concierge* a sugestão de encerrar o caso:

— Para o senhor — segurava um bilhete.

Calafrios: o que era aquilo? Enxugou o rosto e saiu pela calçada, ensimesmado. Um bilhete? Controlou a tontura na ondulada estamparia de pedras portuguesas. Andou até o Leme e voltou, sem coragem de abrir o papel. Quem o teria escrito, por quê? Só no bonde para casa conseguiria desdobrá-lo, arriscando uma olhadela nas letrinhas a nanquim. Em bom iídiche, primavam pela concisão. "Era eu mesma. Esteja lá em casa amanhã. Quatro da tarde. Cem mil-réis."

* * * * *

Fany trouxe a bandeja com o suco:

— Ela já vai atendê-lo — e foi para a cozinha.

Max tomou o terceiro calmante — ou o quarto, o quinto? Já não sabia. Examinou a sala para distrair a tensão. Por que Hannah o chamara? O que poderia querer com ele? Nunca tinham conversado civilizadamente, sem improvisos de triste memória. E se o recebesse em trajes sumários para uma sessão de trabalho? Não, Max não seria capaz. A bem dizer, não fazia a menor ideia de seus propósitos no Edifício Topázio.

Pegou o atlas que enfeitava a mesa de canto. Navegou mares e rios, transpôs montanhas e desertos. A edição datava de 1912, tempos de fronteiras errantes, quando os impérios fatiavam o mundo e ensaiavam a Grande Guerra. Dormia-se num lugar e acordava-se noutro, sem sair de casa. A mãe de Berta F., por exemplo, tinha nascido na França, vivido na Alemanha e morrido na França natal — tudo na mesma aldeia da Alsácia. Já Adam S., o casamenteiro, vira três bandeiras tremularem em Kaunas, um dia russa, noutro lituana, depois polonesa. Muitos tiveram de fugir para o próprio país, cujas divisas haviam recuado feito maré vazante; outros ficavam, por inércia ou idealismo, para descobrir que suas moedas já não valiam nada ou ter direitos e deveres instituídos por fuzis. Nas escolas, as crianças deparavam com professores diferentes e uma nova safra de línguas, hinos, heróis, datas. Ou, simplesmente, se morria.

E o Brasil, que dizer do Brasil? Imenso, o maior litoral do Atlântico, vizinho a quase todos os países sul-americanos e nenhuma batalha à vista. Viajava-se por longos dias e o que se encontrava nos confins do mapa? A mesma língua, a mesma moeda, o mesmo retrato de Getúlio Vargas. Incrível!

— Pode entrar, Sr. Kutner — Fany sorria cordialmente.

Uma colcha cor-de-rosa e almofadas cobriam a cama de madeira entalhada. Num canto do quarto, duas poltronas orelhudas ladeavam a mesinha onde Hannah pôs a bandeja.

— Chá?

Vestia um penhoar bordô, o rosto imaculado, sem os pós que soterram as damas e iludem os cavalheiros. Erguendo a xícara:

— *Le chaim!*

Um laço lhe prendia o cabelo. Sentada:

— Não sei o que espera desse encontro, Max. — E aguardou, em vão, a resposta. Pousando a xícara no pires: — Quanto a mim, só pretendo conversar. Espero que não se ofenda.

— Então vamos... — pigarros — conversar.

— Ótimo. Você tem aparecido muitas vezes no meu caminho. Por quê?

Max bebeu chá para ganhar tempo.

— Bem... é que a senhora foi à minha lojinha e... eu gostei da senhora.

O sorriso de Hannah embutiu a suspeita:

— Só isso?

— Só.

Um quê insinuante:

— Por isso esteve aqui outro dia e desmaiou no corredor?

Max assentiu com uma careta patética.

— Pois esqueceu aquilo ali — Hannah apontava a mala que ele trouxera havia três meses. — Não abri, só quero devolvê-la e saber como você conseguiu o meu endereço. Andou me seguindo, não é mesmo?

Tosses convulsas.

— Está bom, não vou aborrecê-lo. Muitos homens mentem por minha causa, é natural. Só que eles mentem para suas esposas e você mente para mim. — Lânguida: — Que bonitinho, obrigada, mas devo avisá-lo que mentir para putas é um desperdício. Somos pagas para não acreditar em nada.

E Max, num arroubo:

— Nesse caso, falar a verdade também não vai adiantar.

— É, pode ser. — Hannah acendeu um cigarro: — O Rio é realmente pequeno. Lembra-se do homem que eu atendia quando você veio aqui? Ele o conhece.

Alarmado:

— É mesmo?

— Um homem importante, militar.

— Não diga... Tenho vários clientes importantes.

— Ah, sim, claro! Foi ele quem me falou de você, elogiou muito o seu trabalho.

"Qual deles?", indagou-se o sapateiro.

— Procuro trabalhar direito.

— Eu também.

Max ficou tão chocado que a pergunta lhe saiu à revelia:

— Não pensa em deixar essa vida?

— Não.

— Casar, ter marido?

— Sexo é coisa íntima demais para se fazer com conhecidos.

Foi num misto de malícia e ingenuidade que Max rebateu:

— E o que pode ser feito com conhecidos?

— Tolerá-los.

— Está me tolerando?

— Não o conheço.

— Então podemos fazer sexo. A menos que a senhora queira me conhecer.

Céus! Teria sido dublado por um anjo travesso? Hannah disfarçou a surpresa:

— O que você prefere?

— Tirá-la dessa vida!

— Me dê bons motivos para isso.

— Ser uma mulher... respeitável.

— Respeitável? O que você chama de respeito? Acha que me importo com o que dizem por aí? Só me importa o que acontece nesta cama, não fora dela, pois aqui existe mais respeito e sinceridade do que lá! Aliás, aprendi duas coisas nessa vida. A primeira, é que merecer respeito não significa conquistá-lo; a segunda, é que conquistar respeito não significa merecê-lo.

— Mas... também existem pessoas que conquistam e merecem respeito.

Hannah cruzou as pernas:

Rio de Janeiro, 1° de fevereiro de 1938

Guita,

Hoje li os jornais.

No Rio, oito suicídios. A Espanha é só sangue, Hitler quer a Áustria, um barco afundou na Amazônia.

E eu, pobre de mim, sabe o que fazia enquanto isso? Comprava peras.

Uma vez perguntei ao papai por que o jornal de Bircza não falava que, no Shabat, as famílias iam passear, depois voltavam e dormiam à noite. Papai: "Ora, filha, porque isso sempre acontece." Então perguntei por que o jornal só falava em desastres como incêndios e desmoronamentos. "Ora, filha, porque isso nunca acontece."

Eis nossas vidas.

Gostaria de saber por que a imprensa não diz que, ontem, os aviões subiram e desceram sem problemas enquanto os bondes andavam nos trilhos. Por que não nos lembra que, nos dias de sol, não há enchentes e, nos dias de chuva, não falta água?

Por que não diz que alguém assou um bolo, venceu o tédio, curou da gripe? Serão coisas tão garantidas, tão presumidas que dispensam menção? O rotineiro não interessa?

Pois saibam, caros jornais, que hoje comprei peras, que dois amigos se abraçaram na avenida, que dona Maria viu o mar e o mar viu dona Maria. Saibam que quando leio suas manchetes, caros jornais, pressinto o fim do mundo. E quando termino, o que vejo? Uma gata na janela. Ouço um bebê chorando ou a música que o vento espalha.

Só eu comprei peras ontem? Estavam lindas! De onde vieram essas peras? Alguém me informa?

Não ignoro as tragédias, os dramas, o extraordinário. São preocupantes! Mas preocupam, justamente, por causa das peras. São elas que queremos resguardar.

Talvez a melhor forma de repudiar a guerra seja exaltando a paz.

Ou será que, de tão óbvio, isso dispensa notícia?

Hannah

* * * * *

Esmurraram a porta da oficina às 3 horas da manhã. Max pulou da cama e esbarrou em tralhas, procurando a chave enquanto gritavam seu nome lá fora. Deu com três homens na calçada.

— Max Kutner?

— Sim.

— Missão urgente.

O carro varou a escuridão, cantando pneu nas esquinas até parar na Rua da Relação. Max saltou sob escolta, subiu as escadas da Delegacia Central, andou por corredores e só esboçou alívio quando o Tenente Staub lhe ofereceu um cordial café. É que a polícia tinha feito uma apreensão "importante" e não havia tempo a perder.

— Não há justiça em tempos de guerra, Sr. Kutner. Cabe a cada um escolher quais injustiças deve cometer, quais deve combater. Espero que entenda o nosso trabalho.

Desceram a um pavimento com galerias, vultos errantes e grades que se abriam pesadamente para outras galerias. Chegaram a um átrio cujas paredes eram dois andares de celas lotadas. Soldados iam e vinham em rondas mecânicas, sem acudir as mãos que pendiam nas grades ou que abanavam cigarros à espera de fogo. Doeu nos olhos do sapateiro ver homens enjaulados como bichos, como feras raivosas. *Ôi vêi*, milênios de civilização para quê? Qual a eficácia das palavras, da razão e da sensibilidade?

Para Max, os porões da polícia eram como fantasmas — pressentidos, mas nunca vistos. Um bastidor avesso aos brios do Estado Novo, que embebia os jornais em água de rosas (até as secas nordestinas andavam amenas) enquanto hinos e discursos radiofônicos ocultavam as mazelas do regime — mas só daquele regime, porque a mesma imprensa era pródiga em divulgar os expurgos de Stálin, seus fuzilamentos sumários e os trabalhos forçados na Sibéria.

Staub levou Max até uma ala quente e fedida, guardada por soldados tão maciços quanto as portas das celas.

— São as solitárias — explicou o tenente ao convidar Max para entrar numa saleta.

No centro, uma mesa cheia de dinheiro, roupas picotadas, uma revista e postais apreendidos com um judeu que, vindo de Buenos Aires, engolira um frasco de soníferos para abreviar o interrogatório da alfândega. Entre as páginas de um livro havia papéis avulsos em caligrafia hebraica. Max deveria traduzi-los em alto e bom som para o Tenente Staub e dois soldados que já empunhavam lápis e blocos. O primeiro papel era um poema sionista que conclamava o Povo Eleito a fundar sua pátria. Os outros tinham palavras e números desconexos, além de desenhos abstratos. Talvez o homem preso fosse um mero portador de valores e mensagens que, por qualquer motivo, não conviesse postar pelo correio. Um pobre judeu que ganhava os cobres à sua prosaica maneira, poupando extravios, custos e riscos para clientes inofensivos. Seu crime formal: não declarar à polícia a importância trazida no forro falso de um paletó.

Max bem que preferia tachá-lo de subversivo e esquecer o assunto. Nada melhor do que viver numa redoma de certezas. Mas não conseguia. Desde que o fizeram trabalhar na polícia, Max adivinhava outro mundo além dos verbetes que muravam o seu, obrigado a fugir de clichês e de atalhos. Aprendia que a guerra, deflagrada ou iminente, vitimava a todos; aprendia que as pessoas não passavam de circunstâncias ambulantes e que um milímetro a mais ou a menos poderia ter convertido barões em peões, peões em barões. Quantas e quantas vezes Max se perguntara: quem sou eu? Como poderia se querer original, autêntico, se era o saldo de um contexto, de uma cultura preexistente, com seus vícios e virtudes, suas relações estabelecidas, cultura essa que lhe fora incutida antes que ele se conhecesse, antes que se visse transformado numa esponja cuja única faculdade era absorver o legado alheio para, no futuro, se deixar espremer e render o que novas gerações já se empenhavam em absorver.

Nisso, o susto: um tiro seco lá fora, seguido de um grito. Staub e os dois soldados deixaram a sala, esbaforidos. Max olhou a pilha de papéis sobre a mesa e folheou casualmente uma revista em espanhol. Num canto havia três maços de dólares e postais coloridos. O primeiro postal mostrava o obelisco recém-inaugurado em Buenos Aires, rodeado de carros numa larga avenida. O verso estava em branco, ou quase isso.

Max percebeu, contra a luz, os sulcos de algo talvez escrito a lápis e depois apagado, ou escrito à força num papel aplicado sobre o postal. Aproximou o postal, apertou os olhos e sentiu um calafrio: conhecia aquela caligrafia miúda, o alef de pontas arqueadas, o guimel encaracolado.

"Estão investigando minha vida. Dizem que suas cartas são cifradas. Evite reflexões ou termos poéticos como peras ou o perfume de tia Sabina. Seja mais trivial, menos Hannah. Guita."

Max chegou a reler o postal. Não era delírio ou coincidência: Guita corria perigo e Hannah também. *Ôi main Gót!* E agora, o que fazer? Atrever-se a falar com os superiores? E se as peras de Hannah não fossem peras? E se seus perfumes quebrados e flores pantanosas fossem, de fato, códigos secretos?

O tenente e os soldados voltaram rindo:

— Tiro de festim para arrancar confissões.

Max encarava os três fixamente.

— Algum problema, Sr. Kutner?

Limpando a garganta:

— Só sede, tem água?

Pisou a calçada com o dia claro. Tinha traduzido papéis e artigos de revista para os soldados, que anotaram seus blocos freneticamente. O que fariam com aquilo? Max andou até uma esquina, abriu a carteira, pegou um endereço e chamou um táxi. Saltou na parte íngreme da Rua André Cavalcanti, perto de Santa Teresa, diante de uma casa em pó de pedra. Tocou a campainha, beijou a *mezuzá* e esfregou as mãos geladas antes de cumprimentar dona Ethel, que vestia um camisolão e chinelas felpudas.

— *Kol Israel arevim zeh bazeh* — foram suas palavras. — Tenho uma tarefa para seus *meraglim*.

Mais tarde, deixou a casa com provisório alívio. Como não festejar o direito de ir e vir, de subir e descer? Cada passo a mais ou a menos redesenhava o mundo. Andou pela Rua do Riachuelo, pela Rua dos Inválidos, voltou para a Rua do Riachuelo. Andou, andou calmamente, despreocupado, deliciado com os ritos matinais que enchiam as padarias, os armazéns, os bondes; que impregnavam o ar de café; que varriam os boêmios para casa. Eis o bom mundo, simples e funcional; tão simples e funcional que seus próprios personagens não se dignavam a notá-lo. Ah, que paradoxo os olhos não se enxergarem sem um espelho que os inverta. Só um bom cárcere para explicar a liberdade!

Max passava pela Rua da Relação ao se dar conta de seu próximo desafio, missão urgentíssima. Como falar com Hannah sobre o postal que, àquela altura, lhe forrava o estômago?

* * * * *

Uma carta anônima na soleira da porta? Um porta-voz confiável? Que tal silenciar e esquecer tudo? Ou, corajosamente, a assunção da verdade? Nesse caso, qual seria a reação de Hannah ao descobri-lo colaborador da polícia? Talvez o odiasse para sempre; talvez o compreendesse ou até passasse a admirá-lo, por que não? Prostitutas e policiais tinham lá suas conivências, suas barganhas. Max poderia, quem sabe, tirar partido da situação para conquistá-la. Todas as autoridades angariavam simpatias com favores ilícitos. Ou então que a verdade salgasse de vez a terra onde o sapateiro pretendera, algum dia, fecundar aquele amor implausível. Fosse o que fosse, não podia cruzar os braços e esquecer Hannah. Nada mais triste do que suas cartas sem peras nem flores pantanosas, mas os riscos que ela corria não eram propriamente metafóricos.

Empertigou-se no espelho:

— Vou contar tudo hoje mesmo.

Hannah viria buscá-lo àquela tarde para conhecer a Casa Amarela, um misto de asilo para velhas polacas com uma creche onde se acolhiam os descuidos das companheiras. O pretexto da visita era a distribuição dos livros em iídiche. Max vestia um terno de linho marfim, chapéu-panamá e sapatos bicolores. Ensaiava caras e bocas quando Fany se esparramou no balcão:

— Hannah não pôde vir, está indisposta.

— *Ôi vêi!*

Max murchou tão explicitamente que Fany, comovida, se apressou em remarcar o encontro para o dia seguinte. Menos mal, pensou ele, já folgando o colarinho, decompondo a elegância diante do espelho até que um lampejo lhe devolvesse o chapéu à cabeça:

— Que tal um chope?

Fany fez uma prece eufórica, sorrindo de orelha a orelha.

Cruzaram a Praça Onze, ela num vestido turquesa repuxado nos quadris, segurando o braço do sapateiro em esfuziantes passinhos até o bonde para o Centro. Fany procurava ser agradável, dosando a ansiedade. Na Rua da Carioca, escolheram uma mesa nos fundos do Bar Luiz. Beberam o primeiro chope, Fany numa exaltação incontida e Max protelando o assunto que lhe importava. Comeram rosbife com batatas, ela atenta ao guardanapo, evitando borrar o batom ou falar de boca cheia. Bateram um papo tão prolixo e despropositado que, para Fany, o flerte já eram favas contadas. Seus olhinhos fisgavam detalhes como as unhas dele ou o impreciso nó de sua gravata. Guardou a vontade de urinar para não perder o fio daquela meada adorável, e quando ele se levantou para ir ao banheiro ela correu a borrifar seu frasquinho de Shalimar atrás da orelha. Cinco chopes e duas horas depois, Max uniu as mãos conclusivamente. Por onde começar? Limpando a garganta:

— Posso confiar na senhora?

Fany ficou rubra:

— Bem... acho que sim.

— Posso mesmo?

Ela retorcia o guardanapo sob a mesa:

— Pode sim, Sr. Kutner, pode sim!

— Vocês são amigas?

Fany não reagiu de imediato. Ficou observando o sapateiro sem perder a compostura, ainda corada pelo finado êxtase. Preferia ter demorado a entender o que, de tão óbvio, era inevitável. Já estava desconfiada, e a prova disso é que a tristeza prescindiu do espanto antes mesmo de Max terminar a pergunta. Mas a vontade de urinar ficou insuportável. Primeiramente, Fany tomou a liberdade de acertar o nó daquela gravata imprecisa. Depois se levantou, meio trôpega, sem explicar o porquê. Voltando do banheiro:

128

Um riso mórbido:

— Ele dizia que religião era tudo besteira. Sabe aquele mandamento de não fazer com os outros as coisas que você não quer que os outros façam com você? Kelevsky dizia que, se fosse assim, ninguém fornicava com ninguém. — Gargalhada: — As putas sabem disso perfeitamente, Sr. Kutner!

De sobremesa, dividiram uma torta de maçã.

— Kelevsky deixou tudo para ela, Sr. Kutner. Estava no testamento, tudo para Hannah. Ela ficou rica. Riquíssima! — Garfando a torta: — Hannah já tinha sido rica na Polônia, casada com... Aliás, o senhor tem o mesmo nome do primeiro marido dela, sabia? Que coincidência! Max Kutner foi o primeiro e único marido de Hannah. Ela nem casou com Kelevsky. E quer saber? Hannah não gostava dele. Foi uma oportunidade, só isso. — Fany pediu outra torta de maçã para o garçom. — Pois bem, ela ficou rica, muito rica. O que fez? Bem, Hannah sabia da vida das polacas. Sofrimento, doença, prisão. Ela nunca tinha ido aos bordéis, mas sabia de tudo. Quem não sabia? Por isso ela resolveu fazer justiça com o dinheiro de Kelevsky. Comprou e consertou a Casa Amarela, que nem amarela era. O senhor vai conhecer, fica em Bonsucesso. Hoje em dia Hannah ajuda muita gente. Aluga as casas de Kelevsky para as moças a preços módicos, paga os estudos dos filhos, ajuda nossa sinagoga, nosso cemitério, ajuda tudo. E ainda trabalha por conta própria!

Fany esgrimia a voz:

— E não pense que ela vai com qualquer um, não! É só ministro, embaixador, empresário. Um dia Hannah vai ao palácio sei-lá-o-quê, noutro vai ao hotel não-sei-o-quê... Está sempre bem informada. Hannah é fabulosa! Que pessoa meu Deus!

Fany pediu café enquanto Max tentava associar Hannah àquele passado atribulado. Ainda chocado, tocou no assunto quase esquecido:

— Bem... então posso confiar na senhora?

— Claro, Sr. Kutner. Confie!

Pigarros:

— Me falaram que Hannah tem uma irmã.

— Oh, sim! Guita. O senhor a conhece?

— Sem perguntas, Dona Fany! — E falou do postal, dos constrangimentos no país vizinho e seus possíveis desdobramentos. Fany cobriu o rosto escandalizado:

— Ôi, ôi! Hannah vai ficar arrasada. Como o senhor soube?

— Sem perguntas, Dona Fany! Por Deus, sem perguntas! E não diga a Hannah que eu lhe contei isso, ouviu? Em hipótese alguma!

— Essa irmã é tudo o que ela tem. Hannah é louca pela irmã, e a irmã por ela. Guita é muito bem casada, vive com um fazendeiro milionário... — Fez um beiço insinuante: — Ou o senhor já sabia disso?

— Sem perguntas, Dona Fany!

— Hannah só tem amor pela irmã, o resto é o resto. Se Guita sofre, Hannah sofre. Se Guita ri, Hannah ri. Por isso Hannah não ama ninguém, só a irmã. — Muito séria: — Desista, Sr. Kutner.

Max estremeceu:

— Não depende de mim, acredite.

— O amor não depende da gente. — Erguendo o dedo: —
Mas o fim do amor pode depender!

Uma afável troca de olhares selou o conselho. Depois do café:

— Hannah vai ficar arrasada, ôi, ôi! Guita é uma filha para
Hannah. Moravam juntas na Polônia, em Pinsk. Conhece
Pinsk? Pois é. Hannah já era viúva e moravam em Pinsk, mas
tinham parentes na Argentina. Gente que estava lá havia muitos anos, numa das colônias do Barão de Hirsh, Moisesville ou
coisa parecida. Mas não gostaram da colônia e foram para
uma cidade. Qual? Sei lá! Ficaram ricos, então convidaram
Guita para morar com eles. Guita foi e conheceu um rapaz
judeu da própria Argentina. Jayme. Pronto, é isso. O quê? Oh,
sim, vamos, também estou atrasada.

Na Praça Tiradentes, Fany segurou a mão do sapateiro antes de subir no bonde para o Rio Comprido. Insinuante:

— Minha história também é interessante, Sr. Kutner.
Muito interessante! Quando quer ouvi-la?

— Um dia, Dona Fany. Um dia.

Fany largou-lhe a mão e embarcou. Mas desceu no ponto
seguinte e voltou para a Rua da Carioca. No Bar Luiz, comeu
mais três pedaços de torta de maçã e só desistiu do quarto
porque o vestido turquesa já não suportava a pressão.

* * * * *

As crianças não pecavam pela inocência na Casa Amarela. Quando uma menina perguntou por que não existiam
mulheres sapateiras, Max (que nunca tinha pensado no assunto) improvisou:

— Bem... é um trabalho sujo, difícil...

— Só isso? — desafiou a menina, mãos nos quadris.

— Pode machucar, tem cheiros enjoativos...

— Que nem o trabalho das nossas mães, ué!

Max ficou sem palavras. E Hannah:

— Não se impressione, Max. Este lugar é diferente.

Estavam num quintal com gangorras e um carrossel. Um menino veio correndo:

— Tia Hannah, quando mamãe vai voltar?

Pegando o menino no colo:

— Ela pediu para você esperar com calma e se comportar direitinho. — E o levou até o carrossel.

— A mãe dele sumiu. Se está viva ou morta é um mistério — disse ao voltar.

— E o pai?

— Não se pergunta isso aqui, Max. — Acendendo um cigarro: — Venha comigo.

Era um casarão bem-cuidado. Teria pertencido a um rico fazendeiro antes que o café caísse em desgraça nos mercados internacionais. No segundo andar funcionava o asilo. Velhas e velhinhas se puseram a fuçar os livros que o sapateiro ia distribuindo. Algumas jogavam cartas, outras papeavam. Um senhor tocava gaita numa varanda cheia de gatos que se enroscavam na plateia adormecida. Num grande quarto com camas perfiladas estavam as inertes. Beth tateou o sapateiro com a saudosa sensualidade, Raquel perguntou se ele era casado. Hannah ia de cama em cama ouvir queixas, pedidos, comentários. Depois deu orientações e broncas nas enfermeiras, apontando lençóis e camisolas. Era uma rainha altiva e serena, avidamente disputada pelas súditas. Apaziguava as aflitas e corava as deprimidas, puxada para cantinhos onde ouvia confidências e enciumava as testemunhas. O ressabiado Max se perguntava qual papel lhe caberia naquela plenitude. Tentar transformá-la ou redimi-la parecia ridículo: Hannah, ela sim, era a redentora. Bastava em si — nenhuma falta a suprir ou excesso a conter. Max começava a entender que, para conquistá-la, teria de usar a tática dos prescindíveis: agradar para não ser descartado.

A duas quadras da Casa Amarela ficava a vila que ela alugava para as colegas, não sem fixar regras e proibir visitas masculinas. Fazia rondas incertas pelas cercanias, nas madrugadas se preciso, expulsando as faltosas. Às vezes tomava decisões polêmicas como acolher prostitutas não judias, conceder empréstimos ou renegociar aluguéis circunstancialmente caros. Desafetos não faltavam, com suas pragas e injúrias. "Quem não os tem?", Hannah desdenhou enquanto mostrava para Max a horta e os canteiros floridos de sua vila. Eram casas de insuspeita austeridade, todas brancas e jeitosas, com varandinhas e *mezuzot* nos umbrais direitos. Uma inquilina lhes serviu café com bolo de fubá, depois pararam num boteco para comprar cigarros. E quando Hannah acendia o primeiro, uma enfermeira veio berrando da Casa Amarela:

— Dona Fany telefonou! Iôssef morreu!

* * * * *

Depois de uma hora de viagem, a barca desacelerou e uma orla sinuosa apareceu à esquerda. Crianças seminuas corriam num píer e pulavam na água. Uma charrete passava em frente a uma mansão de onde saíam duas senhoras negras com trouxas na cabeça. Max nunca tinha ido à Ilha de Paquetá. Para que se perder nos cafundós da Baía de Guanabara? Nem agora ele arriscava um palpite. Sentada ao seu lado, Hannah trazia o papagaio dentro de uma caixa de sapatos. Estava pálida, sem ânimo para explicar aquela estranha jornada.

Atracaram numa pequena estação e Max deparou com um lugar interiorano, de casas rústicas e pessoas descalças. Não havia carros, só charretes, cavalos e bicicletas. Hannah tomou os rumos do sul com a caixa nas mãos. Andaram por ruas de terra, ela consternada, agradecida aos passantes que tiravam o chapéu em sinal de condolência. Dobraram à direita, contornaram uma pracinha, cruzaram uma travessa pedregosa e Hannah subiu uma colina onde Max leu o impensável num pórtico: Cemitério de Pássaros.

Ôi vêi, que absurdo! Passeou entre pequenos túmulos de pedra e cimento caiado sob os quais jaziam colibris, cacatuas, corujas e tudo quanto voasse e tivesse penas. Hannah chamou um garoto que dormia agarrado a uma pá. O garoto — coveiro de pássaros? — bocejou, escolheu um canto e escavou o chão. Hannah estava linda, comedida em sua tristeza, assistindo ao rito até se agachar e pôr o pequeno esquife no buraco. Fez uma prece, afagou a caixa e consentiu que o menino completasse o serviço. Max ficou tão quieto e parado quanto possível. Nunca se imaginara enterrando um papagaio — um papagaio de nome Iôssef. Sem dúvida Hannah era uma floração de surpresas em eterna primavera.

O que esperar dela? Paixão, amizade, lazer? Impossível sonhar com uma relação insular feito Paquetá. Max era só diva-

Hannah também deslumbrava pelos trajes. Vestidos sóbrios ou saias plissadas, até calças lhe caíam bem, sem falar nos sapatos, nas bolsas, nos chapéus de vários diâmetros e estilos. Era versátil. Num dia surgia esvoaçante e florida, noutro, se atinha a um recatado *tailleur*. Comia pouco, mas bebia moderadamente e fumava demais. Lidar com Hannah exigia tato. Qualquer deslize ou gesto intruso podia descambar num olhar glacial ou numa bronca. Max se sentia um apostador inábil que ganhava ou perdia pontos num placar imaginário, fosse por ter escolhido o vinho certo ou contado a piada errada. Impossível prever as regras do jogo ou a hora do próximo lance.

Caminhavam perto da Praia do Flamengo numa tarde de ressaca. As ondas tinham engolido a areia e alagado a avenida, para o assombro da plateia acotovelada sob a marquise de um prédio.

— Belo país — Hannah suspirou. — Mas não é nosso. Temos que consertar o estrago feito pelos romanos há 2 mil anos.

Max coçou o queixo:

— Duvido que a Inglaterra nos dê a Palestina.

— Os próprios ingleses reconhecem o nosso direito.

— Mas os árabes não reconhecem coisa alguma. Devíamos ter ficado com Uganda.

Claro que Max só queria impressioná-la, recitando os jornalecos da Praça Onze do começo ao fim. Que esquecessem o mundo, o sionismo, e fossem viver em Paquetá, enterrando papagaios. Mas Hannah insistia:

— Deus não nos prometeu a Uganda ou o Brasil. Prometeu Israel.

E Max, sincero:

— Aqui ganho o meu dinheirinho, vivo em paz. O que faria em Tel Aviv ou Jerusalém?

— Você, eu não sei. Quanto a mim... — Seriíssima: — Não se constrói um país sem guerreiras, se é que me entende.

O sapateiro estremeceu: oh, Senhor! Não é que Hannah vislumbrava bordéis na Terra Santa? De repente:

— Agora vou me molhar. — Tirou os sapatos e um casaquinho de tricô, deu a bolsa para Max e já atravessava a avenida quando ele veio atrás:

— Está louca?!

As ondas esmurravam a murada de pedra. Risos:

— Sempre fui! — e chegou perto para ver a ressaca.

— Vamos embora daqui, pelo amor de Deus!

— Não! Vou ficar!

— Pare com isso! É perigoso! Vamos, va...

Naquele instante os dois foram tragados por um turbilhão que arrastou o sapateiro até os pés da plateia, do outro lado da avenida. Levantaram-no as mesmas mãos que apontavam Hannah sobre a murada. Pulava alegremente, os cabelos frisados e gotejantes. Era uma louca, a nudez realçada pelo vestido molhado, os seios rijos e o sexo insinuado sob a calcinha. Caiu na gargalhada ao ver Max ensopado e suplicante:

— Case comigo! Quanto você quer? Eu pago, pode pedir!

— Nem pensar!

— Quanto você quer? Pode pedir!

Hannah desceu da murada:

— Somos amigos, mais nada. Vamos sair daqui, chega disso.

Max ofegava:

— Você ama alguém?

E Hannah, torcendo os cabelos:

— Não posso amar ninguém porque sou puta.

— Ou é puta porque não pode amar ninguém?

Ela parou, impactada pela dúvida.

— Prometo pensar no assunto. — E deu-lhe um beijo na testa.

Max se perguntou se era o herói romântico desafiado a resgatá-la das próprias trevas ou o fantoche de uma trama perversa. Quis chorar. Admirava Hannah com um ardor tão opressivo que implorou a Deus para libertá-lo do suplício. Até uma aterradora decepção seria bem-vinda, contanto que eficaz. Afinal, mais vale um triste alívio do que um doloroso encanto.

Deus atenderia o sapateiro dois dias depois.

* * * * *

Max não nasceu por acaso. Tinha sido encomendado para selar o amor dos pais e, quem sabe um dia, lhes dar netos e garantir uma velhice assistida. Durante a gravidez, Reisele Goldman distraía os enjoos prevendo as manhas do filho dentro das roupinhas que ia tecendo. Infelizmente as coisas desandaram na primeira semana.

Acudido por peitos anônimos, aquele bebê rosado já não selava amor algum no dia de seu *brit milá*. Era um projeto falido. Nos anos seguintes, Max cresceu por crescer, existindo por existir. Não que Leon desgostasse do filho — cuidava de seus estudos, de sua saúde e até lhe dava uns brinquedinhos —, mas o homem não passava de um tristonho provedor.

143

Aos dez anos, Max choramingou no colo do avô:

— Por que meu pai não gosta de mim?

Shlomo fingiu espanto ao garantir que Leon o amava, sim como não? Claro que o amava! Só que o amor sincero estava longe da perfeição. Didaticamente:

— Era uma vez um porco-espinho que não tinha amigos. Ele era muito legal e bondoso, mas ninguém chegava perto porque seu abraço espetava. O que poucos entendiam é que amor de porco-espinho era assim mesmo. Espetava.

Max lembraria a história no cemitério de Katowice, dezoito anos depois, ao sepultar o pai perto de Reisele Goldman. Àquela altura ele já sabia que nenhum amado poderia exigir do amante a superação ou a negação de si mesmo. O amor abrangia a pessoa inteira, com suas peculiaridades mais recônditas, suas limitações, seus espinhos. E foi no cemitério de Katowice que o espetado Max conseguiu avaliar o amor de Leon; amor proporcional ao desafio de prorrogar uma vida desnorteada pela viuvez. Naquele instante Max perdoou ao pai e a si mesmo, lamentando que Leon não tivesse conseguido (ou nem sequer tentado) inovar, reinventar-se, redescobrir o filho e entender que imprevistos, erros, tragédias também podem patrocinar belas conquistas.

Cristóvão Colombo, por exemplo, buscava a Ásia ao pisar a América; a Grande Guerra havia devolvido à Polônia a saudosa independência; um cientista britânico descobrira um remédio graças à desordem de seu laboratório; na história judaica, as sinagogas foram crias do exílio e não da promissão.

Agora, em 1938, estava mais do que na hora de Max dar uma lição póstuma ao pai, seu professor às avessas. Não deixa-

senão elas, desafiaram o faraó e puseram o bebê num cesto sobre o Nilo? Um brinde à audácia dessas mulheres!

— *Le chaim!* — todos disseram.

Sim, Hannah tinha o dom da liderança — porte, astúcia, perseverança. E coragem. Certa vez uma criança da Casa Amarela começou a tossir convulsivamente. Hannah a pegou nos braços e lá se foram para uma rua de casas geminadas, espeluncas em cujas portas e janelas as mulheres se ostentavam feito carne-seca. Era a zona do Mangue.

— Cadê a Sheila?

— Atendendo — respondeu uma ruiva.

Esperaram no sofá rançoso de uma antessala, a criança no colo de Hannah. O teto tremia, prestes a desabar ao peso dos assanhamentos no andar de cima. Lá pelas tantas Sheila apareceu enrolada numa toalha, chinelas nos dedos e a cabeleira azeda. Estava zonza ou bêbada ou drogada demais para atinar com as coisas até levar uma bofetada:

— Seu filho está passando mal e o remédio é você, sua *kurve*. Venha comigo antes que ele morra. — E arrastou a mulher dali.

Ciosa soberana, Hannah zelava por sua imagem. Nada de confidências ou vexames, nada de chorar em ombros ou fraquejar em público. Entre Hannah e o mundo havia uma membrana — ou um fosso? A única pessoa capaz de tocá-la era a irmã.

— Guita é vaidosa, alegre e inteligente. E me adora!

— Não só ela — Max ressalvou.

Tomavam um suco na Rua Uruguaiana, carregados de bolsas e pacotes. Hannah sorvia o canudinho enquanto ele ia decifrando a relação das duas. Mais do que amá-la, Hannah se amava por intermédio da irmã. Não lhe adiantaria ter tantas qualidades sem o aval de Guita. As duas se supriam em quase tudo, sobrando para outras pessoas papéis residuais, quase utilitários. Hannah não sabia nem saberia amar alguém, salvo Guita — e, consequentemente, a si mesma. Guita era a Hannah de Hannah.

— Prefiro morrer a magoá-la. Oh, céus, se Guita soubesse...

— Soubesse o quê? — Max blefou.

— Ela acha que sou uma mulher direita, casada, religiosa.

— Nunca pensou em contar para ela?

— Claro que não! Que o mundo se acabe, mas isso não! Guita depende do meu exemplo, dos meus conselhos, e eu dependo de seu amor. Sem Guita, não sou ninguém.

Não se viam fazia dez anos.

— Por que não se encontram?

Hannah acendeu um cigarro:

— Guita está para vir ao Brasil com o marido. Isso é maravilhoso, mas... *Ôi!* Tenho medo, muito medo. Como vou me apresentar para eles? Casada com quem? Se Guita descobrir a verdade é o meu fim. Juro que me mato!

Nada mais bizarro do que ouvir aquela jura. Hannah adorava a vida, o sol, a chuva, o frio, o calor. Podia sambar numa birosca ou bailar nos salões com a mesma propriedade. Ia sempre mergulhar em Copacabana. Que dizer daquelas pernas esplendidamente brancas revolvidas na areia, salgadas pelo Atlântico onde Max fingia nadar para esconder o tesão?

140

ria de gostar de Hannah, apesar dos pesares. Aprendera, desaprendera e reaprendia a amá-la — sua América, sua guerra, seu exílio —, reinventando-a, redescobrindo-a. Era capaz de adorá-la em todas as versões: simultâneas e sucessivas, sacras e profanas. Teimosia, audácia? Fosse o que fosse, a criatividade amorosa era justamente a virtude que faltava aos tantos casais que ruíam ao peso de novidades malquistas: doenças, penúrias, feiuras. Pois Max ia navegando aquele sentimento sem mapas nem promessas, resistente às tempestades que, aliás, só faziam encorajá-lo.

O que o sapateiro ignorava é que, na vida, nem todos os Colombos descobrem Américas. Alguns chegam a ser por elas descobertos. Vide os marinheiros de Fernão de Magalhães, que de tanto avançar voltaram ao ponto de partida; vide as guerras que nada fizeram além de derrotar a paz.

Num dia de maio, Max aprenderia que, se o passado é um crime imperfeito, o futuro é o seu inexorável delator.

O andarilho Mendel F. rondava a Praça Onze com suas costumeiras birutices, tendo espalhado que um ortodoxo andava flertando com os orixás e que uma grande esposa da colônia, de tão grande, não cabia num só casamento. À tarde o homem aportou no balcão de Max querendo dinheiro, comida, sapatos.

— Saia daqui — rosnou o sapateiro enquanto atendia duas senhoras.

Mendel F. insistiu: alguns trocados, aquilo ali?

— Vá embora! *Meshiguene!*

145

Perplexidade:

— *Meshiguene*??

— Vá embora! Me deixe trabalhar!

Mendel F. não se moveu, as narinas fumegantes.

— Você me chamou de *meshiguene*? É disso que me chamou?

— Vá embora, seu *meshiguene*.

Mendel F. esfregou as mãos, tentado a esmurrar o sapateiro. E foi para poupar as dignas testemunhas que ele recorreu ao músculo mais poderoso do homem. A língua.

— *Meshiguene* é você, Max Kutner, que anda saindo com uma polaca! — Ante as horrorizadas senhoras: — Tome vergonha, sapateiro de merda! Fica desfilando com uma vagabunda na maior desfaçatez!

E saiu enfezado pela Rua Visconde de Itaúna, gritando aos ventos. Max caiu sentado, a boca seca e o olhar perdido. Cobriu o rosto com as mãos: *ôi, ôi!* Era só o que faltava!

— Uma polaca? — pasmou uma das senhoras. — Que vexame, Sr. Kutner!

Max fechou o balcão, trancou-se no quarto e apagou a luz. Que raiva da civilização, com sua lógica opressiva! O que era a moral e os bons costumes senão estilingues contra os canhões do absurdo? O que eram as paredes brancas e retilíneas daquele quarto senão cavernas transfiguradas pela razão, como se a vida coubesse em geometrias e os destinos fossem laváveis e dobráveis feito um lençol?

Sim, Max fora imprudente ao desfilar pela cidade com Hannah: ruas, lojas, bondes. Teria perdido a noção do perigo?

Onde já se viu, escoltar uma puta na pequena e vigilante Praça Onze! Por que afrontar todos aqueles que pagavam preços altíssimos para manter ou simular suas normalidades? Diga, Max! E agora, como lidar com o virtual desprezo da Praça Onze? Você precisa dos credos e cacoetes de seus patrícios; precisa dos comunistas para não sê-los; dos sionistas para criticá-los; das madames para desancá-las. Sua propalada autonomia é uma besteira; você precisa não precisar de cada um deles. Baal Shem Tov bem dizia que todo judeu é uma letra; toda família, uma palavra; toda comunidade, uma frase. Pena que as letras daquela história nem sempre pertencessem à mesma gramática. Às vezes Max tinha a impressão de que os judeus não eram propriamente o Povo do Livro, mas dos livros, de uma vasta e descombinada biblioteca, como se os parágrafos de uma estante desmentissem os de outra. Baal Shem Tov devia explicar se cada alma só podia inscrever sua letra numa única palavra, numa única frase, num único livro. Será que as letrinhas não faziam incursões secretas em capítulos alheios? Será que não se infiltravam em notas de rodapé, em glossários e contracapas? Por que as histórias é que se faziam de letras, e não as letras de histórias? Afinal, as histórias das letras também tinham suas letras!

Batidas lá fora. Quem seria? Provavelmente senhoras indignadas, religiosos com as Tábuas da Lei! Max tomou fôlego e foi atender, não sem antes enxugar o rosto e pentear os cabelos. Entreabria a porta ao dar com o casamenteiro Adam S.

— Vim em missão de paz! — Já entrando: — Sei o que Mendel F. fez, todos sabem, mas não vou condená-lo. Pelo contrário, meus parabéns. Prostitutas são muito práticas. Já pensou se tivéssemos que casar com tudo o que é útil? Roupas, sapatos, móveis! *Ôi*, que horror! Além do mais, sempre existe a esperança de consertá-las. Não foi Deus quem mandou o profeta Oseias se casar e ter filhos com Gomer, a rameira mais bonita de Israel? Não foi Deus quem mandou o profeta perdoá-la por ter fugido de casa e deitado com outros homens? Ora, se até Deus ama e perdoa os pecadores, por que não podemos imitá-lo? Vá em frente, meu caro, seja feliz e não tente explicar os mistérios da carne. Também já gostei de uma gordinha.

Espanto:

— Gordinha? Hannah não é gordinha.

Adam S. suspirou docemente:

— Ah, os amantes! Enxergam ouro em cascalhos. Outro dia vocês não lanchavam no Bar Luiz?

— Fany! — exclamou o sapateiro.

Então era de Fany que Mendel F. falava! Max relinchou feito um dragão: vagabunda, safada! Parecia uma baleia encalhada em seu balcão, de segunda a sexta, cheia de fofocas e palpites. Que levasse para o inferno seus faniquitos, seus sorrisinhos, suas papas moles. O pior era se saber o alvo daquele coração viscoso.

Max expulsou Adam S. e tentou pôr ordem nas ideias. O que fazer com Fany? Oh, céus, que vontade de cortá-la em pedacinhos. Lavou o rosto: nada de precipitações. Em jogo estava nada menos do que a relação com Hannah. Claro que Fany se valia dessa vantagem para manipulá-lo, para escravizá-lo, para torturá-lo com sua falsa solicitude. Pois bem, esta-

gações na barca de volta: precisava entendê-la, entender-lhe a história: escolhas, desafios, privações. A Ética dos Pais ensinava que, sem conhecimentos, não há compreensão, e que, sem compreensão, não há conhecimentos. Já o velho Shlomo sempre dizia que não se deve julgar um homem pelo que ele é, mas pelo que gostaria de ser — e pelo eventual porquê de não sê-lo. Mas quem será realmente capaz de julgar o próximo? Quem poderá compreender suas razões não só de ser o que é, mas de não ser o que poderia ter sido? Poucos saberão até mesmo compreender o que o próximo acabou sendo (à sua própria revelia, não raro). Aliás, o maior de todos os paradoxos é constatar que, se o homem não pretendesse ser o que acaba não sendo, acabaria sendo o que não é.

Hannah contou que Iôssef tinha sido um presente de seu primeiro marido, ganho quando completaram cinco anos de casamento. Mais não disse. E Max, que nunca vira um coveiro de pássaros, só não perguntou o que um tropicalíssimo papagaio fazia na Polônia porque a coerência estava mais morta do que Iôssef. Olhou a cidade, que cintilava feito um presépio à margem da Baía de Guanabara. Anoitecia naquele mundo onde se enterravam papagaios, mas sobrava gente insepulta, viva ou morta.

* * * * *

Conviviam fazia meses, Max relegado à emasculada condição de amigo e conselheiro, carregando seus pacotes à saída das lojas, ouvindo-lhe as ideias, os silêncios, querendo conquistá-la aos poucos, metódica e sorrateiramente. Na véspera de cada encontro lia livros e jornais para ter assunto. Renovara o guarda-roupa e instalara um telefone só para atendê-la. Pois já na primeira ligação Hannah o convidava para comemorar *Pessach* na Casa Amarela.

Na semana seguinte aconteceu o *seder*. Mulheres de várias idades, poucos homens e muitas crianças lembraram a escravidão no Egito, citando as dez pragas e a travessia do Mar Vermelho. Tomavam vinho quando Hannah fez o aparte:

— Sabiam que a *Torá* nunca fala em Mar Vermelho? O mar que se abriu para o nosso povo se chamava *Iam Suph*, que em hebraico significa Mar dos Juncos. Dizem que houve um erro de tradução quando o Êxodo foi passado para o inglês, então *reed*, que quer dizer junco em inglês, virou *red*, vermelho.

— Está vendo, Sr. Kutner? — Fany tinha bebido além da conta. — Os tradutores também erram!

Max engasgou: o que a gordinha estava insinuando? Até prova em contrário, ninguém ali sabia que ele trabalhava na censura postal. Será que Fany o espionava? Provavelmente! Afinal, ela era a mais assídua e indiscreta frequentadora do balcão na Rua Visconde de Itaúna, a inventar pretextos para trazer docinhos, sapatos lascados ou notícias de Hannah. Claro que Fany o espionava! Max tentou conter o ódio, prestando atenção nas crianças que entoavam as canções de *Pessach*. Terminado o jantar, Hannah retomou a palavra:

— Devemos lembrar que o nosso povo foi libertado graças à coragem de duas mulheres, mãe e irmã de Moshé. Quem,

va na hora de acabar com aquele triângulo platonicamente amoroso. Como?

Bebia um copo d'água quando tocaram a campainha. Lá vinha Adam S. atormentá-lo novamente. Ou seriam as tais senhoras indignadas? Por que não Mendel F. com suas birutices? Max lembrou uma frase de Napoleão Bonaparte, traduzida dia desses: o homem verdadeiramente corajoso não é aquele que desconhece o medo (este é tão somente um tolo), mas aquele que enfrenta seus medos. Torceu a maçaneta e abriu a porta de peito erguido. Levou um choque. Deparava não com as indignações da Praça Onze, nem com Adam S. ou com Mendel F. Tampouco era Hannah quem jazia à sua frente. Deparava, isso sim, com um sorriso lânguido sob um chapeuzinho de organza, as mãos enluvadas e um batom violeta. Aonde Fany ia daquele jeito? Para um casamento, para uma matinê teatral? Pois que fosse para o inferno! Max ficou sem ação, atordoado enquanto a outra abria uma frasqueira e, falando qualquer coisa, lhe oferecia um bilhete.

"Vou viajar hoje à noite. Avise a Fany caso Guita mande más notícias. Obrigada, Hannah."

Max agarrou-se à parede para não despencar na calçada. Eis o laudo fatídico: Hannah sabia que ele trabalhava na polícia.

— O senhor está bem? — Fany tentou segurá-lo.

— Me larga. Você contou tudo para ela. Tudo!

Mão no peito:

— Tudo o quê?

— Tudo, sua puta! Tudo!

Horror:

— Por que diz isso, Sr. Kutner?

— Chega de mentiras, Fany! Você sabe o que eu faço fora daqui. Sabe ou não sabe?

— Sei, Sr. Kutner, sei sim.

— E contou tudo para ela.

— Ela quem?

— Hannah! Vá embora antes que eu lhe parta a cara, vagabunda!

— Oh, não, não! Pelo amor de Deus! — Fany começou a chorar. — Não é o que o senhor está pensando! Eu lhe imploro, por Deus, me escute! Não me maltrate, sou inocente! Está na hora de dizer a verdade, o senhor merece saber, precisa saber! A verdade que ninguém lhe contou, mas que está na hora de saber! Pelo amor de Deus, me escute!

Capítulo 6

Seis meses depois

Os bairros do Rio de Janeiro eram tão diferentes uns dos outros que se tinha a impressão de cruzar continentes dentro de um bonde. Do Relógio da Glória para o sul, por exemplo, já não se viam as ruas abarrotadas e barulhentas do Centro, com seus prédios encardidos e letreiros comerciais. No Centro, a pressa não tinha hora; já no Flamengo, a hora não tinha pressa. O silêncio reinava nas ruas sombreadas por árvores onde senhoras puxavam seus cachorrinhos empertigados. Carrões deslizavam suavemente entre palacetes não raro ocupados por embaixadas e repartições de alto nível enquanto, nas praças, babás uniformizadas tomavam conta de suas crianças promissoras.

Max gostava de contemplar as palmeiras que ladeavam a Rua Paissandu desde o Palácio Guanabara até a Rua Marquês de Abrantes. Aqueles troncos esguios tinham visto coches com marquesas e barões, broches e tiaras antes que o automóvel infestasse as cidades e a monarquia brasileira se exilasse em museus. Pois as palmeiras da Rua Paissandu não tinham se curvado à modernidade: nenhuma república saberia roubar sua altivez ou a nobreza daquelas folhagens que se abriam como asas soberanas. Perto dali ficava o campo do Fluminense com suas torcidas estrondosas. A cada gol os pássaros disparavam dos galhos em revoadas que adentravam a saleta onde Max descansava ao fim do dia, instalado em sua *bergère*, ao som da risonha criançada que as mães só tiravam da rua depois da *Hora do Brasil*. Então escolhia um Haydn ou Mozart, deixando a agulha da vitrola surtir seus melodiosos efeitos enquanto comia algo leve na mesa da copa. Puxava a manta depois das dez, lendo até adormecer no quarto de fundos, ninado pelos gatos vadios que, lá fora, se enroscavam na escuridão.

Dois andares, a nova casa de Max era grudada nas vizinhas feito irmã siamesa. Custara uma pechincha porque um velho muito velho estava para morrer e os filhos queriam apressar o negócio, tendo aceitado a oficina da Praça Onze como parte do pagamento. Inacreditável! O resto Max ia pagando mês a mês, avalizado por ninguém menos que o Capitão Avelar. Perto da *bergère*, uma estante de jacarandá compunha com a mesa redonda deixada pelo antigo dono. Max comprou quatro cadeiras de palhinha e uma fruteira de porcelana portuguesa sempre cheia de maçãs, laranjas e bananas. Na cozinha, mantinha as provisões de sal e açúcar que os vizinhos vinham lhe pedir em cordiais incursões, para depois revisitá-lo com fatias de bolo ou pudim. Calçava chinelas para não arranhar o parquê bicolor nem estragar o tapete arraiolo em seu quarto. Agora, sim, Max tinha uma casa decente.

No primeiro andar ficava a oficina, mais espaçosa e organizada. Cada coisa tinha o seu lugar e cada lugar, sua função. A máquina de costura ocupava uma mesa central com gavetinhas cheias de potes, pregos e carretéis. Mas nem tudo era novidade. Os pés do Flamengo padeciam das mesmas frieiras e calos da Praça Onze. Salvo algum esmerado ministro ou uma madame chiquíssima, a freguesia calçava o trivial. Os judeus daquelas bandas eram, obviamente, mais abastados que os do "gueto judaico", a quem Max dera as costas havia quatro meses. O pretexto para sair do velho bairro foram os rumores de que o governo derrubaria tudo para abrir a prometida avenida entre o Arsenal da Marinha e a Cidade Nova. Para que esperar? Max queria outros ares, sem ranços nem cacoetes. Mais do que virar uma página, era hora de fechar um livro. Adeus passado, adeus Hannah!

Não se falavam havia meio ano. No começo, Max não dormia nem acordava, os olhos fundos e a boca seca. Chegara a perder quatro quilos, a barba crescida por desleixo. A resignação viria aos poucos, sorrateiramente, até o apetite voltar e o Flamengo acenar num anúncio de jornal. Era estranho viver longe da antiga vizinhança, dos pregadores de causas, das figuras folclóricas. Já não se ouviam piadas, notícias, fofocas, propagandas, insultos. Já não se ouvia o passado.

Sim, Max tinha desistido de Hannah. A bem dizer, Hannah é quem tinha desistido dela mesma. Não fazia sentido adorar um bezerro de ouro forjado com tantas mentiras. Que Max fosse buscar a virtude noutro alguém, noutra coisa, noutro Max. Que parasse de ancorar seu desejo em águas turvas e atracasse num porto seguro. E o melhor: perdia Hannah com sabedoria. Nada de depressões abissais. Preferia esquecer o que tinha de ser esquecido e aprender o que tinha de ser aprendido. Seu desafio era diferenciar uma coisa da outra.

Quando Fany lhe contou "a verdade das verdades", naquela tarde distante, sua primeira reação foi esbofeteá-la. Por quê? Nem ele sabia. E preferia continuar não sabendo, porque de saberes já estava farto. Quanto mais sabia, menos entendia; consequências tinham virado causas e o que ele chamava de começo era o desfecho. Quem traduzia quem? Quem vigiava quem? Aos fatos.

Fazia dois anos que Hannah falara de sua viuvez para o Capitão Avelar.

— O carro afundou e o corpo sumiu. Ainda me pergunto se Max está vivo.

— Max?

— Max Kutner.

O capitão puxou pela memória:

— Max Kutner é o meu sapateiro.

Intrigada, Hannah correu até a oficina para flagrar o homenzinho num ataque de nervos:

— Fora daqui! — gritava para um rapaz de macacão e boné. — Não falo com comunistas! Se quer consertar o mundo, primeiro aprenda a amarrar seus sapatos! — E lembrou a parábola do Rebe Zussia, que quando jovem também queria consertar o mundo, mas, ao descobri-lo tão grande e complexo, resignou-se a consertar seu país. Só que o país também era grande e complexo, daí Zussia ter decidido consertar sua cidade. Já

154

maduro, lutou para consertar sua família, e só no leito final é que confessou a um amigo: "Hoje, tudo o que espero é consertar a mim mesmo."

Hannah desistiu de abordar o sapateiro, mas não esqueceria a parábola. Semanas depois, Avelar lhe pediu para recrutar tradutores do iídiche e ela achou que Max Kutner tinha vocação para o cargo. Eis como tudo começou. E agora, em novembro de 1938, o que o sapateiro traduzia senão as farsas da própria Hannah?

Sua última façanha era oferecer hospedagem para Guita e Jayme, que viriam ao Brasil em janeiro de 1939. Mordiscando o lápis, tentava adivinhar quem faria o papel de José. A cacatua? A propósito, Hannah iria acomodar a irmã e o cunhado no 310 do Topázio, um puteiro? Mas o que realmente impressionava o sapateiro não eram as mentiras de Hannah. Eram as verdades.

Mal podia acreditar que, diante do mesmíssimo soldado Onofre, Fany e duas colegas também traduziam cartas noutros dias da semana. Eis a ilustre equipe da censura postal judaica — Max e três putas —, concebida e comandada pela puta-mor, Hannah Kutner, que supervisionava as traduções. Ou seja, Hannah lia suas próprias cartas em português!

— Vá embora, desapareça! — Max berrara para Fany na calçada da Rua Visconde de Itaúna:

— Não tenho culpa, Sr. Kutner! Não faça isso comigo!

Max ameaçou furá-la com uma tesoura antes que Fany debandasse, aos prantos. Voltaria quatro vezes para ser quatro vezes expulsa. Depois deu de rastejar pelas esquinas, definhada e louca, espiando o balcão onde o sapateiro fingia igno-rá-la. Num dia de tempestade, encharcada dos pés à cabeça, ficou parada feito estátua do outro lado da rua. E foi a patente insanidade de Fany que fez alguém chamar a ambulância onde ela seria metida, sem reagir, para nunca mais voltar à Rua Visconde de Itaúna.

Hannah também tinha sumido. Menos mal! Que fosse enganar outra gente, pois agora Max sabia que ela era uma habilidosa agente secreta, cujos lençóis revolviam os próprios espionados em hotéis, mansões, barcos, quartéis. Encarnava mulheres de todos os tipos, falando seis línguas com ou sem sotaque, conforme a ocasião, e assumindo trejeitos que fis-gavam qualquer presa. Ruiva, loira, morena: Hannah tinha o dom de não ser quem havia sido na véspera. Hannah era todas e não era ninguém.

Max não andara sozinho na rua da amargura — onde mui-tos corações agonizavam. O Rio vivia um surto de desilusões. No obituário do *Correio da Manhã* sobravam arsênicos e águas sanitárias escoadas pela goela de senhoritas que transplantavam o buquê de seus ansiados casamentos para os túmulos do São João Batista e do Caju. Max, pelo contrário, ainda achava o corpo um lugar hospitaleiro para sediar a alma. Acabou retoman-do os passeios na orla antes ou depois de mordiscar as senhoritas da Glória, que faziam o favor de não deixá-lo apaixonado nem envolvê-lo em tramas rocambolescas.

Um dia conheceu Belinha, 23 anos, cabelos pretos e escor-ridos, família estável, nascida na Rússia e criada na Penha. Já no primeiro encontro:

— O senhor é muito, muito... — Belinha escolheu a palavra. — Elegante. Já lhe disseram isso?

Espanto:

— Confesso que não.

— Suas maneiras, seu jeito. Inegável. O senhor é muito elegante.

Max ficou encabulado, mas não é que ela tinha razão? Nas semanas seguintes comeram algodão-doce, remaram na Quinta da Boa Vista, subiram a escadaria da Igreja da Penha. Belinha era só elogios:

— Como o senhor é elegante. — Ou então: — Obrigada, muito elegante de sua parte.

O esmerado sapateiro fazia jus aos comentários, sempre buscando e deixando a moça em casa, pagando-lhe as contas e oferecendo rosas. Às vezes Max se contemplava num espelho imaginário, detido em minúcias que atestavam o óbvio:

— Sou elegante. Como não tinha reparado antes?

Passou a se estudar, medindo gestos, polindo o trato. Consertava sapatos, abotoava as camisas, até as traduções ele fazia sem descuidar da elegância. Claro que a rotina podia aborrecê-lo (nem os reis são eternamente majestosos). Mas, passadas as crises, recuperava a elegância como os rios correm para o mar.

Um dia, Belinha resolveu convidá-lo para o aniversário do avô. Oitenta anos — ou, como diriam os franceses, *quatre-vingts*. Max comprou bombons recheados e desmanchou-se em amabilidades com o cobrador do bonde. Saltou na Penha e conferiu a elegância no reflexo de um vidro.

Belinha o abraçou, puxando-o pela mão até a sala onde a família o aguardava. Max foi sendo apresentado:

— Este é o meu avô, nascido em Leningrado...

— São Petersburgo! — corrigiu o velho.

— Oh, sim! Veja, Max, que homem culto e... como direi? Elegante.

Max cumprimentou o avô com um curvar sutil.

— Mamãe, mamãe, venha cá! Este é Max Kutner. Max, esta é mamãe, talentosa costureira. Faz vestidos elegantíssimos!

Dali a pouco:

— Tio Boris! — Para Max: — Tio Boris é casado com a irmã de mamãe. Oh, que casal! Elegantes que só eles.

Em síntese: Belinha achava todo mundo elegante, sem exceção. Até o cachorro abanava sua elegância no quintal. *Ôi*, desolou-se o sapateiro, que maluca! De elegância em elegância, a festa tinha vinte ou quarenta elegantes. Um a menos não faria diferença. Max caiu fora, deselegantemente. Adeus, Belinha!

Depois veio Mariana, trinta anos, conhecida na antessala de um dentista. Cabelos curtos e arrojados, Mariana era jornalista e escrevia na revista *Fon-Fon*. Frequentadora do mundo artístico, levou Max para museus e exposições onde tomava notas e distribuía cartões. Agendava encontros e até viagens nas mesas boêmias da Cinelândia e da Lapa. Numa *soirée* teatral, infiltrou-se no camarim para entrevistar Procópio Ferreira, que na pele de um mendigo estrelava a peça *Deus lhe pague*. Mais ardiloso foi o assédio ao maestro Villa-Lobos numa casa de bilhar. Mariana puxou uma conversa sonsa enquanto ele mascava um charuto e roçava o taco na mesa de feltro verde.

Mas nem tudo era glamour. Anos antes, Mariana estava de casamento marcado com um rapaz que foi raptado pela Polícia Sanitária e levado a uma colônia hospitalar em Jacarepaguá. O diagnóstico confirmou a suspeita da vizinhança: lepra. Mariana perdeu amigos e o emprego, mas não a esperança. Aos domingos, se debruçava numa sacada do leprosário, acenando e gritando para o noivo, sonhando com a cura até uma enfermeira avisá-la, tão delicadamente quanto possível, que um terço do berçário da colônia se ocupava dos filhos dele. Pais leprosos não contaminavam os rebentos, explicou a enfermeira, a quem Mariana pediu um analgésico. Na manhã seguinte tinha chorado o bastante para não amar mais ninguém.

Mariana e Max se trataram com maturidade. Dormiam juntos na casa dele, Mariana a inventar posições enquanto Max gemia em iídiche. Depois ficavam abraçados até o sol raiar, sem projetos nem lirismos. Brindar ao presente era o lema dos dois. Por essas e outras que Max não se afligiu quando ela espessou a voz ao telefone:

— Precisamos conversar.

Num banco da Praça São Salvador:

— Foi divertido, você é fofinho, sensual e me ensinou iídiche. Mas acabou.

Olharam-se amistosamente, dois adultos cujas rotas haviam coincidido por um ávido instante, agora encerrado. Nenhum rancor ou pendência. Max beijou-lhe a face e chegou a dizer algo do tipo "a vida é assim mesmo". Talvez pudessem ser amigos, por que não? Mas Mariana já lhe dera as costas, entregue ao seu rumo.

Voltando para casa, Max olhou as palmeiras da Rua Paissandu. A tarde esmaecia e o sol pincelava as copas mais altas. Ah, que saudade do século XIX, quando as pessoas se confinavam umas nas outras, do berço ao túmulo. E agora, o que eram os encontros senão o prelúdio do desencontro?

Na oficina, um militar de pé chato tinha deixado dois coturnos com as solas gastas. Max abriu o armário de pincéis e colas, pegou os potes. Por sorte tinha comprado borracha na véspera. Procurava uma espátula na gaveta quando o vento bateu portas e janelas, desfolhando os galhos das redondezas. Um sopro doce arejou a oficina. Jasmim?, cogitou o sapateiro ao notar um vulto no balcão. Pediu um minuto, sem desviar a atenção da gaveta. Cadê o assistente, ô diacho! Que lhe explicasse o que os pregos faziam no lugar dos pincéis, e os pincéis no lugar das graxas. Bagunceiro! Lá pelas tantas, fechou a gaveta e enxugou as mãos numa toalhinha: que atendesse o cliente de uma vez. E já ia se desculpando pela demora quando, num repente, o tempo parou. Nenhum vento, som, frio, calor. Nenhuma espátula, prego, cola. Max disse um "olá" instintivo, as pernas bambas e o queixo pendido no rosto.

Hannah Kutner vestia cor-de-rosa.

* * * * *

Fany tinha tentado o suicídio. Delirava fazia meses, de surto em surto, empanturrada de remédios e falando sozinha até Hannah lhe estancar o sangue dos pulsos e chamar a ambulância. O padre da Santa Casa de Misericórdia ministrava a extrema-unção ao ser advertido:

— Sou judia!

E continuaria a sê-lo na cama do hospital. Ou não? Até em possessão demoníaca se falou: a voz, o olhar, tudo havia mudado. Xingava as enfermeiras e cuspia as refeições, entre injeções e comprimidos. Hannah já procurava um manicômio para cercá-la de cleópatras e virgens marias quando Fany fez o apelo: Max Kutner.

No táxi para a Santa Casa:

— Desculpe o transtorno, mas ela quer muito falar com você. Até os médicos pedem a sua visita.

O carro seguiu para o Centro pela Avenida Beira-Mar. Hannah parecia triste e cansada, o olhar perdido entre as gaivotas que roçavam a Baía de Guanabara. Vestia um *tailleur*, o corte reto e a saia até abaixo dos joelhos, nenhuma joia ou maquiagem. Tratava Max com recato e pragmatismo, como se fossem desconhecidos. E ele, perplexo com a aparição (mas não com a sua causa), coçava o queixo: quem diria, assim de repente, os dois sentados num banco de táxi. E o que se via ao lado, salvo um mito embolorado? Nada como o tempo para curar chagas de ocasião. Nada como o tempo, essa lente milagrosa, para dar aos fatos e pessoas a sua dimensão real, sem premências datadas nem falsos porvires. Pobre Hannah, testemunho de outros idos, significante sem significado. Quem ela teria vitimado no último semestre, quantos corações dilacerados? Melhor não saber. Aliás, revê-la tinha lá suas vantagens. Aproveite, Max! Eis a chance de esquecer o esquecimento. Ouviu, Hannah? Você é um fóssil milenar!

161

Claro que Max só estava naquele carro para visitar Fany, intimado por circunstâncias das quais Hannah, por acaso, fazia parte. Era natural que o passado às vezes refluísse à memória — natural e saudável, desde que em doses moderadas e instrutivas. Nostalgia? São fogos-fátuos, vultos errantes pelos subúrbios da memória. Às vezes resolvem nos revisitar como se ainda ditassem as regras, feito rainhas destronadas. Chegam a impressionar com suas coroas foscas, mas não passam de almas penadas. E era nessa precisa condição que Hannah o impressionava. Não, Max, você não é um abstinente tentado a retomar o vício. Lógico que não!

Passavam pela Praça Paris, com seus chafarizes e arbustos ornamentais, quando Hannah acendeu um cigarro. Talvez fosse apenas uma sequela contornável, um espasmo saudoso aquilo que o sapateiro disfarçou, cruzando as pernas com inadiável discrição. Inventou cálculos, dúvidas. Quantas palmeiras orlavam a Rua Paissandu? Qual era o nome de Procópio Ferreira na peça do Teatro Regina? Pensou em Hitler, em Stálin, na Áustria invadida, na Espanha conflagrada. Tudo para proteger seu castelo de areia daquele imprevisto vendaval.

Mas bastou outra olhada para as mãos suarem e Max querer saltar do carro, saltar do mundo, sair à procura daqueles adjetivos resolutos — mentirosa, farsante — para definir a mulher que, de perto, lhe parecia grande e complexa demais para caber em verbetes. Oh, Senhor! Por que a distância é um celeiro de certezas e, a proximidade, um traiçoeiro lodaçal? E agora, Max, cadê o ponto final aposto no exílio?

No saguão da Santa Casa, sete polacas seguravam doces e presentinhos enquanto, lá dentro, Fany era "preparada" por Hannah e pelos enfermeiros. Notando o desconforto do sapateiro:

— Anda desaparecido, Sr. Kutner!

Começaram a sussurrar frivolidades e tragédias, fossem tinturas para cabelos ou abortos malsinados. Veneravam os dentes de fulana, debochavam dos furúnculos de beltrano. Faziam do mundo uma grande piada, uma interminável fofoca. Do destino, só esperavam uns batons, espartilhos ou vidros de perfume que lhes garantissem o próximo batom, espartilho ou vidro de perfume. E lá se iam suplicá-los na sinagoga da Praça da República, em ritos oficiados por gente de sua laia — cafetões, gigolôs e achegados. Beiravam a histeria quando imploravam perdão ao Deus que elas também perdoavam, permutando culpas e obrigações. Depois das cerimônias bebiam cachaça em festas catárticas, com danças e cantorias. Já não eram pessoas, mas estigmas risonhos, ícones da perversão, motivo de fascínio e horror, de antipatias públicas e simpatias privadas.

— Está passando mal, Sr. Kutner? — Uma delas se aproximou.

— Estou bem.

— Tome um pouco d'água. — Outra lhe trouxe um copo.

Nada pior do que ter de aceitar a gentileza dos desafetos. Max estava menos sedento do que aflito, alvo daquele socorro excêntrico: tem febre?, quer Aspirina?, uma compressa morna? As mulheres se desdobravam, abrindo bolsinhas e carteiras das quais tiravam uma profusão de ajudas, cumulando Max de amores tão avulsos e prestativos quanto elas próprias. Lá pelas tantas, Hannah apareceu.

— Fany está pronta. Max, você primeiro. — No corredor:
— Não se impressione, ela teve razões para ficar louca.

Razões para ficar louca?, divagou o sapateiro. Que paradoxo: a razão em seu próprio detrimento. Num salão com camas perfiladas, Max custou a reconhecê-la sob um lençol verde-claro. Estava magérrima, os cabelos ralos e grisalhos, o olhar frouxo. Hannah segurou-lhe a mão:

— Max Kutner está aqui, querida.

— O sapateiro? — escandiu uma voz débil.

— Eu mesmo.

Fany contemplou Max num silêncio reverente. Assim ficou, sem palavra, pelo instante que lhe aguou os olhos.

— O senhor vai bem?

— Bem, e você?

— Bem.

Max ficou comovido. Pela primeira vez Fany não encarnava uma bruxa visionária, com sua agourenta meiguice a dizer "contente-se comigo". Fany era tão somente Fany — e, curiosamente, quando já não tinha condições de sê-lo. Os lábios pendiam no rosto, sem exprimir coisa alguma nem cobrir o amarelo dos dentes.

— Soube que o senhor se mudou.

— Pois é, para o Flamengo.

— Oh, que beleza.

E fez um ar aquiescente, embora cético, quando o sapateiro prometeu recebê-la em sua nova casa. Um chá, assim que deixasse o hospital. Amenidades um tanto improváveis:

— Não vai dar tempo, estou morrendo.

Max desconversou:

164

— Ainda bem que Hannah descobriu o meu novo endereço e me trouxe aqui.

Fany se inquietou:

— Então o senhor realmente acha que ela "descobriu" o seu novo endereço? — Arregalou os olhos com uma vitalidade repentina. Mudando a voz, exaltada: — Ora, Sr. Kutner, não seja ingênuo! Foi ela quem ajudou o senhor a comprar a casa, pagou a metade.

Hannah interveio:

— Quieta, Fany!

Max recuou, surpreso, enquanto Hannah chamava os enfermeiros e Fany caía numa risada satânica:

— Ou o senhor acha que tem condições de morar no Flamengo? — E suspirosa: — Ela é tão boa! Ajuda todo mundo! Hannah e Deus estão por toda parte! Só que Deus não é onipotente!

Max foi empurrado dali enquanto Fany esperneava:

— Sr. Kutner! Sr. Kutner! Não era isso que eu queria dizer! Não era isso! — Agarrada pelos enfermeiros, a plenos pulmões: — O senhor precisa saber! Precisa saber...

— Saber o quê? — Max murmurava.

— Vá embora! — Hannah o expulsou da sala. — Vá!

Largado num corredor, Max cambaleou até um pátio ajardinado e sentou num banco. Tudo fazia um doloroso sentido! De fato, ele pagara um preço módico — para não dizer irrisório — pela casa no Flamengo. A presteza do Capitão Avelar, a rapidez com que o negócio se consumara. Claro que Hannah tinha ajudado, como não? Ajudara o sapateiro a fincar raízes noutras paragens, longe da Praça Onze, longe dela própria.

Ôi vêi! O túnel que Max escavara rumo à liberdade era, isto sim, um poço. Sentia-se ferido em sua honra, em seu arbítrio, em sua macheza. Hannah era uma sentença, uma tragédia, um destino. Se fugisse para a Patagônia, lá estaria fantasiada de pinguim; nos areais do Saara, seria a corcova de um camelo. Cumes e vales, céus e infernos, Hannah era inescapável. Max raiava o pânico quando foi tocado no ombro e, assustado, deu com ninguém menos que o Tenente Staub. O que fazia na Santa Casa?

— Preciso falar com Hannah. — Foi a resposta.

Lógico!, pensou o sapateiro. Com quem mais? Staub visitava sua dileta serviçal — caso não fosse, ele, o próprio serviçal.

O tenente fez um silêncio virtualmente cúmplice, sentou-se e perguntou por que o sapateiro estava tão abatido. Fany tinha piorado?

— Estou em apuros, isto sim! — Soluçante: — Nunca quis traduzir cartas, trabalhar na polícia, vigiar os outros. Sempre gostei de consertar meus sapatos e pronto. Agora minha vida é uma confusão, uma encrenca sem fim!

— Entendo você, Kutner. Passei pelo mesmo problema. Até outro dia eu era um qualquer na delegacia, encarregado de arrumar arquivos, de carimbar isto ou aquilo. Tudo mudou numa noite...

Max olhou o tenente com interesse.

— Estava de plantão na Rua da Relação quando o telefone tocou. Ligavam de um hospital na Praça da República porque um dos nossos agentes tinha se machucado numa missão e queria falar comigo urgentemente. Fui para lá.

"Uma enfermeira me recebeu no saguão e disse que o agente estava sendo examinado, que eu tivesse paciência. Quanto tempo, impossível saber. Ele teria quebrado a perna, talvez precisassem operá-lo.

"Que fazer? Esperar! Começamos a conversar, tomamos um cafezinho. Chamava-se Maria e tinha uma filha doente que dependia de vários remédios. Deixava a menina com uma amiga quando vinha trabalhar no plantão de três hospitais. Uma guerreira."

Staub esfregou as mãos:

— Em suma, tivemos... como dizer? Uma aventura. Acredite, num banheiro do hospital. Que absurdo! Foi ela quem me arrastou, dizendo que adorava homens fardados. Nem eu consigo acreditar, mas aconteceu. Sabe, Kutner, todo homem está pronto para enlouquecer, basta achar a mulher certa.

— Ou errada — suspirou o sapateiro.

E o tenente, reavendo o fôlego:

— Tudo ia bem, bem demais, até alguém bater na porta do banheiro. Fiquei apavorado! Ah, se me pegassem naquela situação! Prisão na hora, meu caro.

"Mas quem batia era outra enfermeira. Tinha procurado Maria por todo o hospital. É que sua filha estava passando mal na casa da amiga. Maria ficou desesperada porque tinha esquecido de levar os tais remédios para lá. Vestiu-se num minuto.

"Mas as verdadeiras desgraças vêm aos pares. Quando saímos do banheiro, a colega voltou dizendo que os médicos iam operar o policial e que precisavam de Maria imediatamente. Ela começou a chorar, e agora? A filha ou o trabalho? Então tive uma ideia, por que não? Já que o homem ia ser operado, eu poderia pegar o remédio e levá-lo até a casa da amiga. E foi exatamente isso que aconteceu. Exatamente isso!

"Maria morava na Rua do Riachuelo, perto dos Arcos da Lapa, num prédio de apartamentos. Fiquei constrangido, claro, não era normal chegar assim à casa dos outros. Achei o remédio, um frasco bem grande no armário do banheiro.

"A amiga morava na Rua dos Inválidos, na última casa de uma vila. Foi tudo muito rápido, ela disse obrigado e fechou a porta, só isso. Missão cumprida."

Staub fez uma pausa.

— Voltando para o hospital... acredite, Kutner, encontrei o meu colega na calçada.

— Como assim? Já?

— Ele estava melhor que eu.

— E a operação?

— Só tinha torcido o pé.

Max não entendeu. E Staub, conclusivo:

— Tinha torcido o pé quando ia atrás de uma puta viciada em cocaína na Rua do Riachuelo. Tropeçou, caiu e foi parar no hospital.

— Mas a enfermeira...

— Maria não era enfermeira. E o remédio que eu fui buscar não era remédio. Era cocaína.

— Não!

— Uma armadilha, meu caro! Uma bela armadilha! Acredite, fui enganado, um bobo na casca do ovo. Quanto a Maria... — Staub fez suspense. — Pode chamá-la de Hannah.

Horror:

— *Ôi main Gót!*

— ... e a traficante, de Fany.

Max perdeu a fala, que audácia! Olhou Staub com solidariedade: tinham sido alvejados pelo mesmo raio.

— O que fez quando descobriu, tenente?

— Nada. Hannah me procurou, veio se explicar. Fany tinha que dar o pó para um traficante, questão de vida ou morte. Mas nosso agente estava ali de prontidão, em frente à casa dela. Fany era muito visada pela polícia e sabia disso. O que ela fez? Saiu andando pela rua, foi para lá e para cá só para distrair o agente. Então Hannah apareceu e tropeçou nele. Bem... o resto você já sabe.

— Oh, sim!

— Ela é capaz de tudo, até pensei em prendê-la. Fui falar com o Capitão Avelar, só que ele era perdidamente apaixonado por Hannah. Como não tínhamos coragem de prendê-la, fomos falar com o nosso chefe. O homem começou a chorar, era louco por Hannah. Concluímos que ela devia fazer parte do nosso time. Hoje é a nossa melhor agente.

— Obrigada, tenente — disse a própria, vinda por trás. — Soube que a polícia tem um trabalho para mim. Outra viagem?

Vencido o susto:

— Missão de alto nível, só você pode assumir.

Hannah deu um suspiro:

— Estou tão cansada, tenente...

— Sinto muito, Hannah, mas é uma questão delicadíssima.

— Qual é o problema?

— Lembra-se daquele rapaz alemão, o estivador?

— Oskar Stein.

— Exato.

— Já entendi.

— Sua viagem será amanhã cedo.

Hannah ia pedir licença quando Staub teve a ideia. Pigarros:

— Pensando bem... que tal viajar acompanhada? — Dando um tapinha no ombro do atônito sapateiro: — Sabe falar polonês, Kutner?

* * * * *

Alemanha, um ano antes

O *mohel* tirou os instrumentos do estojo e os colocou perto do bebê, que dormia nos braços do padrinho.

— A circuncisão — disse aos convidados — é uma das tradições que distinguem o judeu do idólatra. E os senhores bem sabem do que a idolatria é capaz.

Sim, todos sabiam. Há dois anos, as Leis de Nuremberg tinham cassado a cidadania dos judeus alemães, fossem ilustres cientistas ou reles estivadores como o pai do bebê. Hitler atribuía à "peste semita" os males do país, que eram muitos desde a Guerra perdida em 1918.

A saleta da casa se enchia de gente pobre, a fingir alegria e desejar sorte para o filho de Oskar Stein. No íntimo, muitos questionavam o porquê da circuncisão em tempos tão sombrios. Talvez aquele rito condenasse o menino à desgraça no Reich nazista. Os esperançosos torciam por uma reviravolta. Quem sabe os americanos ou russos não viriam cortar as asas do *Führer*? Quem sabe Deus não tomaria as medidas que os franceses e ingleses relutavam em tomar, como se os rumos do nazismo não lhes dissessem respeito?

A vida em Hamburgo só fazia piorar. Oskar Stein trabalhava no cais do porto, carregando sacas em vaivéns cada vez mais penosos. Às vezes roubava um punhado disto ou uma dúzia daquilo para comer ou lucrar nos becos do escambo. Pela cidade vagavam hordas desempregadas — e, pelas hordas, bandos nazistas prestes a agredir judeus que, como Oskar, só queriam ganhar e benzer o pão de cada dia.

Mas até a rotina era um luxo impensável em Hamburgo. Suástica nas braçadeiras, três rapazes um dia começaram com zombarias e ameaças que Oskar tentava ignorar, entregue aos afazeres. Nas semanas seguintes, a hostilidade só faria aumentar, sempre aumentar, até os rapazes agarrarem Oskar e obrigá-lo a comer um quilo de presunto regado a uma garrafa de vodca. O chefe do bando espumou de raiva ao saber que o judeu seria pai:

— Mais um verme para destruir a Alemanha!

Dez dias depois o *mohel* recitava as preces enquanto o "verme" dormia a sono solto e a mãe mordiscava um lenço nervosamente. Os convidados ficaram de pé, silenciosos, e o *mohel* pegou a faca de uso ritual, repuxando o prepúcio com uma pinça. Alguns fecharam os olhos, outros os mantiveram bem abertos. Esperavam o choro do bebê para rematar o Pacto de Abraão quando um coro horripilante quebrou a quietude:

— *Heil* Hitler!

Lá fora o bando vociferava, marchando em círculos e erguendo os braços até uma pedra estilhaçar a janela e ferir um convidado. O padrinho perdeu a cor e o *mohel* interrompeu o rito. Em sua mão faiscava a lâmina que Oskar arrancou, possesso, antes de cruzar a sala a passos firmes.

— Oskar, não! — implorou a mulher. — Não, Oskar, não!

O rapaz avançou furiosamente, empurrando convidados e chutando a porta da rua. As preces se voltaram para a janela enquanto o sangue esguichava na calçada. Oskar lutava contra três, aos socos e pontapés, num embate virtualmente perdido não fosse a ira com que ele, camuflando a faca na mão, degolou o chefe do bando com um talho certeiro. O nazista gritou, contorcido, esvaído em sangue. Tossindo, cambaleou até tombar no chão pesadamente.

— Agora são vocês! — Oskar ergueu a faca ensanguentada e saiu correndo atrás dos outros.

Voltaria meia hora depois, pedindo dinheiro e desculpas à estarrecida plateia, devolvendo a faca ao *mohel*, puxando a mulher com o bebê e avisando que deixava a Alemanha para sempre.

No mês seguinte os Stein se escondiam em Antuérpia, na Bélgica, chegados no porão de um navio graneleiro e abrigados no sótão de um velho casal. Por correio, a mulher de Oskar suplicava ajuda a um parente no Rio de Janeiro. Migrar para o Brasil seria sabidamente difícil porque os governos americanos vinham fechando as porteiras para os judeus da Europa. De Lisboa a Varsóvia, embaixadas e consulados eram palco de agonias.

Oskar já não aguentava rezar quando, numa tarde gelada, os anfitriões belgas receberam um estrangeiro de fino trato vindo para fotografar os Stein. Por quê?, desconfiou o estivador. "Para os passaportes." Só o bebê não sorriu nos retratos. Daí a dias Oskar era intimado a partir com a família num transatlântico. No porto, o estrangeiro lhe entregou um polpudo envelope com documentos, algum dinheiro e instruções sobre o desembarque. Que saltassem no Rio de Janeiro em três semanas. No formulário anexo ao passaporte, Oskar figurava como um experiente engenheiro da indústria bélica alemã. A fraude se justificava porque o Brasil só expedia vistos para profissionais de áreas "estratégicas" — cientistas, engenheiros, agrônomos —, capazes de transformar o país na potência sonhada por seus governantes.

Mais atônitos do que eufóricos, os Stein zarparam numa terceira classe e ganharam os mares do Sul. Só saíam do quarto para as refeições diárias, evitando indiscrições e conversas com estranhos. Mas nem assim deixaram de esbarrar no judeu religioso a quem Oskar perguntou, meio embaraçado, se era perdoável circuncidar um bebê aos dois meses, e não no tradicional oitavo dia. O homem foi sagaz:

— Se Abraão fez com 99 anos, vamos resolver isso agora. Também sou *mohel*.

Na hora seguinte, o bebê sorvia um pano embebido em vinho doce enquanto o pacto era firmado na cabine dos Stein. Do corredor se ouviram aplausos: *Mazel tov, mazel tov!*

No Rio, Oskar se empregou como ajudante de cozinheiro num restaurante da Praça Onze. Seis meses depois já envergava uma gravatinha-borboleta e, bandeja à mão, anotava os pedidos em iídiche e em português. De tempos em tempos tinha que ir ao Palácio Itamaraty prestar esclarecimentos —

nada além do endereço residencial e questiúnculas como doenças ou hábitos cotidianos. Oskar sempre perguntava ao parente da esposa, que os hospedava em casa, como ele conseguira a proeza envelopada em Antuérpia: passaportes brasileiros e documentos de alta complexidade, com selos e carimbos de várias cores. O parente desconversava, garantindo apenas que o casal não teria problemas e que o status de engenheiro conferido a Oskar era uma minúcia burocrática à qual ninguém daria importância. A seu modo, Stein também escondia do tal parente o evento em Hamburgo, já anistiado pela distância e pelo tempo.

Oskar e a mulher adoravam o Rio de Janeiro, onde os desmandos de Hitler se atinham aos jornais que uns moleques vendiam nos pontos de bonde. Em meados de 1938, nascido o segundo filho, Oskar foi promovido a gerente do restaurante e a família se mudou para uma vila na Tijuca. A mulher reforçava o orçamento com uma máquina de costura, e os domingos eram passados na Quinta da Boa Vista.

Oskar já nem sonhava em alemão naquela madrugada.

— Sr. Stein! Sr. Stein! — Bateram à porta.

A mulher agarrou as crianças enquanto o marido atendia uns homens sisudos:

— Desculpe o incômodo. O senhor é engenheiro de armas, certo? Venha conosco, por favor, é uma emergência.

Metido num carro, Oskar foi parar no cais da Praça Mauá. Um delegado da polícia alfandegária o recebeu:

— Como judeu, ninguém melhor do que o senhor para desconfiar dos nazistas — e explicou o porquê da intimação. É que um espião brasileiro tinha flagrado objetos suspeitos no porão de um navio alemão que, atracado no Rio, seguiria para Santos na manhã seguinte.

— São peças que lembram canhões — esclareceu o espião, a quem Oskar fez perguntas tolas, simulando perícia para esconder o pavor.

O delegado selou a questão:

— Não adiantam descrições, o senhor tem que ver a coisa. Queremos um laudo oficial. — E ordenou que dois policiais brasileiros escoltassem o judeu na embarcação.

O comandante praguejou contra a "ofensiva" vistoria, alegando que o navio era território do Reich, exigindo a presença do embaixador alemão e salientando que recebia Oskar, tão somente, num gesto de boa vontade. Uma comitiva desceu escadas íngremes e percorreu um porão cinzento, cheio de caixas e sacas, até se defrontar com os tais objetos.

— Não passam de tratores agrícolas desmontados — resmungava o comandante. — Por que tanta confusão?

— O senhor sabe — provocou um policial.

Ou seria necessário explicar que o Sul do Brasil era um barril de pólvora com seu milhão de alemães leais a Hitler?

— Confira os documentos. — Um marinheiro entregou ao judeu um maço com números e códigos. — São tratores encomendados por um fazendeiro de... como se diz? Isso, Santa Catarina.

Oskar folheou os papéis, fazendo caras e bocas enquanto apalpava as geringonças, rezando para ir-se embora dali. Estava enjoado, prestes a vomitar, sem disposição para heroísmos. Felizmente ignorava o que era aquilo: rodas, hastes gigantes, esteiras de aço. Bendita burrice! Já ia esfregando as mãos aliviadas quando foi apunhalado pela certeza. Sim, tinha a resposta. Sem dúvida que a tinha. Desvendara o caso à própria revelia.

Em seu cotidiano portuário em Hamburgo, carregando sacas de arroz ou hélices de avião, Oskar acumulara um saber nada acadêmico, mas variado e consistente. Podia lembrar o rigor com que as mercadorias eram etiquetadas e armazenadas para que jamais, em hipótese alguma, fossem confundidas. E assim Oskar acabou treinando o olfato para identificar a procedência dos cafés ou adivinhar o composto deste ou daquele tonel. Foi assim, também, que ele adestrou a razão para qualificar e quantificar qualquer coisa, dando-lhe o nome, a natureza, a origem e o destino, sempre ciente de qual parafuso encaixava em qual engrenagem, qual fruta seguia para qual cidade.

Pois seu talento agora atestava que as tais peças não eram pedaços de tratores agrícolas. Eram, isto sim, partes avulsas do colosso bélico da indústria nazista, o tanque Panzer II, fabricado na Tchecoeslováquia. Ali jaziam dois carros de combate prontos para retalhar o Brasil.

— Então, Sr. Stein? — cobrou um agente brasileiro.

— Podemos conversar lá fora? — precaveu-se o judeu.

Subiam para o convés a passos lerdos, numa tensa troca de olhares, quando Oskar sentiu um bafo à direita:

— Sei quem é você.

Oskar reconheceu um dos nazistas de Hamburgo. Num cochicho raivoso:

— Então você veio para o Brasil... que beleza. Como conseguiu entrar? Eles acham mesmo que você é engenheiro?

Pois bem. — Muito sério: — Se nos denunciar, será denunciado. É isso que você quer?

Oskar estremeceu. Na alfândega, disse que eram tratores agrícolas e pronto. Não havia motivos para preocupações.

— Vindo de um judeu, só posso confiar — riu-se o delegado.

Oskar chegou a assinar um laudo e a tomar cafezinho enquanto aguardava um carro para deixá-lo em casa.

Mais tarde, abraçava a mulher e os filhos. Chorou convulsivamente. O passado lhe cobrava a fatura e não seria justo fazer do Brasil o avalista. Precisava reagir — ou, se tanto, permitir que outros reagissem.

Procurou o parente da esposa e exigiu, de uma vez por todas, que ele revelasse o nome de seu precioso contato no Itamaraty ou na polícia ou no Catete, pouco importava. E, como o homem resistisse, Oskar contou tudo, rigorosamente tudo o que havia para contar, do nazista em Hamburgo até os tanques Panzer II. A gravidade do assunto impressionou o parente, que pegou Oskar pela mão e correu até a rua para chamar um táxi. Não havia tempo a perder.

— Aonde vamos? — quis saber o rapaz.

— Falar com quem te salvou e conseguiu os passaportes, os vistos, tudo. Conte tudo para ela, não esconda nada. Porém... — o homem engasgou.

— Porém o quê?

Entravam no táxi, o parente com os olhos suplicantes:

— Seja forte, meu caro. Aguente firme! E fique sabendo que não é fácil.

— Aguentar o quê? — Oskar estranhou.

— Você vai entender. — Para o motorista: — Rio Comprido, por favor.

Capítulo 7

O trem serpenteava na mata atlântica, um emaranhado de árvores e flores sombreado pelos cumes da Serra da Mantiqueira. Era uma lenta jornada, com pontes e curvas íngremes. Do vagão se ouvia o farfalhar da floresta e os rios que se afunilavam em cachoeiras e lagos cristalinos. Hannah e Max viajavam havia sete horas, com duas longas paradas para inverter a posição da locomotiva, que ora puxava o trem nas planuras, ora o empurrava nas subidas sinuosas. Hannah dormia desde a estação da Leopoldina, para só acordar quando entraram em Minas Gerais. Compondo o xale, olhou o relógio:

— Mais uma hora até São Lourenço — e penteou os cabelos agora curtos e lisos. Sua aparência tinha mudado radicalmente.

Hannah e Max encarnavam Sylwia e Alexander Kasinky, casal polonês em férias no Brasil. Católicos, tinham vindo passar o Natal com conterrâneos em Curitiba e aproveitavam para visitar o circuito das águas, em Minas Gerais, atraídos por seus cassinos e fontes terapêuticas. Ela sofria do estômago, ele, dos rins. Alexander era escrivão num cartório em Varsóvia; Sylwia não trabalhava.

Estavam quase chegando quando Max perguntou qual a relação entre Oskar Stein e aquela "secretíssima" missão. Ele sabia, logicamente, que espiões nazistas infestavam o Brasil, e que combatê-los — ou, se tanto, patrulhá-los — era encargo do Tenente Staub, a quem Hannah tinha repassado a denúncia do estivador alemão.

O fato é que os armamentos descobertos por Stein reforçavam as suspeitas contra um delegado alfandegário em Santos, sede do maior porto brasileiro e um dos lugares mais visados pela espionagem na América Latina. O que entrava e saía dali poderia ditar os rumos do continente, garantia Staub, que monitorava cada palmo da cidade. Pois bem. O delegado alfandegário era íntimo do cônsul alemão, com quem ia pescar num barquinho próximo ao cais, para voltar meia hora depois sem um mísero peixe. Muito estranho, segundo um velho pescador, pois os bichos não tendiam a morder iscas naquelas águas conturbadas pelo tráfego e pela sujeira dos navios. Eis a questão: o que o delegado e o cônsul conspiravam no barquinho?

Agentes de Staub tinham acompanhado o desembarque dos armamentos em Santos. Rastreavam todo o processo para agir na hora certa, de olho no maquinário e sem descuidar de um estranho casal chegado dias depois num transatlântico norueguês. Franz e Marlene Braun foram buscados no cais por um assessor do cônsul alemão e levados para uma casa, onde se fecharam durante uma semana e receberam muitas visitas. Por que tamanha deferência? Qual o mistério dos Braun e sua possível relação com os armamentos contrabandeados? Eis o que Hannah e Max precisavam esclarecer.

— Por que São Lourenço? — perguntou o sapateiro.

— Anteontem os Braun deixaram a casa pela primeira vez e viajaram para lá. Staub disse que estão sozinhos e não falam com ninguém. Vamos ficar no mesmo hotel.

Max custou a acreditar naquela estranha incumbência. O que tinha feito para merecer tanta confusão? E Hannah, que dizer dela? Lá se iam juntinhos para São Lourenço. Por um lado, o medo ante um destino sem rédeas, por outro, a excitação: até que ponto chegariam as simulações conjugais? Dormiriam no mesmo quarto e andariam de mãos dadas no Parque das Águas, a visitar fontes e comer pães de queijo. O que mais fariam em nome da segurança nacional? Quem sabe agora, noutro cenário, noutro contexto, noutro tempo, Hannah seria outra Hannah e, ele, outro Max? Quem sabe os seis meses de separação tinham surtido efeitos inusitados? Quantas ausências que se pretendem eternas não passam de intervalos, de lapsos que maturam o reencontro em seu ventre insuspeito? Com a palavra, São Lourenço.

Chegaram às 3 horas. A tarde vadiava por ruelas de pedra com casas rústicas e cheiro de lenha. Carroças rangiam entre bicicletas, charretes e poucos carros. Os homens usavam chapéus de palha, as mulheres, sombrinhas floridas. Moleques esfarrapados empinavam pipas, os pés descalços e uma doce urgência quando repuxavam os carretéis.

Na esquina principal, um jardim ladeava o Hotel Metrópole. De sua suíte, no segundo andar, Hannah e Max escutavam o trotar dos cavalos e a mansidão das calçadas. Desfeitas as malas, muniram-se de copinhos coloridos e foram passear no Parque das Águas. Beberam águas sulfurosas, magnesianas e ferruginosas. Era um lugar aprazível, com jardins e arbustos bem podados, além de esculturas clássicas que lembravam a Europa. Nas alamedas, as pessoas andavam sem pressa, inalando o frescor interiorano enquanto as crianças faziam suas balbúrdias. Era dezembro e as boas famílias já entretinham seus verões. E, como a noite encorpasse o céu, Hannah e Max sentaram num banco para olhar as estrelas. Foi então que Hannah se confessou preocupada, aliás aflitíssima, não com os Braun, não com guerras reais ou iminentes, mas com a visita de Guita e Jayme ao Brasil.

— Chegam mês que vem. Ah, se ela soubesse...

Hannah se descobria acuada pelas próprias mentiras, desafiada a ser a boa irmã que Guita esperava encontrar. Max conhecia a ladainha de cor e salteado, mas nem por isso deixava de impressioná-lo o semblante daquela mulher, heroína de todas as horas, defrontada com a sua maior — quiçá única — fraqueza. Até a voz de Hannah vacilava ao falar da irmã. Enxugando uma lágrima:

— A vida não é fácil, Max.

Ele concordou sem alarde. Vinha mantendo a fleuma, evitando recaídas românticas. Para que se iludir? Até prova em contrário, Hannah era uma alma arisca, movida a interesses próprios e irredutíveis. Mas foi ali, naquele banco, que Max teve o lampejo. Para seduzir os pragmáticos, ajude-os. Como entrar em suas vidas sem uma contrapartida funcional? Max vislumbrava a chance de ser não só útil, mas necessário para Hannah. Segurando-lhe a mão:

— Posso fazer o papel de José. Ele não é manco? Vamos comprar as muletas, more comigo enquanto Guita estiver no Rio.

Incrédula:

— Você faria isso por mim?

Ele se desmanchou:

— Faria mais, muito mais!

— Jura?

— Por tudo, tudo!

— Seria maravilhoso, meu Deus! O que devo dizer? Obrigada?

— Não diga nada. — Sôfrego: — Não é preciso.

E ficou a admirá-la. Hannah se remoía:

— Como posso retribuir? Permita-me retribuir.

— Não precisa. Faça o que o seu coração mandar.

Max levitava, entregue a idílicas conjecturas até ser contido bruscamente:

— Sem exageros.

Ele recuou:

— Exageros?

— Fale baixo. Franz e Marlene estavam nos olhando.

— Quem?

Max caiu em si ao reconhecer o casal noutro banco. Sim, eram os mesmos da fotografia que Staub lhes mostrara. Pareciam tristes, desinteressados um do outro. Porventura seriam a plateia do melodrama recém-estrelado pelo sapateiro?

* * * * *

Doces e licores remataram o jantar no restaurante do Hotel Metrópole. Os hóspedes primavam pela elegância, tendo Hannah combinado uma estola castanha com um vestido de linho bege. Os cabelos curtos lhe davam um ar pacato, quase pueril, assim como os brinquinhos de pérola e um broche em forma de borboleta. No que passavam pelo saguão, ela sugeriu uma partida de biriba.

O carteado baixava à mesa no salão contíguo enquanto os garçons renovavam os cinzeiros e traziam bebidas. Era um mundo provecto, de cabelos brancos ou tingidos, alguns ornados com prendedores de bons quilates. Um *maître* cheio de tiques levou Hannah e Max para o fundo do salão, perto de onde Franz e Marlene Braun jogavam a sós, literalmente fechados em copas. Teriam seus cinquenta anos, ele grisalho e bem apessoado, ela, abatida.

Hannah e Max manusearam cartas por quase três horas. Nos arredores, copos e xícaras tilintavam em mãos encarquilhadas. Muitos fumavam, chamuscando o feltro verde das mesas. Risos marcavam o fim das partidas, quando se recolhiam as cartas sob amigáveis promessas de revanche. Embora fosse um belo salão, com lustres de cristal e espelhos bisotados, algo lúgubre pairava ali, como se o jogo da vida já tivesse acabado e a ninguém restasse mais do que uns baralhos ensebados. A morosidade reinava nos gestos, nos pigarros, nos ombros curvados. Por que as pessoas são tão parecidas nos extremos da vida? Hannah evitou falar durante as partidas — compenetrada em seus naipes? Quando o relógio badalou a meia-noite, as deserções começaram e os garçons esconderam os bocejos, em reverente prontidão. Franz Braun acenou educadamente para Hannah e Max antes de ir-se embora com a esposa aborrecida.

No dia seguinte, o par só deixou o quarto para tomar sorvete numa confeitaria perto do hotel. Ficaram sentados por quase uma hora, às colheradas, sem palavras nem expressões. Lá pelas tantas, Franz limpou o paletó azul-marinho com um guardanapo e Marlene acendeu um cigarro. Era um velho casal, desses que já não têm o que se dizer. Marlene fumava, imersa na apatia, com aquele típico olhar de velório, usando uma roupa tão desbotada quanto ela própria. Já Franz, galanteador, não raro espichava as fuças para os saiotes em vaivém na calçada. Dali voltaram para o hotel.

À tarde, Max remou no lago do parque enquanto Hannah escolhia bordados numa feira de artesanato. Andaram de charrete e visitaram um curral de vacas leiteiras. Num sítio para turistas, Max quase foi mordido por um ganso feroz. Compraram queijos, doces, e concluíram o dia com um lanche no próprio hotel.

Depois do jantar, Franz e Marlene podiam ser vistos à mesma mesa da véspera, embaralhando sua solidão. Duas horas depois, o olhar de Marlene boiava no além até um garçom lhes trazer xícaras e um bule. E quando ia servi-los, debruçado sobre a mesa, o homenzinho se atrapalhou e inclinou a bandeja para evitar que uma xícara escapulisse do pires. Foi uma manobra infeliz, a julgar pelo berro que varou o salão. Uma poça de chá fumegava entre as cartas e o bule caído nas pernas de Franz Braun, que se levantou e xingou o garçom, um pretinho magrelo. Hannah, que a tudo assistia, não hesitou em apontar o dedo contra o garçom. Em alemão:

— Este homem é um trapalhão! Um preto, ainda por cima! Ontem me estragou um vestido, agora faz isto! — Num português truncado: — Chamem o *maître*!

Max estranhou: vestido, que vestido? O garçom só faltava chorar enquanto o *maître* o desancava. Marlene não se movia, ensimesmada. O *maître* raiou a histeria ao comandar a limpeza, feita por quatro garçons e uma faxineira. Implorou desculpas para Franz, que só tratou de aceitá-las porque, a essa altura, estava mais interessado em Hannah. E, para selar a paz, ela propôs uma partida a quatro, restando ao sapateiro formar dupla com a acabrunhada Sra. Braun.

Franz não demorou a fazer a primeira canastra, ao que Hannah — aliás, Sylwia Kazinsky — desatou a falar. Desfiou um impressionante rosário de mentiras. Falou sobre os preços em Varsóvia, sobre seus irmãos gêmeos (um dos quais, ordenado padre, queria ser sepultado nas catacumbas de São Calisto, em Roma), sobre o tio alemão com quem aprendera a ler Goethe no original (daí a fluência na língua dos Braun), sobre a timidez patológica do marido diante de estranhos (já diagnosticada por um discípulo do Sr. Freud), sobre tantas e tão elaboradas sandices que o atônito sapateiro mal conseguia discernir os naipes do baralho.

E como Franz e Hannah iam ganhando as partidas — uma atrás da outra, impiedosamente —, o alemão sugeriu uma pausa para descontrair os perdedores.

— Garçom, uísque! Marlene e eu acabamos de chegar de Copenhague.

— É mesmo?! — Hannah vibrou. — Alexander e eu sempre quisemos ir à Dinamarca, não é, amorzinho?

— Comemos quatro tipos diferentes de arenque na Jutlândia.

— Que delícia! Viajam a lazer?

— Pode-se dizer que sim. — Baixando a crista: — Sou funcionário público aposentado na Alemanha, lutei na Guerra e tenho uma doença grave. A aparência é tudo que me resta. Basta dizer que, outro dia, me senti mal e passei uma semana de cama. Queríamos conhecer o Rio de Janeiro e a Amazônia, mas o médico nos mandou para esta estância hidromineral. Que fazer? Beber-lhe as águas!

Max, que falava um alemão razoável por causa da semelhança com o iídiche, comentou que as fontes mineiras eram famosas por seus efeitos curativos. Quem sabe não aconteceria um milagre? E o outro, num pigarro professoral:

— Sabe qual a diferença entre os milagres e os não milagres, Sr. Kazinsky? É que as pessoas pensam explicar os não milagres, só isso. — Deu um gole no uísque. — Sempre levei uma vida pautada pela lógica. Aliás, vou lhe dizer uma coisa: prefiro ter convicções a ter fé. Embora a lógica às vezes assuste, ainda é uma grande amiga. Pagar o preço da lucidez é melhor do que se iludir de graça. O homem que acredita no que lhe convém, meu caro, tende a não acreditar no que não lhe convém, e nada é mais perigoso do que fazer do interesse pessoal um fator de convencimento. Os interesses variam caso a caso. As evidências, não.

Max reagiu com veemência:

— Sem fé a vida não faz sentido.

— E por que tem de fazer? — replicou o alemão. — Existem bilhões de seres que nunca buscaram sentido em coisa alguma e vão muito bem. Ratos, crocodilos, mariposas. Não precisam de religião, de nazismo, de socialismo. Não se matam à toa e ainda são tachados de irracionais!

Hannah movia os olhos vivamente. E Braun:

— Diga-me, Sr. Kazinsky, o senhor já esbarrou num "sentido" enquanto andava na rua? Não, claro que não, pois o mundo real consiste em matérias e fatos. Abstrações românticas só existem nas cabeças desavisadas. O homem é realmente pretensioso ao esperar que as forças do universo se curvem a um "sentido". — Pausa solene. — Evite aquilo que mais consola do que esclarece, meu caro. Não deixe a busca da felicidade embotar o seu senso crítico. Sêneca já dizia: *unuscuiusque malvut creder quam judicare!* Qualquer um prefere crer a julgar por si mesmo!

Braun bebeu uísque, compenetrado no gelo. Enfim:

— Um vício muito comum nos ingênuos é confundir causas com finalidades. Por exemplo, estão vendo aquela mulher de verde, a gorda? Digamos que ela resolva fazer um regime alimentar para perder peso. Muitos dirão que a causa de seu regime é a vontade de emagrecer. Errado, erradíssimo! A causa é o fato de estar gorda. Emagrecer é a finalidade! Parece simples? Pois saibam que os homens adoram misturar as coisas quando não encontram causas para suas finalidades. O que fazem? Contentam-se com as finalidades! Deus é isto: um provedor de finalidades sem causas! É como se aquela mulher quisesse emagrecer apesar de ser magra.

— O que o senhor propõe para a humanidade? — Max perguntou com sutilíssima ironia.

— A razão e a angústia não são inimigas da paz, Sr. Kazinsky. Já as crenças infundadas têm nos levado a guerras terríveis como essa que se esboça na Europa. De que adianta ter paz interior num mundo conflagrado? As coisas se alimentam: mais guerra, mais desespero, mais religião!

Hannah:

— Karl Marx diz que a religião é o ópio do povo.

Franz:

— Deus é um delírio antropocêntrico, mas existem outros ópios. As artes, a prostituição, os crimes. São as válvulas que mantêm a civilização, por onde escoam seus gases venenosos. Prostitutas e sacerdotes servem para domesticar os homens, cada qual a seu modo. Como ensina Voltaire, mais vale a paz do que a verdade.

O humor de Max ia azedando conforme Hannah vidrava mais e mais naqueles olhos farsantes. Entre uísques e citações, o sapateiro via brotar uma discreta afinidade com Marlene. Esquecida, a mulher derretia feito vela de oração, a cera esparramada e a chama débil. Era a anti-Hannah, a ruína de todos os sonhos e instintos — e, talvez por isso, uma inusitada fonte de paz.

Dali a pouco, tendo destilado todos os seus saberes, Franz proclamou o fim da conversa:

— Morfeu nos chama! Amanhã estaremos juntos, combinado? Que tal um jantar? Há de existir um Château-Neuf-du-Pape neste lugarejo.

* * * * *

Max culpou o sofá da antessala pela noite maldormida. Acordou com assovios melodiosos e viu Hannah sair do banheiro sob um turbante atoalhado.

— Que tal uma volta no Parque das Águas? — E vestiu um lilás salpicado de flores brancas.

No céu, nenhuma nuvem. Era uma manhã radiosa, com crianças brincando pelas alamedas e barquinhos no lago onde Max remara na véspera, sem notá-lo tão turvo quanto o mundo, agora, lhe parecia. O sol perpassava as copas das árvores, desfeito em raios que matizavam o cenário, num claro-escuro inspirador para os pintores que, palhetas à mão, mordiscavam a ponta dos pincéis enquanto as tintas se acertavam nas telas. Era, de fato, uma manhã radiosa. Aliás, opressivamente radiosa, como se o sol exigisse aplausos fervorosos. Hannah cantarolava, assobiava, falava bobagens, chegou a segurar um bebê. Max especulou o porquê daquela alegria até lhe convir a certeza: lógico! Estava aliviada pois ele faria o papel de José durante a visita de Guita ao Brasil. Receberiam os convivas para jantar na Rua Paissandu, Max sentado em sua *bergère*, a vitrola tocando os trinados de Haydn e Hannah tirando o assado do forno. Guita ficaria felicíssima, orgulhosa da irmã, convencida de sua pureza e simplicidade. Depois lhe escreveria cartas lindas e os dias nasceriam ensolarados para todo o sempre. Ou não?

Não, reconheceu o sapateiro. Guita não era o xis da questão. Que a irmã perdoasse Hannah porque outras cartas estavam em jogo. Max foi ficando não propriamente aflito, só incomodado. E foi para sanar o incômodo que bebeu um refresco amarelo na lanchonete perto do lago, aliás um charco barrento onde uma legião de idiotas boiava sem rumo. Já disfarçava um arroto ao ser cutucado:

— Lá vêm eles.

Cumprimentos. De colete safári e chapéu, Franz se disse encantado com uns pãezinhos nativos feitos de queijo. Hannah elogiou as compotas do hotel. Foi o bastante para travarem uma conversa sobre comidas e bebidas, com alusões ao vinho certo para esta ou aquela carne. Discutiram a consistência dos queijos, dos chocolates, dos patês, das manteigas, de tudo o que pudesse vir à mesa mais duro ou mais mole do que o apropriado. Enroscavam assuntos e sorrisos, fascinados um com o outro. O abismado sapateiro só queria saber se estava diante de uma astuta espiã ou a "missão de alto nível" é que desandava. Procurou fazer a sua parte:

— Conhece a Polônia?

Marlene arrastou o olhar para Max.

— A Polônia?

— É.

Não que ele estivesse interessado no assunto, só queria ser cordial. E a mulher, acendendo um cigarro:

— Depende.

Max assentiu por assentir. Para que entender aquilo? E ela, secamente:

— Depende da Pomerânia. Se a Pomerânia fizer parte da Alemanha, nunca fui à Polônia. Se fizer parte da Polônia, já fui. — Rabugenta: — Será que eu conheço a Polônia?

— Pois é — conformou-se o sapateiro.

* * * * *

Jantaram no restaurante do hotel, sem Château-Neuf-du-Pape, mas deliciados com o que os garçons chamaram de cachaça caseira. Só Franz e Hannah beberam, trocando ideias que o carrancudo Max nem tentava acompanhar. Ao seu lado, Marlene parecia um bicho empalhado. Tomaram um consomê antes do prato principal: carne cozida com um molho espesso, arroz e purê de batatas. Max não tinha apetite, enojado com o odor cítrico de Franz Braun, decerto uma dessas lavandas com Paris no rótulo. Depois da sobremesa, Marlene alegou cansaço e, sem vênias, subiu para o quarto. Deixava Max sozinho, avulso, desnorteado. E agora?

— Que tal uma caminhada lá fora?

O sapateiro só queria abreviar a dor — ou, pelo menos, atenuá-la — ao fazer o convite. Mas o tiro saiu pela culatra: Franz e Hannah saíram na frente, falantes e risonhos noite afora. Max foi ficando para trás, correndo sem alcançá-los, tropeçando na escuridão até a distância derrotá-lo. Ao longe, Hannah gargalhava.

Max voltou para o hotel. Era um soldado esfarrapado, sem honra nem brio. Quis socar as paredes do quarto, arrebentar-lhe as janelas, arrebentar Franz Braun. O que aquele monstro viscoso tinha de tão sedutor? Atirou-se no sofá da antessala. Velhos traumas ressuscitavam, lições cruéis ganhavam nova edição. E a primeira de todas — conheça seus limites — era pressuposto da segunda: atenha-se a eles. Eis a máxima das máximas no reino animal. O leão, por exemplo, desafia o passarinho, mas respeita o abismo. O passarinho respeita o leão, mas desafia o abismo. E Max, o que fazia senão ver o leão e o abismo abraçados na noite enluarada, deixando ao relento o pobre passarinho?

Oh, Deus, como aceitar que uns não precisem lutar pelo que outros desejam em vão? Por que as relações são assimétricas, feito peças de um quebra-cabeça que só se encaixam à custa de mutilações, de remendos e artifícios grosseiros?

Max estava inconsolável. Ainda outro dia acreditava que Hannah fosse insensível a todo e qualquer homem. Com isso ele conseguia se perdoar, se diluir no gênero masculino para aguentar a rejeição que, agora, tinha requintes personalíssimos. Quanta dor!

Não, Hannah não estava fingindo. Havia efetivamente gostado do alemão, rendida aos seus Sênecas e Voltaires. Onde andariam àquela hora, fazendo o quê? Max imaginou atrozes lambuzeiras, os dois num leito baldio. Oh, não! O sapateiro descia ao pior dos infernos, ao pavor extremo, inventando afazeres como tomar banho ou cortar as unhas. Às 3 horas da madrugada andava em círculos: e se Franz tivesse esganado Hannah num matagal? E se lhe induzisse a contar segredos, ciente de que ela era espiã? E se — supremo horror! — os dois estivessem agarradinhos, contentes da vida? O pânico rugia a plenos pulmões. Oh, Deus!

Max vestiu um roupão, calçou chinelos e saiu a esmo pelo Metrópole. No saguão, aborreceu o *concierge* com perguntas e queixas antes de arriscar um passeio no jardim do hotel. Esbaforido, viu um vulto à feição do pobre garçom, o pretinho magrelo que Hannah tinha ofendido para cortejar Franz Braun. Pérfida! E se o garçom tivesse perdido o emprego, caído em desgraça?

Voltando para o saguão, o susto. Despejada numa poltrona, Marlene parecia um fantasma envolto em fumaça. Acendia um cigarro no outro quando Max se achegou, passinhos miúdos, e sentou na poltrona ao lado. Sem olhá-lo, Marlene ofereceu o cigarro que Max aceitou prontamente. Fumaram juntos, horas a fio. Nada se dizia nem se calava. Para que falar? Palavras mais enganam do que esclarecem. Que Franz e Hannah se fartassem delas, onde quer que estivessem. A cada maço esvaziado Marlene sacava outro e outro, até o céu clarear e os primeiros hóspedes darem as caras no saguão.

E foi naquela poltrona, esvaído em nicotina, tão longe do paraíso, que Max sentiu o inusitado. Um vago e sincero alívio, uma inércia anestésica. Nenhuma tristeza ou alegria, nenhum céu ou inferno. Só o torpor, o contentamento, uma tranquila adequação ao mundo, a si mesmo, àquela poltrona. Então viu um livro no colo de Marlene. Perguntaria o título, não fosse o desabafo:

— Me admira o senhor deixar que isso aconteça.

— Isso o quê?

Marlene o encarou sem pressa nem reverência. Acendendo outro cigarro:

— O senhor sabe, claro que sabe.

Max se agitou:

— Sei do quê?

Marlene não respondeu, soprando a fumaça. Max se rendeu com um beiço:

— A senhora não imagina a minha dor.

— A minha é maior. Ele faz qualquer coisa por mulheres. Qualquer coisa! É insaciável, um touro, um louco. — Bateu a cinza no chão: — Outro dia se engraçou com três putas em Kiruna, as três de uma vez só! Sempre a mesma história. Em Narvik não foi diferente. Casadas, solteiras, viúvas, putas, beatas! Franz não escolhe alvo. — A raiva transfigurava Marlene: — Ou o senhor pensa que Franz está mesmo doente, que entende de filosofia, de religião? Spinoza, Aristóteles! Ora, Sr. Kazinsky, quanta ingenuidade! Tudo o que ele disse está aqui! — E brandiu o *Almanaque dos Pensadores*. — Aqui, aqui! O que não estiver aqui, ele inventou na hora!

Aos soluços, Max admitiu que a Sra. Kazinsky também era, como dizer?, bastante inquieta e inventiva. Os dois foram trançando lágrimas enquanto um funcionário abria as cortinas do saguão. A luz afugentou as penumbras e um cuco bateu seis vezes. O dia estava empossado. Já se viam crianças de colo e se escutavam as louças do café da manhã. Da rua vinha o cavalgar de charretes e vozes fortuitas. Uma família ajustava as contas no balcão, onde o *concierge* tocou um sininho. Apareceu um rapaz de cartola, remelento em sua farda violeta. Foi então que, pela quina dos olhos, o sapateiro captou o impensável. Turvada pela névoa, o rosto sulcado, Marlene o espiava com um quase sorriso. Max também quase sorriu.

Que os vencedores os perdoassem, mas nada é mais cúmplice, afável e consolador do que o fracasso compartilhado.

* * * * *

No Rio, Hannah e Max foram embarcados num carro por um policial disfarçado de carregador de malas. Ao volante, de quepe e óculos, o Tenente Staub disse que eles seriam interrogados num endereço secreto e disparou para a Tijuca. Eram 6 horas da noite e o Centro devolvia suas multidões para os subúrbios, congestionando o trânsito. Hannah perguntou como andavam as coisas, ao que Staub fez uma pausa grave e lamentou a morte de Fany. O enterro tinha sido "digno" e as rezas fúnebres aconteciam na Casa Amarela. Hannah abriu um estojo de maquiagem·

— Já esperávamos por isso. — E retocou o batom.

Entabulou uma animada conversa com Staub: nomes, fatos, conjecturas que Max não podia (acaso quisesse) compreender. Comovido, lembrou-se da gordinha desmanchada em gentilezas, em esperanças e tolices que ele soubera explorar com afinco, cafetão daquele espírito sempre disposto a bajulá-lo, a informá-lo, a querê-lo como ninguém tinha querido em quatro décadas. Sua última fala, Max recordou, era qualquer coisa do tipo "o senhor precisa saber, precisa saber!", como se ele já não soubesse o bastante para precisar saber mais. Que Fany descansasse em paz, lá onde a justiça prevalece, onde tudo se sabe e tudo se explica.

Subiram por uma estrada sinuosa entre os morros da Tijuca. Noite escura, o Rio cintilava lá embaixo feito um céu às avessas. Max olhava a paisagem sem interesse, torturado pela vontade de descobrir que diabos Hannah fizera com Franz Braun antes de pisar o hotel às 9 horas da manhã, desgrenhada e vivaz, para declarar encerrada a missão. No trem de volta, ela havia dormido o tempo inteiro com um sorriso insinuado nos lábios, a debochar do agoniado sapateiro.

Um portão se abriu no Alto da Boa Vista e o carro contornou um chafariz antes de parar à entrada de uma mansão em estilo normando. Um mordomo esguio levou Hannah e Max para uma sala de jantar com mapas e documentos espalhados sobre a mesa. Entre dois tocheiros de prata, uma tapeçaria mostrava uma cena de caça. O lustre era uma espécie de turíbulo, também de prata, preso ao teto por quatro correntes. Durante a silenciosa espera o sapateiro se perguntava o que Hannah teria a dizer para os agentes. Algo que ele próprio não soubesse? Em que tom se lembraria de Franz Braun? Conseguiria descrevê-lo com isenção e confessar que a missão tinha fracassado porque caíra apaixonada em seus braços? Comentaria os truques e mentiras desferidos para chegar perto do alemão, como difamar um pobre garçom e exasperar o *maître* do salão de jogos?

Lá pelas tantas a porta se abriu e oito agentes entraram. Max sentiu o chão se esfarelar. Chegou a apertar os olhos ao reconhecer, numa elegante jaqueta de alpaca, ninguém menos que o pretinho magrelo, o famigerado garçom do hotel:

— Vocês não estavam sozinhos! — E apresentou o *maître*, também agente secreto. — Para ser franco, foi divertido.

Max ficou abismado. Só faltava entrar Franz e Marlene Braun, ou Adolf Hitler abraçado a Carmen Miranda, quem sabe Getúlio Vargas de bombachas, a maquiagem borrada e um sorriso amistoso a perguntar se gostaram do espetáculo.

Durante o interrogatório Hannah só disse obviedades, a voz monótona e o corpo rijo. Não fez menção à noite fatídica, lamentando o virtual insucesso da missão porque faltavam evidências ou sequer indícios contra Franz Braun. Max confirmou o relato de Hannah, para o desânimo dos agentes. O falso garçom e o *maître* tampouco haviam encontrado pistas no lixo ou nos pertences do casal, vasculhados em seu quarto. Franz e Marlene não usaram o telefone, não enviaram nem receberam cartas e conversaram apenas com Hannah e Max durante a estada em São Lourenço. Naquela manhã tinham embarcado para Caxambu, onde seriam monitorados por outro time de espiões. Eis o triste consenso: até o momento, a operação fora "inconclusiva".

Desoladíssimo, o Tenente Staub revirava os mapas na mesa:

— Nada me convence da inocência desse elemento!

— Bobagem — disse Hannah. — Não passa de um homem fino e bem-apessoado. Aliás, muito culto, conhecedor de filosofia, herói de guerra... um sábio.

Max não aguentou:

— Sábio, coisa nenhuma! — Espumando de ódio: — É um impostor, um pilantra, um desgraçado que não respeita a própria mulher, não respeita ninguém!

O mordomo trouxe água para o descontrolado sapateiro, a quem Staub pediu calma. Em vão: Max era um monstro indomável, as mãos prestes a socar Hannah. Resolveu narrar o desabafo de Marlene no saguão do hotel, não por julgá-lo importante, mas para deixar claro que Braun era um sórdido Don Juan, leitor de almanaques e frequentador de putas, piranhas, vagabundas, como as três que ele agarrara de uma só vez em...

— Korina? — atrapalhou-se. — Karina?

Silêncio na sala, todos perplexos. Max resfolegava, agora de pé, coçando a calva suada quando um agente indagou:

— Kiruna?

— Isso!

— Tem certeza?

— Tenho, Kiruna! E não só isso. Depois de Kiruna, Braun foi para... Narvik?

O agente deu um grito triunfal. Todos se consultaram, abrindo pastas sanfonadas e desdobrando mapas, folheando arquivos, sussurrando em êxtase. Lapiseiras assinalavam papéis que eram examinados com lupas. Num dado momento os oito agentes comemoraram a "preciosa informação". Finalmente:

— Sr. Kutner, parabéns! O senhor acaba de nos dar a senha! Kiruna e Narvik! Calma, não se preocupe. Expliquemos tudo. Há muito tempo Hitler rasgou o Tratado de Versalhes, que desde a Grande Guerra proíbe a Alemanha de ter armas pesadas. O mundo vem permitindo a militarização do Reich porque considera o nazismo o grande inimigo do comunismo. Para quem não sabe, Kiruna é uma cidade sueca, e a Suécia fornece minério de ferro para Gustav Krupp, dono da maior siderúrgica alemã. Krupp fabrica armas para Hitler. O minério sai de jazidas suecas em Kiruna e Gallivare. De lá, vai para a Noruega e segue para a Alemanha através do porto de Narvik.

Staub exultava:

— O Sr. Braun, ou seja lá qual for o seu nome, trabalha na indústria bélica. O que veio fazer no Brasil é um enigma parcialmente desvendado pelos senhores. Parabéns! Vamos brindar!

Max estava assombrado enquanto Hannah empunhava uma taça borbulhante. Os agentes se abraçaram e dois chegaram a se beijar. O mordomo ia enchendo e distribuindo as taças com ares aristocráticos. Para coroar o absurdo, foi o pretinho magrelo quem conclamou em alto e bom som:

— *Le Chaim!*

Capítulo 8

Buenos Aires, 10 de dezembro de 1938

Hannah querida,

Encomendei três costumes de crepe e estou levando dois vestidos de gala, um de seda azul-marinho drapeado no busto e outro de chiffon marfim com fios de ouro na gola. Levo também minha petite robe noire Chanel e combinações práticas para o navio. Caso precise, vou comprar roupas no Rio. Teremos tempo de sobra enquanto Jayme estiver trabalhando.

É claro que eu gostaria de me hospedar com vocês, obrigada pelo convite, mas Jayme já reservou uma suíte no Hotel Glória. Espero que seja perto de sua casa.

Adorei saber que José é sapateiro. A propósito, o que ele pensa desses saltos Anabela? Outro dia quase torci o calcanhar num Salvatore Ferragamo.

Beijos e beijos, muitos beijos!
Guita.

* * * * *

Lenços rendados, xales, até turbantes cobriam as cabeças durante a cerimônia na Casa Amarela. Um rufião tinha recitado o *kadish* antes de Hannah tomar a palavra. Andava a passos miúdos, descalça entre as mulheres sentadas no chão. Vinham rezando havia uma semana, as caras sem maquiagem, as roupas rasgadas na altura do peito em sinal de luto. Cada fim trágico era um presságio (ou, para as depressivas, um alento). Quem sabe Fany as esperasse no outro mundo, a compreender os porquês deste e a escutar a voz doce e soberana com a qual Hannah as consolava:

— Aqueles que nos xingam, que nos ofendem e gostam de citar as Escrituras são, no mínimo, ingratos com uma de nossas ancestrais. — Hannah movia as mãos calmamente. — Alguém aqui já ouviu falar em Raab? Pois guardem o nome: Raab. Quem foi essa mulher? Voltemos ao Êxodo, à longa marcha do nosso povo para a Terra Prometida. Lá se iam quarenta anos de deserto desde a escravidão no Egito. Moshé tinha acabado de morrer e Josué liderava o povo. Estávamos às portas de Israel, prontos para entrar, mas tínhamos que atravessar o rio Jordão e enfrentar o poderoso exército de Jericó. Josué era um homem cauteloso. Primeiro, mandou dois espiões para a cidade. Só que a notícia se espalhou e os soldados do rei saíram atrás dos homens. Procuraram pela cidade inteira, rua por rua, casa por casa, beco por beco. Não encontraram. — Uma pausa solene. — Agora adivinhem quem os escondeu? Quem os abrigou e protegeu, arriscando a própria pele? Raab, minhas queridas, uma meretriz! Está na Torá, com todas as letras. Raab os escondeu em sua casa, desafiando o Rei de Jericó e prestando um grande serviço ao nosso povo.

Uma heroína! Portanto se orgulhem, minhas caras, e saibam que todo judeu, seja ortodoxo ou liberal, tem sua dívida com uma puta. Me arrisco a dizer que o Ocidente deve sua sorte a essa mulher. Bendita Raab!

— Bendita! — ecoaram as polacas.

Mais que nunca Hannah era a matriarca daquela família bastarda. Max assistia à cena num misto de comoção e espanto. Santas mulheres, símbolo de uma perversão que nem sempre as traduzia. Seus ritos de fé eram momentos de reafirmação, os mais autênticos que o sapateiro tinha visto. Sem maridos nem honra, iam buscar reforço noutros pilares da adequação que, no íntimo, queriam para si. Em verdade, as polacas eram quem mais precisava de Deus, de sua aura benfazeja, para suportar as provações terrenas. Serenamente, Hannah pediu que se levantassem do chão e dessem as mãos.

— Esta é a última reza do *shiva*, por isso vamos nos despedir de Fany e deixar que seu espírito siga em paz, zelando por nós de onde estiver.

As polacas formaram uma corrente e foram até a rua, onde assustaram os passantes com prantos, soluços e acenos para o céu. Depois soltaram os cabelos e se abraçaram, agitando os lenços e podendo enfim consultar o espelho, algumas já abrindo estojos de maquiagem e reavendo as cores, subitamente risonhas e triviais como se nada tivesse acontecido. Max estava diante de artistas experientes, prontas para deliciar plateias nas camas onde ganhavam (e perdiam) as vidas. Foi então que uma delas chegou perto e lhe entregou uma carta de Fany. "Verdades", lia-se no envelope lacrado. Max sentiu um arrepio antes de guardar, aliás socar, o papel no fundo do bolso, para só tirá-lo quando e se a coragem o permitisse. Estava saturado de revelações bombásticas, de versões que se desmentiam freneticamente para empossar "verdades" também provisórias. Fany estava morta, ponto final. Para que importunar os vivos? Que fosse invocar suas "verdades" no Tribunal Celeste! Hannah é quem o interessava: onde, como, quando tinha se tornado aquela mulher?

No mês seguinte:

— Meu pai era assistente do rabino em Bricza. Foi ele quem me ensinou a ler e a escrever, coisa rara entre as meninas.

Tomavam frapê de coco numa leiteria do Centro, carregados de sacolas com cinzeiros, enfeites, enfim, tudo que transformasse a casa de Max num ninho conjugal. Guita e Jayme chegariam em três dias, daí os arranjos florais na varanda, as cortinas de filó, os porta-retratos que fixavam o casal em poses românticas. Aos goles no frapê, Hannah definia o pai como "o braço direito do rabino".

— Fazia de tudo na sinagoga. Nas horas vagas, lia os bons livros. Os maus, mandava para a *geniza*.

Geniza, ensinou, eram velhos depósitos, em geral nos fundos dos templos, onde se largavam os livros condenados ao desuso. Às vezes, bastava uma letra apagada, uma página rasgada ou um erro qualquer para o degredo, mas não se podia queimar ou jogar fora textos que contivessem o nome de Deus. A tradição mandava enterrá-los, e era isso que o pai de Hannah pretendia fazer algum dia.

Certa vez Hannah ajudava o pai a carregar um rolo para o subsolo escuro e poeirento da sinagoga quando viu livros e livros, muitos livros em iídiche e hebraico, alguns caprichosamente editados com capas de couro e títulos dourados. Não valiam nada, segundo o pai, pois tinham páginas erradas, arrancadas ou carcomidas por traças.

Na semana seguinte Hannah resolveu descer escondido para fuçar aquele mofo coalhado de comentários, parábolas, provérbios. Não sabia o que de tão ruim maculava as obras folheadas à luz de uma vela. Sozinha, espirrando, concordando ou não com o que lia, a menina começava a se perguntar como lições tão preciosas amargavam o descaso. Era o seu primeiro hábito secreto. Leu os *Cinco Livros de Moshé*, o *Talmud*, leu Maimônides, leu tudo. Passava horas a fio debruçada em parágrafos, em versículos e estrofes desafiadoras para sua meninice. Hannah aprendia a aprender, a colher saberes nos subterrâneos, nas imperfeições, nos pecados.

Aos dez anos, perguntou para o pai se havia prostitutas em Bircza.

— Que história é essa, menina? Vira essa boca para lá e me ajude com isto aqui!

Hannah virou a boca para os livros e rolos que, na cova, recebiam a primeira pá de terra.

— Lá se vai metade da *geniza* — calculou o homem. — No próximo mês enterraremos o resto. Agora temos que limpar o templo para o *Shabat*.

Sexta-feira, 5 horas da tarde. Naquele momento os judeus de Bircza largavam as enxadas, os teares, os serrotes e as panelas para o descanso semanal. Três horas depois o rabino estava lendo a *parashá* da semana quando um grito irrompeu na sinagoga. Era Guita, resolvida a nascer em plena cerimônia.

A irmã de Hannah fora uma "bênção extemporânea", palavras do rabino. E como a mãe não cultivasse o juízo, brigando com árvores e maldizendo os ventos, Hannah teve de crescer às pressas. Enquanto outras crianças brincavam de boneca, ela educava a sua, entre beijos e palmadas, arrumando a bagunça que ainda estava em idade de fazer.

Em 1914, o assassinato do arquiduque Francisco Ferdinando conflagrou a Europa. Homens dos 17 aos 50 anos foram arrastados para as frentes de batalha, inclusive o pai de Hannah, raptado em casa para morrer pisoteado pelos russos. Repentinamente os homens de Bircza se tornaram jovens ou velhos demais, se não inválidos, para arar a terra e cortar a lenha, cabendo às mulheres calejar as mãos — ou, no caso de Hannah, outras partes também.

Guita tinha três anos, dez a menos que a irmã, quando o escorbuto lhe inchou a boca. Hannah saiu em desespero, revirando escombros atrás de limões ou laranjas até esbarrar em soldados russos que vigiavam uma linha férrea. O encontro foi providencial. Brancos e corpulentos, os súditos do czar já não aguentavam se enfiar nas mesmas coitadas, tão velhas e devastadas quanto a Europa.

Hannah voltou para casa com três laranjas, dois pães e salsichões. Passaria a viver extenuada, entregue à luta que lhe rendia não só as provisões do lar como o apreço da vizinhança. Arrancava o inimaginável dos soldados, desde remédios até agasalhos, além de garrafas de vodca e conservas calóricas. Sua casa virou um bazar, terra prometida a uma legião de indigentes. A mãe, cada vez mais louca, cantava e dançava enquanto Hannah, longe dali, se enfurnava na saudosa *geniza* para ler seus bolores. Já nem espirrava mais.

Em 1915, os russos foram expulsos para o leste e Hannah caiu em desgraça, xingada de traidora pelas mesmas bocas que, na véspera, lhe beijavam as mãos. Quando a mãe morreu, Hannah fez sua última visita à *geniza*, pôs Guita nos braços e partiu de Bircza.

Durante a guerra, fez do corpo o seu arsenal. Deitou com quartéis, apaixonou comandantes e comandados, traficou segredos e visitou trincheiras (não raro, contratada pelo inimigo). Três vezes acordou abraçada a cadáveres. Morou em palácios invadidos, em escombros, no mato. Aprendeu várias línguas e as afetações com que uns falavam as línguas dos outros. Fez-se de russa, polonesa, americana. Foi beata, tuberculosa e cega. Verdades, mentiras? Em tempos de guerra, verdades matam mais que mentiras — e em tempos de paz, também. A vida sempre dependeu de mentiras. Nas florestas, nos mares, nos polos e nas cidades, o que fazem bichos e plantas senão iludir, induzir, camuflar — em suma, mentir? Antes da razão, da ética e da moral, a mentira já existia. Quando o primeiro homem resolveu pregar a verdade, não o fez por amor a Deus ou coisa parecida, mas porque temia ser enganado. Tudo muito simples.

Em 1918, Hannah e Guita moravam nas imediações de Pinsk, socadas num vagão de trem abandonado enquanto a Gripe Espanhola atulhava os necrotérios da Europa. A essa altura Hannah trabalhava como enfermeira num hospital de campanha, saqueando mortos e agonizantes. Nas horas livres improvisava aulas de gramática e judaísmo para Guita, explicando que o mundo ia mal porque Deus estava zangado. Com quem? Com Guita, logicamente, que não comia direito e vivia doente. A menina não chegava a reclamar da guerra porque desconhecia a paz, mas um dia Hannah prometeu que, se ela parasse de chorar, o mundo pararia junto. Quase culpada, mas também orgulhosa de seus poderes, Guita secou o rostinho e se pôs a sorrir. E não é que deu certo? Naquele mesmo ano a guerra acabou.

A década de 1920 debutava quando Hannah conheceu o rico herdeiro por quem se disse apaixonada. Max Kutner era um bom rapaz, neto de um sábio milagreiro — sendo Hannah uma de suas proezas. Já noiva, consertou o corpo numa clínica a cujo dono, para custear a cirurgia, se vendeu antes do altar. Na noite de núpcias, sangrou feito virgem e sonhou com o filho que nunca viria. Seu corpo eram restos calcinados. Ali só fecundavam mentiras.

* * * * *

Não existem reencontros, só encontros.
Shlomo Goldman

Manhã cedo, a garoa fina permitia luxos como o mantô de abas felpudas com que Hannah saltou do táxi no cais do porto. Max usava um chapéu, amparado em muletas.

— Não é o sapateiro? — especulou uma boca miúda.

Hannah usava cachos ruivos e sobrancelhas delineadas a lápis. Suara um vestidinho na véspera, nos embalos de uma gafieira na Praça Tiradentes, enquanto Max roncava numa mesa. Uns diriam que Hannah teria bebido além da conta, outros que era devassa. Mas a plenitude só aceita críticas por compaixão. Indiferente aos olhares, Hannah dançou até a orquestra parar e o atordoado sapateiro se espreguiçar no salão.

O cais estava lotado. Max sentou num banco à espera de Guita, esfregando as mãos apreensivas: eis a hora de conhecer a irmã de Hannah, não mais traduzida ou relatada, mas em carne e osso; eis a hora de interagir, de enfrentá-la e também de enfrentar-se, solitariamente incumbido de auscultar o próprio juízo. Mas a meta principal do sapateiro consistia em fazer Guita gostar dele ou, se tanto, tolerá-lo. Tentaria cativá-la, sempre agradável, guardando opiniões inamistosas numa *geniza* insuspeita. Hannah lhe ensinara que interesses não combinavam com verdades e que a etiqueta só servia para induzir impressões. Mãos à obra!

O apito prenunciou a chegada. Pouco se enxergava na garoa espessa até o transatlântico maravilhar o cais. Era um prodígio branco e majestoso, a bandeira inglesa estampada no casco. A névoa embaçava o convés, de onde acenava um pontilhado colorido durante as manobras de aproximação. Em terra, a multidão retribuía em êxtase enquanto o apito lhe varava os ossos. Muitos ali estavam porque partiam ou viam os seus partirem para Nova York, destino do navio. Era uma cena épica. Na arquibancada, baleiros e pipoqueiros faturavam seus níqueis, sempre atentos aos larápios que, de vez em quando, saíam algemados da algazarra.

— Agora você se chama José — Hannah avisou. — Ouviu? José!

— José — Max repetiu docemente.

Faria o que ela quisesse. Já nem sabia o motivo, mas faria. Nada melhor do que vê-la eufórica, saltitando que nem criança. Agora Max não pecava pela inocência nem atrelava seu prazer a sonhos românticos. Estava contente em ajudá-la, em enaltecê-la. Uma aura complacente abraçava o mundo, ajustando o foco de cada grão, de cada gota ou centelha. Max descobria o essencial. Quando o amor é gratuito, a recíproca tende a ser consequência, não causa.

Onze horas, já não chovia. O navio aportou, os apitos cessaram e uma ponte pênsil foi estendida entre o convés e a alfândega. O sol avivou os ânimos acotovelados no cais e os passageiros começaram a descer, desajeitados na estreiteza dos degraus. Gritos rompiam aqui e ali, crianças chacoalhavam em ombros, velhos arfavam, uma banda militar começou a tocar marchinhas carnavalescas. Hannah apertava os olhos, metida na multidão, empurrando e sendo empurrada, saudando gente errada até uma nódoa lilás bracejar loucamente. A ponte balançou tanto que um chapéu emplumado flanou nos ares e foi pousar na Baía de Guanabara, espantando as gaivotas. Era Guita.

Vinte de janeiro de 1939, sol a pino. Dez anos depois do último abraço e 26 depois do primeiro, as irmãs se reencontravam na Praça Mauá — se é que existem reencontros. Os gritos, as lágrimas, os rodopios impressionaram as testemunhas.

Capítulo 9

Passeavam na Praça Onze.

— Ei, Max Kutner!

Era Mendel F., maltrapilho e fedorento:

— Como andam as putas? Tem ido a bordéis? Sumiu do *shtetl*, hein!

Guita ajeitou a sombrinha:

— Quem é ele, José?

— Não sei...

— De muletas, Max Kutner? Quebrou as pernas? — E, fazendo um gesto obsceno: — Das filhas de Israel, não haverá quem se prostitua no serviço do templo, nem dos filhos de Israel haverá quem o faça!

Jayme ficou boquiaberto, cabendo a Hannah a providência:

— Basta, vá embora!

Mendel F. era só profecias:

— Não trarás salário de prostituição nem preço de sodomita à Casa do Senhor!

Hannah perdeu as estribeiras:

— Vá embora, vagabundo! Ou lhe parto essa cara horrível agora mesmo!

Mendel F. recuou, foi recuando com um sorriso medroso, igual ao vira-lata que arreganha as fuças para mostrar os dentes e salvar a honra, antes de fugir aos ganidos.

Horrorizado, Max quis esganar aquela que teimara em visitar o "gueto judaico". Quem, senão Guita?, que agora o interpelava com os olhos.

— Quem é esse *shleper*, José?

— Não sei, Guita. Nunca o vi

Ôi vêi, que desastre! Deviam estar noutras bandas, entre as palmeiras do Jardim Botânico ou as dunas de Ipanema, e não naquele campo minado. *Dreck, dreck, dreck!* Tudo vinha correndo tão bem desde os abraços na Praça Mauá, há dois dias. Na primeira noite, aplaudiam os balangandãs de Carmen Miranda no Cassino da Urca. Na manhã seguinte, Hannah e Guita subiam o Corcovado para aprender que a estátua do Cristo Redentor tivera um mestre de obras judeu. Depois, os quatro visitaram o Jockey Club e Jayme chegou a apostar num cavalo só para lhe importar o desfecho da corrida. Perdeu uma fortuna. Mais tarde, Guita presenteou a irmã com brincos de ouro enquanto Max — ou melhor, José — agradecia a tinteiro Mont Blanc que Jayme lhe oferecia.

Durante os passeios Hannah e Guita se fechavam em tertúlias, cochichando num dialeto só delas, para constrangimento dos calados consortes. Jayme era um machão corpulento, cinquenta e tantos anos, cabelos negros e empapados de gel fixador, metido em ternos sisudos e botas de vaqueiro. Parecia um aristocrata detrás dos óculos com os quais media o mundo, afeito a uma espécie de guilhotina para podar charutos. Judeu de Córdoba, plantava cereais e viera ao Brasil para conhecer o interior paulista, interessado em laranja e café.

— Foi com uma laranja-baía que a Califórnia começou sua fortuna.

O que Max tinha a replicar? Só entendia de solas, pregos e graxas — além, é claro, de prostitutas, rufiões, larápios e comunistas. Enfim, nada que rendesse assunto com o cunhado de Hannah. O homem espiava a Praça Onze sem interesse, como que forçado a pisar naquele antro, saudoso de sua parisiense Buenos Aires.

O abominável Mendel F. já havia sumido quando Hannah amparou Max:

— Quer sentar, meu bem? Não se ofenda com esse maluco, pelo amor de Deus! A culpa é minha, toda minha, não sua.

— Para Guita e Jayme: — Esse judeu aloprado me persegue desde Pinsk, não sei como veio parar no Brasil. Agora cisma que José é Max Kutner, o meu primeiro marido.

— Oh! — sibilou Guita com a costumeira afetação. — Que coisa sinistra. *Désolé.*

Cabelos loiros e ondulados, a irmã de Hannah era dessas mulheres exóticas, que a índole faz bonita ou feia. Magra e menor que Hannah, tinha olhos vorazes e lábios finos. Só vestia *haute couture*, desfeita em babados e laçarotes. Falava, falava, falava — oh, como falava! — com sua voz irritante, discorrendo sobre o Rei Salomão e os ornitorrincos da Austrália sem renovar o fôlego. Era incapaz de ficar quieta, de dialogar, de entender o que não fossem bobagens e maledicências. Colecionava certezas com a empáfia de quem nunca precisou rir de piadas sem graça, embora só fizesse contá-las, sempre abusando de palavras estrangeiras como *chic*, Beverly Hills, *status quo*. Guita era a confirmação da máxima talmúdica segundo a qual uma única moeda faz, dentro de um jarro, mais barulho do que uma porção delas. Ao ver o Cinema Centenário, orgulho da Praça Onze, lembrou que Marlene Dietrich tinha mandado um oculista dilatar-lhe as pupilas só para combinar os olhos com o figurino de uma filmagem em Hollywood. Estridente:

— Não conseguiu enxergar nada no *set*!

"Pois você já nasceu com as pupilas dilatadas", teria rosnado o sapateiro enquanto o sol lhe esturricava o cocuruto e Hannah, para arejar os ânimos, sugeria um descanso no café que, ali perto, respondia pelo nome de Jeremias.

Mais judaico, impossível. O Jeremias reunia esquerdas e direitas, iídichistas e hebraístas, gregos e troianos da colônia. Lá mesmo os alfaiates tiravam as medidas de quem comprasse os tecidos apregoados pelos mascates, de mesa em mesa com suas maletas. Discussões pipocavam a qualquer hora e pretexto. Não raro alguém se levantava e fazia um discurso eloquente até outra eloquência lhe calar a boca. Assim era o Jeremias.

Os quatro sentaram pesadamente, Max ainda assustado, louvando a pronta e engenhosa explicação de Hannah sobre Mendel F. Pena que Guita insistisse no assunto:

— Não me lembro desse maluco em Pinsk.

Hannah pousou a mão na irmã, abreviando a conversa:

— O que passou, passou.

Mas, para Guita, não tinha passado, não.

* * * * * *

Geleia de morango, pasta de ovos, *varênikes*, bolo de carne, sopa de beterraba, sardinhas no azeite, quatro tipos de pães e uma fruteira sortida. Guita ficou indignada:

— Não tem patê de fígado de galinha? — E fez um beicinho choroso.

Max quis lhe dar uns sopapos. Se tivesse o tal patê, é certo que ela veria outros defeitos à mesa. Reclamava tanto que até Hannah dava sinais de cansaço. E como era presunçosa! Guita se julgava a mais invejada e concorrida mulher de Buenos Aires, às voltas com coquetéis e viagens pelas fazendas do marido. Sua vida era um musical da Metro-Goldwyn-Mayer, curtida em glamour. Programava um passeio pela Europa tão logo a situação "desanuviasse". Por ora, teria de se contentar com os arranha-céus de Nova York ou com os crustáceos de San Francisco, onde pretendia passar o próximo verão — "verão deles", bem entendido. Max fingia interesse e engolia os bocejos, rogando a Deus que devolvesse aquela jararaca às cartas de onde ela nunca devia ter saído. Mas todo cuidado era pouco: as pessoas que se presumem invejadas são as mais invejosas. Preferem o ódio à indiferença.

— Sem patê de fígado de galinha, uma mesa judaica não está completa — Guita instigava.

Max, que havia se desdobrado para preparar o lanche, perdeu a paciência:

— *Désolé*. É que as galinhas do Brasil não têm fígado.

Guita pôs a mão no peito, ofendidíssima. Hannah tratou de acalmá-la:

— Vamos, querida, experimente a sopa de beterraba. — E olhou o sapateiro como que implorando desculpas.

A relação entre Max e Guita tinha obviamente degringolado. Os dois se sabotavam, um mal escutando o que o outro dizia, outro mal dizendo o que um escutava. A única afinidade, ali, era Hannah, que aliás piorava as coisas ao se exceder no papel de esposa, com mimos e carícias que constrangiam o sapateiro e enciumavam Guita. Eram gestos tão ostensivos que Max quase diria que Hannah provocava a irmã.

As duas haviam passado a tarde no Centro — não conhecendo os dourados faiscantes da Igreja da Candelária ou o Museu de Belas-Artes, e sim enfurnadas na maior loja do Rio, a Park Royal. Uma pilha de embrulhos enchia a *bergère* da saleta: sapatos, joias, cosméticos, chapéus. Guita tinha gastado uns bons contos naquilo. Acostumada a tantos luxos, era provável que estivesse chocada com a simplicidade de um lar tão diferente do seu. Hannah se desculpou pelo "estado" da casa, alegando ter se mudado há apenas três semanas. Que estado? Max cuidara de embelezar a sala, encerando o assoalho e atando as cortinas com laços cor-de-rosa. O frescor vespertino a tudo envolvia enquanto, lá fora, as cigarras assobiavam alegremente. O mundo era uma afinada orquestra, embora Guita só desse ouvidos para dissonâncias como a falta do famigerado patê de fígado de galinha. Max seria capaz de fazer um patê dela própria, não fosse a hipocrisia com a qual prometeu resolver o problema na próxima "ocasião". Guita não chegou a escutá-lo, remexendo a sopa de beterraba:

— Cadê o creme de leite? *Borscht* sem creme de leite não é *borscht*!

* * * * *

Oito da noite, sacolejavam num táxi para o Cassino Atlântico. De repente, sem mais nem porquê:

— Já ouviu falar de histeria de conversão, José? Seu problema nas pernas pode ser isso.

Hannah beliscou a irmã:

— Guita, tenha modos!

O silêncio irmanou os homens enquanto as mulheres se acertavam, vociferando baixinho. Nada grave, só farpas fraternas. Lá fora, a maresia adensava a noite e os postes de luz pareciam aquarela, pontilhando a avenida litorânea até o Forte de Copacabana. Os estrondos do mar metiam medo nos casais que passeavam no calçadão. Agora Max tinha certeza: havia algo de estranho na relação das duas. Algo estranhíssimo. Quem as visse de braços dados e cheias de assunto não notaria as distorções que só o convívio revelava. Existia uma tensão constante, embora sutil, por trás daqueles risinhos, elogios e cacoetes, como se as duas se equilibrassem num fio tênue, virtualmente rompido a um gesto brusco ou impertinente. E qual risco corriam, senão o de despencar em si mesmas?

Hannah e Guita queriam se convencer de que eram as mesmas irmãs da Polônia, e não duas adultas calejadas pelo tempo. Estavam presas a um protocolo, a uns tantos e antiquados parâmetros que não conseguiam atualizar. Às vezes repetiam frases e gestos como num refrão musical, em cenas tão ensaiadas que beiravam o farsesco. Será que os deslizes de Guita eram os sintomas daquele mal, as dores de um parto impossível?

Guita e Hannah eram reféns da distância. Não tinham tempo para operações de risco como desabafos e aprofundamentos. Precisavam ser práticas e eficientes, sem cultivar reticências que só fariam estragar seus exílios. O fato é que, dali a três dias, estariam afastadas sabe-se lá por quantos anos. Então voltariam a escrever cartas açucaradas, infantilizadas, com elogios mútuos e promessas românticas. Quem sabe o amor das duas só funcionasse a distância, e elas ali estivessem, juntinhas, unicamente para construir a nostalgia do último abraço e a ânsia do próximo? A saudade seria a senha da relação. A rigor, as duas dependiam daquele amor ainda maior que suas próprias distorções. Por isso não cansavam de reafirmar o sentimento que as unia, mas que também as separava. Um sofrido paradoxo.

Quando o carro estacionou na porta do Cassino Atlântico, Guita e Jayme saltaram primeiro. Hannah segurou os braços do sapateiro, mas foi afastada:

— Prefiro sair sozinho. — Max fincou as muletas no tapete vermelho: — Por que piorar as coisas?

Hannah arqueou as sobrancelhas. Por um instante, Max achou que ela tivesse confundido ficção com realidade.

* * * * *

Não se via uma única árvore por perto para sombrear o suplício. Eram umas vinte polacas, na maioria aposentadas, sempre disponíveis para os ritos fúnebres do cemitério de Inhaúma. Um homem já tinha recitado as bênçãos do *shloshim*, contado histórias e até lido um manifesto contra os achaques da polícia na Zona do Mangue. Terminada a cerimônia, as amigas de Fany estenderam toalhas num canto e fizeram um piquenique com frutas, bolos, sanduíches. Naquele lugar, vida e morte se teciam com o mesmo novelo. Max explicou que estava lá para representar Hannah, ausente por "motivos pessoais".

— A irmã dela vai bem?

Todas sabiam de tudo.

— Viajaram para Petrópolis — Max admitiu.

Alguém chegou perto:

— Já leu a carta que lhe dei?

— Carta?

— De Fany.

Max se lembrou do envelope ainda socado num bolso.

— Leia — aconselhou a mulher. — Vai ajudá-lo a compreender muitas coisas, Sr. Kutner.

Max não respondeu, a contemplar os túmulos de mármore, todos muito limpos, com letras hebraicas e símbolos de fé. Cada lápide tinha a fotografia do finado e um suporte para velas. Uma idosa ia limpando os suportes com uma espátula, removendo a cera das velas antigas e acendendo novas. Outra mulher orientava um coveiro a varrer as ruelas e a podar a mangueira de onde os passarinhos sujavam os túmulos.

As polacas tinham um modo trivial de lidar com a morte, talvez porque em suas vidas tudo fosse assumidamente provisório. E era essa trivialidade que tornava Inhaúma um cemitério acolhedor. Fora conquistado a duras penas por heroínas que ali jaziam, matriarcas daquela Terra Prometida.

A mulher tanto insistiu que Max prometeu, sim, ler a tal carta de Fany assim que chegasse em casa. Lavou as mãos na saída e tomou o trem para a Central do Brasil. Na delegacia,

219

quatro pilhas de cartas relatavam o de sempre: casamentos, doenças, fuxicos — tudo regado ao medo do nazismo. A guerra era não só questão de tempo, mas de pouco tempo. Paris estocava alimentos e a Bélgica implorava a neutralidade. Mas o que Max tinha a ver com isso? Queria ir para casa descansar. No fim da tarde, pousou o lápis num estojo, fechou o livro pautado e deixava a delegacia quando deu com o Tenente Staub. As investigações sobre Franz Braun iam de vento em popa. O alemão estava em São Paulo e seria preso a qualquer momento, acusado de traficar armamentos para nazistas de Santa Catarina e do Rio Grande do Sul. Braun chefiava uma organização dedicada a fazer da América Latina uma sucursal do Terceiro Reich.

— E Marlene? — Max perguntou por perguntar.

— Também vai ser presa, ora.

— Não lhe façam mal, é uma boa pessoa.

— Prometo. — Staub deu um tapinha premonitório no ombro do sapateiro: — Falando nisso, novas missões podem acontecer a qualquer momento. Onde está Hannah?

— Em Petrópolis com a irmã.

— Que volte logo! Hoje à noite temos um compromisso.

No Flamengo, as crianças brincavam de cabra-cega e as cozinhas exalavam o jantar. Max passou pela oficina, leu os bilhetes deixados pelo assistente e contou a féria do dia. Em casa, tomou um banho morno e decidiu esquecer o que não quisesse lembrar. Depois, enrolado numa toalha, bebeu um suco e comeu duas maçãs. Bendita paz! Nada de muletas, de mentiras, dos trejeitos de Hannah e companhia. E como o canto das cigarras sugeria uma leitura, sentou na *bergère* da sala com um tomo da coleção "Grandes Pintores", que Hannah tinha comprado para enfeitar a estante. Fragonard. Cores belíssimas, figuras formosas, um primor! Max apreciava uma senhora rechonchuda quando lhe veio o lampejo: Fany. Ôi! Preferia não ter lembrado a maldita promessa que agora se via obrigado a cumprir. Fechou Fragonard e entrou no quarto antes que a covardia o acossasse. Abriu o guarda-roupa e revolveu todos os bolsos — casacos, calças, paletós. Cinco, 10, 15 minutos de buscas infrutíferas. E como não encontrasse carta alguma, já pressentia o alívio quando o papel apareceu.

Vertigem. Ora, Max, que besteira, por que temer uma defunta? Tema os vivos!

Sentado na beira da cama, rasgou a ponta do envelope como quem abre uma tumba. Palpitações. Mal desdobrara o papel e se deu conta: era a primeira carta que recebia em muitos anos. Podia lê-la sem livros pautados nem soldados ou soberanias nacionais. Por outro lado, não podia se escudar no anonimato. Era o alvo inescapável daquelas letras pulsantes e estranhamente familiares.

Rio, 18 de dezembro de 1938

Querido Max,

Espero encontrá-lo em paz, com saúde e disposição para ler o que tenho a dizer. É um desses segredos que o coração não confessa à boca. Mas estou morrendo e já não posso esperar.

Triiiim! Campainha àquela hora, quem seria? Max vestiu um pijama apressadamente e calçou os chinelos. Na sala, o pêndulo do relógio oscilava entre a porta da cozinha e uma das *mezuzot* que Hannah havia pregado à porta dos cômodos. A campainha insistia: triiim, triiim!

— Já vou, estou indo!

Quanta impaciência, *ôi vêi!* Que não fosse o Tenente Staub e suas missões secretas! Max abriu a porta desconfiadamente até deparar com Hannah num sobretudo amarfanhado. Foi entrando, ofegante:

— Desculpe! Preferia ter ido para a minha casa, mas viemos juntas no carro e tive que disfarçar. Guita, oh, Guita! Detestou Petrópolis, reclamou de tudo! Já não aguento mais! Chego a contar os dias para isso acabar! — Esparramada na poltrona: — Como foi o *shloshim?* Que falta Fany me faz. Água, pelo amor de Deus.

Max trouxe o copo.

— Obrigada. É a temporada do presidente em Petrópolis, você não imagina como fica a cidade.

Hannah tinha os cabelos desgrenhados e olheiras tristíssimas. Era a pessoa mais cansada do mundo, o rosto redesenhado pela franqueza. Max via uma Hannah inédita, como todas as divas hão de ser na intimidade: suas próprias e insolventes devedoras. Que alma era aquela, desmoronada na *bergère?* Parecia uma cidade-fantasma, de ruas e casas tão empoeiradas quanto a *geniza* que ela frequentara em Bircza.

Bebeu água em silêncio, inspirando entre os goles. Deu um soluço, prestes a chorar. Estava combalida. E Max, para dizer alguma coisa:

— O Tenente Staub perguntou por você.

— Quem? — Foi então que Hannah pulou da poltrona com a mão na testa: — *Ôi main Gót!* A Embaixada da Espanha!

Àquela noite o embaixador de Madri oferecia um coquetel, cabendo a Hannah seduzir um adido militar.

— Café, café! Me faça um café! — Correu para o quarto, pegou uma maleta sob a cama e se trancou no banheiro. Sairia dez minutos depois, perfumadíssima, num vestido de seda preta com apliques de paetês e uma fenda nas pernas. Tinha os ombros nus e os cabelos enfeitados com um cravo enquanto, às mãos, se viam luvas e uma *menudière* de prata. De onde tinha tirado aquilo? Estava esplêndida, transfigurada, os olhos contornados de negro e os lábios de um vermelho atroz, pronta para seduzir mil Espanhas. Tomou duas canecas de café com muito açúcar e uns comprimidos amarelos, antes de sair equilibrada num escarpim. Santa agilidade! Na manhã seguinte teria de estar à porta do Hotel Glória para buscar Guita e visitar o túmulo do papagaio em Paquetá. Hannah era mais que uma mulher; era um harém.

Max tentou rir de tudo aquilo, o humor avinagrado pelo desejo de agarrá-la, de arrancar-lhe o vestido e resolver tudo no chão da cozinha. À falta de alternativa, fuçou sua caneca, lambeu o batom da borda e se masturbou desesperadamente. Gastou um sabonete no banho, resignado às verdades póstumas de Fany. Dali a pouco, na *bergère* da sala:

Rio, 18 de dezembro de 1938

Querido Max,

Espero encontrá-lo em paz, com saúde e disposição para ler o que tenho a dizer. É um desses segredos que o coração não confessa à boca. Mas estou morrendo e já não posso esperar. Não me move a vingança ou sentimentos mesquinhos. Pelo contrário. Nessa véspera que todos hão de conhecer um dia, me sinto surpreendentemente bem. E é com amor que lhe conto a verdade.

Era eu quem escrevia as cartas para Guita. Como secretária de Hannah, cuidava de sua correspondência. Cartas, contas, documentos. Hannah só assinava os papéis, às vezes sem lê-los, confiando a mim as cartas da irmã. Quantas delas respondi? Centenas, milhares. Não sei.

Enfim, Guita se correspondia comigo, não com Hannah. Era a mim que você traduzia.

Não é curioso? Eu nunca tinha me julgado atraente o bastante para causar, num homem, mais do que uns desejos baratos, embora sonhasse a vida inteira com um príncipe míope o bastante para me enxergar além das aparências. Eis que, um dia, quando eu já não esperava encontrá-lo, esse alguém me acena e reconhece, porém vendo outra mulher em meu lugar.

Hannah tem seus encantos, como negar? É linda, inteligente, corajosa. Mas também tive os meus encantos, Max, e foram eles que o apaixonaram. Não vou me estender. Só queria, pela primeira e última vez, assumir a autoria de uma carta. Estou cansada e preciso morrer, mas não sem antes lhe dizer obrigada. E dizer, também, que várias cartas que o emocionaram foram não só inspiradas, mas verdadeiramente destinadas a você. Que Hannah e Guita nos perdoem, mas elas, sim, eram intrusas.

Fique bem.

Fany

* * * * *

Jayme abriu um estojo de prata e ofereceu um charuto. Às baforadas, Max se perguntou que prazer havia naquilo enquanto o outro falava de seu país. Buenos Aires já não era a mesma, embora a Argentina ainda exportasse mais que todos os vizinhos juntos. A crise na Europa preocupava o mercado e jogava a política num mar revolto. Não bastasse, o nazismo grassava de Ushuaia a Corrientes. Mesmo na gelada Patagônia, longe de tudo e de todos, alemães loteavam o deserto à espera do *Der Tag*, o Dia D, quando a Argentina seria anexada ao império de Hitler.

— O Brasil tem mais sorte: Roosevelt não vai deixar a Alemanha entrar aqui. — Jayme mascava seu charuto com o canto da boca. — Sinto inveja de você, meu caro, que pode ser sapateiro em qualquer lugar. Quanto a mim, estou enterrado na Argentina até o pescoço.

— Não é fácil ser milionário — Max concordou enfaticamente. — Sobretudo na hora de fumar esses charutos.

Os dois conversavam à luz de um empertigado par de velas enquanto Hannah e Guita esvaziavam a quarta garrafa de champanhe. Jantavam no restaurante do Hotel Glória, com enfeites caros e frutas lúgubres pintadas na antessala. Um garçom abria o quinto Veuve Clicquot, outro fatiava o prato principal. Na varanda, a Baía de Guanabara coroava a última noite de Guita e Jayme no Rio de Janeiro. Às 10 horas da manhã seguinte pegariam o trem para São Paulo e decolariam para Buenos Aires no moderno aeroporto de Congonhas.

O prato de entrada tinha sido quatro aspargos sob um filete de maionese e um tomate atrofiado. Antes disso, um enorme e translúcido cisne de gelo trazia à cabeça uma porção de caviar enquanto ao lombo assentava uma bandeja com panquequinhas de trigo-sarraceno. Num dado momento as irmãs deixaram a mesa, trôpegas e descalças, e começaram a dançar um bolero imaginário. Riram até engasgar, pernas e braços tão enroscados que não se sabia quem era quem. Amarrotavam os vestidos em poses eróticas sob os flashes do fotógrafo contratado para a ocasião. Os garçons já não tinham o que fatiar, discretamente vidrados naquelas loucas que agora se esvaíam em lágrimas até Guita soltar um grito, levantar as mãos e pedir atenção. Grogue:

— Estou grávida.

Foi assim, à queima-roupa, que deu a notícia. Silêncio absoluto. Hannah ficou pasma:

— Você??

— Dois meses e meio.

Hannah perdeu o equilíbrio, caiu para trás e acabou machucando o braço num móvel pontiagudo. Max não hesitou em correr para o bufê e arrancar a cabeça do cisne. Ajoelhado, passou gelo na ferida enquanto um garçom varria o caviar espalhado pelo tapete. Ninguém notou as pernas ágeis do sapateiro, todos bêbados demais, Guita apalpando a barriga e Jayme conclamando os garçons:

— Champanhe!

Casais e não casais ergueram as taças:

— *Mazel tov, mazel tov!*

Uma vitrola tocou Strauss e os quatro valsaram alegremente.

A sobremesa consistiu em *crêpes* flambados em conhaque. Frigideira à mão, o garçom contracenava com as labaredas, que só não ofuscaram os comensais porque o sol já incandescia no horizonte. Hannah sorria de orelha a orelha, a voz pastosa e um suor adocicado que desafiava os modos do sapateiro.

Na hora do cafezinho Max ruminou velhos sonhos. Talvez a vinda de Guita a tivesse transformado, por que não? Que tal reabilitar esperanças e passar a lua de mel em Buenos Aires? Mas o álcool agiu sabiamente ao lhe cassar o desejo. E a razão, inclemente, indagou qual lição Max teria aprendido com as irmãs caso insistisse nos velhos moldes, prorrogando o passado e, consequentemente, um futuro do pretérito que já não fazia sentido conjugar.

Eis a verdade: Hannah não era nem podia ser a mulher de sua vida. Gostava de patinar em gelos quebradiços, contornando fendas e fazendo acrobacias. Não seria Max o herói capaz de assentá-la em terra firme. E foi tranquilamente que viu o avô Shlomo acenar das chamas minguantes nos castiçais. Vinha lembrá-lo que a resignação também exige coragem; que era melhor um fim triste do que uma tristeza sem fim.

* * * * *

Dez dias depois

Max levou meia hora atando a gravata antes de perfumar as têmporas, pegar o tinto francês pelo gargalo e ganhar a Rua Paissandu. O sol esmorecia ao Oeste e os passarinhos indagavam o porquê daquela elegância. Botões de madeira sobressaíam no linho do paletó, combinados com os sapatos bicolores. Na Rua Marquês de Abrantes, motoristas e motorneiros enfrentavam o *rush* às buzinadas. Max parou num ponto de táxi e consultou o relógio, indiferente aos olhares dos beberrões num boteco de esquina. Não havia tempo a perder.

Hannah tinha marcado 7h30. Não se encontravam desde o embarque de Guita e Jayme na Estação da Leopoldina. Max guardava a cena na retina, as irmãs chorosas e os homens compungidos no saguão. Lá pelas tantas Jayme foi cuidar dos trâmites num guichê da companhia ferroviária e Hannah teria ido se assoar num banheiro. O fato é que Guita e Max se viram a sós no balcão de um café. Max sorriu amarelo:

— Gostaríamos de visitar o bebê em Buenos Aires.

Mas Guita não estava para cortesias. Ferina:

— Quem sabe Jayme e eu não viremos ao Rio pelo mesmo motivo?

Max adoçou um café nervosamente. E Guita, sem adoçar coisa alguma:

— Algo me diz que você está mentindo. Não sei por quê, mas sinto isso. Só espero que não seja bandido ou coisa parecida. Ouça, José, minha irmã já sofreu muito na vida e não precisa de problemas. Cuide bem dela ou vai ter que se acertar comigo, entendido?

Engulhos:

— Sim.

Ao longe, Jayme orientava um rapaz a empurrar um carrinho com cinco malas, caixas de chapéus, bolsas e pacotes. Paris inteira cabia ali. Pudera: em seis dias Guita não tinha repetido um lenço sequer, um brinco, nada. Agora vestia sua *petite robe noire,* de Chanel, com um broche de rubis hemorrágicos de tão vermelhos. Na cabeça ia um chapéu de abas largas cheio de rendilhados e tró-ló-lós. Jayme fazia a linha britânica, num jaquetão quadriculado e o inseparável charuto.

Na plataforma de embarque Hannah retribuiu os acenos da irmã, já instalada na cabine. Gritavam coisas lindas, chorando copiosamente, os narizes inchados e gotejantes. A histeria irrompeu no que um silvo pôs o vagão em marcha e Guita se debruçou na janela. Hannah chegou a trotar na plataforma, brandindo o lencinho, contorcendo o rosto como se lhe arrancassem o fígado. Guita soluçava "eu te amo, eu te amo" numa luta inglória contra a distância. O trem foi se afastando lenta e inexoravelmente, encolhendo na paisagem até sumir logo adiante.

Mas a vida não é Hollywood. A poeira mal baixara e Hannah enxugou o rosto, dando o rito por encerrado. Num suspiro banalíssimo:

— Sorte que ela arranjou esse homem.

Depois se despediu de Max e tomou o táxi para casa, disposta a dormir quantas luas fosse preciso até recobrar as forças.

Dali a uns dias telefonava para o sapateiro, convidando-o para jantar em sua casa no dia tal às tais horas. Tinham um assunto "muito importante" a tratar. Max comprou o melhor vinho, engomou um terno e perdeu a paz: por que Hannah o convidava? Mera gratidão ou algo realmente importante? E se quisesse, tão somente, falar de censuras postais ou tramar a próxima missão? E se admitisse que Fany escrevera as cartas para Guita? E se o recebesse à meia-luz, num penhoar transparente, a puxá-lo pela gravata e a cochichar loucuras? Pensamentos desse tipo atiçavam o bicho-homem nas horas erradas até Max abatê-lo no banheiro mais próximo.

Dois dias antes do encontro, o sapateiro era o lirismo em pessoa. Claro que ele seria capaz de perdoá-la. Mágoas, nunca guardara. Viveriam num confim florido e ela assaria os pães de *Shabat* antes que as crianças chegassem da escola. Até Guita e Jayme viriam visitá-los com seu lindo herdeiro, então todos os traumas teriam sido não só superados, mas compreendidos. Males necessários rumo à bonança; lascas na pedra bruta enquanto o cinzel do destino esculpia a felicidade.

Na noite anterior Max fingiu descontração ao telefone, pedindo que Hannah lhe adiantasse — o porquê do jantar.

— Estou temperando a carne, não posso falar. Gosta de arroz com passas?

E como Max insistisse, ela modulou a voz comicamente:

— Era uma vez um homem tão ansioso que não sabia esperar a hora certa para ouvir as coisas. Sabe o que aconteceu com ele?

— Não...

— Teve que esperar a hora certa para ouvir a resposta. — E desligou.

Sete e vinte da noite e Max jazia na calçada da Marquês de Abrantes. Cadê os táxis, *dreck!* Distraiu a tensão olhando os beberrões no boteco, homens e mulheres num transe carnavalesco. O Rei Momo já espanava o trono para a posse e, de Copacabana a Marechal Hermes, os súditos lhe rendiam homenagens. Lá pelas tantas apareceu um táxi, um bendito táxi. Eram 7h30. O aliviado sapateiro se preparava para embarcar, já segurando a maçaneta da porta traseira, quando aconteceu o rapto. Foi muito rápido e absurdo. Vindo da Rua Paissandu, um carro preto freou bruscamente e cuspiu três homens na calçada.

— Max Kutner? — interpelou um deles.

O sapateiro não precisou confirmar porque o motorista do carro acenou positivamente. No que os homens o agarraram, a garrafa resvalou entre os dedos e se estilhaçou no meio-fio. Alguém fez o sinal da cruz e o boteco parou para ver o coitado ser metido no veículo, que arrancou com estardalhaço. O falatório irrompeu: quem, o quê, quando, por quê? Comunista, bufou um aposentado. Senhoras sussurravam "que horror" e as babás acalmavam suas crianças. Mas a alegre metrópole já estava acostumada aos rompantes da ditadura. E como a polícia rondasse as vizinhanças, o burburinho se dissipou e uma vassoura limpou os cacos do vinho. No boteco, alguém sintonizou Lamartine Babo e os quadris caíram na gandaia: "O teu cabelo não nega mulata/ Porque és mulata na cor/ Mas como a cor não pega mulata/ Mulata eu quero o teu amor."

* * * * *

O ronco das hélices era ensurdecedor.

— Água, Sr. Kutner?

Max não respondeu, apático na poltrona. O soldado encheu um copo com o cantil:

— Beba, Sr. Kutner.

— Não quero.

O vaivém dos carros cintilava lá embaixo — os que iam vermelhos, os que vinham amarelos. O avião tinha empinado com força, sobrevoado a Baía de Guanabara e agora contornava o Pão de Açúcar. Depois passaram por Copacabana e, na Lagoa, nivelaram com o Cristo rumo ao sudoeste. O piloto consultou a bússola, estimando em três horas a viagem até Santos.

— Estão vendo aquilo? É Marte, o planeta vermelho. Bom seria mandar os comunistas para lá!

O piloto e o soldado gargalharam, Max não. Ao norte, o clarão dos subúrbios ilhava os morros. A cidade era um reluzente infinito. Max quis socar a janela, pular, gritar. Nunca mais voltarás a vê-la, proferiam as estrelas. Nunca mais.

— Calma, Sr. Kutner, amanhã o senhor estará de volta. É uma missão rápida.

O soldado repetiu a cantilena: um "tubarão" havia caído nas malhas da contraespionagem, urgência máxima. Sim, o sapateiro conhecia a história de cor e salteado: dali a pouco o Tenente Staub iria recebê-lo com as bochechas coradas, cheio de gestos e patriotismos. E dá-lhe "soberania", "segurança nacional" etc.

Ao inferno tudo aquilo! Max tivera sua própria soberania violada. Qual grande causa poderia ser maior que Hannah? Nunca odiou tanto os nazistas, os comunistas, os capitalistas. Ainda cheirava a perfume, as unhas lixadas e enceradas. Um quixotesco canto da alma guardava uns restos de alegria sitiados pela razão, mártires desvairados feito os últimos combatentes na fortaleza de Massada.

Podia imaginar Hannah em casa, a comida esfriando, os talheres arrumados e a dúvida degenerando em tristeza, os telefonemas em vão, os lençóis em vão e um ocioso par de velas à mesa. Podia vê-la sentada sozinha, comendo o arroz da panela, regando a vinho a perplexidade. Oh, quanta dor! Não voltaria a vê-la, nunca mais!

Perguntou se alguém a bordo acreditava em intuições. O soldado espiou Max com um vago assombro:

— Na polícia não acreditamos em mistérios ou coincidências antes de tentar explicar o fato investigado.

— Conhecem a história da luz e da sombra? — Era o piloto quem perguntava. — Uma vez a luz disse para a sombra: eu tenho o poder, sou bonita e fascinante. Já você, só existe por minha causa, pois se tudo fosse escuridão não haveria o que sombrear. A sombra admitiu que a luz estava certa, mas fez uma ressalva. Também tenho uma coisa a lhe ensinar, dona luz: se por um lado só existo por sua causa, por outro sirvo para lembrar que a senhora, apesar de bonita e fascinante, não chega a todos os lugares. — O piloto se virou para Max: — A razão é luminosa, mas não chega a todos os lugares.

Pousaram em Santos à meia-noite. Um furgão estacionou à porta do avião e levou Max por uma estrada cercada de armazéns. O breu cheirava a lodo misturado com café e alcatrão. Pararam diante de um prédio com janelas foscas e Max foi conduzido a um saguão cinzento onde quatro maltrapilhos se apertavam num banco. No balcão de atendimento havia uma máquina de escrever, um ventilador, um funcionário e um telefone preto. Max pediu para usar o telefone, mas o funcionário não se dignou a responder. Na parede, o supremo

Getúlio Vargas vigiava os maltrapilhos que, só então Max percebeu, estavam algemados uns aos outros. Um deles fumava, obrigando outro a mexer a mão vizinha.

O Tenente Staub surgiu de uma porta e saudou Max vigorosamente, pedindo desculpas pelo contratempo. Levou o sapateiro para a antessala de um corredor e, sem explicações, mandou que ele esperasse num sofá. Não ia demorar — e sumiu. O que acontecia? Que urgência era aquela? Max escutou rangidos e passos ressoados contra as paredes. Já conhecia a acústica das delegacias com suas claves de ferro, por isso não foi surpresa ver uma porta se abrir e quatro soldados passarem pela antessala escoltando o casal Braun. Lá estava o maldito alemão! Eis o tal tubarão caído nas redes da contraespionagem! Quem, senão ele, para afastar Max de Hannah outra vez? Parecia um colosso cagado por pombos em seu paletó azul, o cabelo despenteado e os olhos baixos. Já Marlene, pobre coitada, era uma alma penada em seu casaquinho de lã. Uma boa senhora, tão vítima do acaso quanto o sapateiro, perdida numa trilha incerta e escravizada pelo amor que, provavelmente, lhe impusera provações bem maiores do que os interrogatórios da polícia. Max lembrou São Lourenço, a mudez cúmplice e os desabafos naquela madrugada longínqua, tragando chaminés no Hotel Metrópole.

Não, o sapateiro não era dado a mesquinharias e preferia evitar o confronto. Não havia posto seu melhor traje para enfrentar um nazista decrépito. Mas era preciso aceitar o prazer recôndito; um prazer sórdido, mas necessário para exorcizar uns tantos demônios socados no espírito desde São Lourenço. Bom seria esquecê-lo, não tivesse voado três horas e perdido um encontro inadiável só para inquiri-lo. Max se levantou, marchou em círculos, começou a suar. Ajustou a gravata e aceitou o cafezinho trazido por um copeiro. Não, não estava radiante, só resignado ao destino, prontíssimo para sua missão patriótica. A bem dizer, voaria muito mais para dar uma lição no nazista e pôr os pingos nos is. Spinoza, Aristóteles, Nietzsche! Vá roer seus almanaques na prisão, ariano de merda! Vá...

— Desculpe de novo! — Staub quase berrava de tão eufórico, enxugando o pescoço. — Mil vezes desculpe! Venha comigo!

Desceram por uma rampa até uma galeria com celas úmidas e rançosas. Max não via os detentos, mas os ouvidos — que não aprenderam a se fechar como os olhos — escutaram gemidos e choros horripilantes. O tenente parou diante de uma porta de aço maciço e sacou um molho de chaves. Ferrolhos e dobradiças. Max sentiu um cheiro não só insuportável, mas esquisito — um misto de urina com flores? O que era aquilo? Entraram no cubículo, pisando em cacos e sangue. Uma lâmpada amarela pendia no teto, bruxuleante. Staub explicou que um homem tinha acabado de se matar com um vidro de perfume.

— Sobrou a mulher.

O sapateiro fez uma prece aflita antes de pousar os olhos num entulho de manchas e escoriações. Ficou estarrecido. A mulher se contorcia no chão, aos farrapos, com um talho no peito e as pernas roxas. Os cabelos empapados cobriam o rosto do qual Max se esquivou até ouvir um grito estridente, animalesco, um uivo dissonante que lhe arrombou os tímpanos. O queixo caiu e o peito gelou antes que lhe afluísse a certeza, a mais trágica e absurda de todas as certezas

Era Guita.

Traduzindo Max

— Era Guita.

Max deu um suspiro e recostou na poltrona bege. O sol entrado pela janela lhe adensava as olheiras, mas tinha o semblante doce. Tentei disfarçar o susto: por que Guita? O que ela fazia ali? Pegando uma caneca de café:

— Era Guita. — E foi repetindo, o olhar posto no infinito:

— Guita...

A palidez de Max era extensiva à casa onde ele agora vivia sozinho. A poltrona bege teria sido marrom ou verde na mocidade. O tempo que lhe roubara a tez também havia desbotado o tapete, as almofadas, a cortina, o sofá que eu ocupava. O apartamento ficava num prédio acanhado na Rua Mariz e Barros, Tijuca. Saleta, dois quartinhos, um banheiro e a cozinha onde ele tinha coado o café que, agora, íamos bebendo devagar. Era o nosso quinto encontro. Na mesa de centro havia um retrato dos Kutner, já idosos, num banco de praça. Suvenires como estatuetas, xícaras e cinzeiros enfeitavam uma prateleira. Noutra, a *Enciclopédia Judaica*. Um jogo de

237

chaves coloniais e duas gravuras decoravam a parede. Na soleira das portas, o tapete cinzento era pregueado com umas placas douradas que eu não via desde a infância. O telefone ficava numa mesinha colada a um banco sob o qual, numa espécie de prateleira, cochilavam dois velhos catálogos.

— Era Guita.

Espiei Max com uma reverente curiosidade, esquadrinhando-lhe as rugas e, vício de escritor, procurando as palavras que saberiam traduzi-lo. Estava proibido de tomar notas, de gravar ou divulgar suas declarações em respeito às pessoas que ainda podiam estar vivas ou que, tendo deixado filhos, mereciam descansar em paz. Não era segredo que eu pretendia escrever um romance e Max apoiava o projeto, contanto que se esperassem dez anos para a noite de autógrafos. Tentei encurtar o prazo com a promessa de trocar nomes e detalhes para poupar privacidades. Mas o homem cruzara os braços: dez anos, nem um dia a menos. Sua história era "inconfundível". E era mesmo.

Filhos, não tinha. Nem sobrinhos, irmãos, cunhados. Ninguém. Trabalhara como sapateiro até a viuvez deprimi-lo.

— Era Guita — soluçava, agora mansamente, atiçando a minha ansiedade: afinal de contas, o que a irmã de Hannah fazia em condições tão degradantes, posta a ferros numa cela imunda? Não me atrevi a perguntar. Nada de pressioná-lo, induzi-lo, inspirá-lo. Para que desviar o curso de águas até então caudalosas?

Sem dúvida, Max era um hábil narrador. Pausava a fala, movia os braços e arregalava os olhos para avivar as memórias.

O último "papo" — era assim que ele chamava os nossos encontros — tinha tomado a madrugada e me devolvido às ruas com o céu claro. Em casa, eu teclava no computador antes ou depois de visitar a Biblioteca Nacional para pesquisar os jornais da era Vargas. Tudo condizia com as palavras do sapateiro, até os anúncios comerciais.

Eu era só euforia: finalmente o meu livro ganhava corpo! Bendito Max, que o destino e um tantinho de disciplina haviam posto no meu caminho.

Mas, para que tudo se explique, um recuo no tempo. Ao começo dos começos.

Corria o ano de 1999 quando resolvi escrever um romance que, de certo modo, recontasse o século XX. Dois amantes, talvez casados, teriam seus caminhos marcados por fatos históricos durante décadas — ora como vítimas, ora como testemunhas ou agentes de seu tempo. Era um projeto ambicioso, mas pouco original. O mundo vivia um surto épico naquele fim de década, século e milênio. O lendário ano 2000 era questão de meses e sobravam profecias apocalípticas na imprensa, nas livrarias, nas salas de aula. Comentaristas de televisão falavam da Idade Média ou da semana passada como fatos correlatos, quase sucessivos. Religiosos, astrólogos de turbante, intelectuais e manicures: todos tinham algo a dizer. E a prever.

Pois bem. Movido pelo tal surto épico, saí em campo para colher relatos de idosos que me ajudassem a entender o passado. Andei por clubes, praças, asilos, casas. A primeira entrevistada foi minha avó, vinda da Letônia aos vinte anos para trabalhar como governanta da família do ex-presidente Artur

Bernardes, em São Paulo. Meu avô, ela conheceu num corso na Avenida Rio Branco, em 1932. O segundo entrevistado foi um tio que, fugido da Ucrânia durante a Revolução Russa (comentada aos sussurros para evitar "problemas com a polícia"), saltou no Rio em plena Gripe Espanhola, nos idos de 1918. E se lembrou, com o mesmíssimo assombro do menino de outrora, dos cadáveres que as carroças da prefeitura iam recolhendo de porta em porta. Visitei três asilos judaicos. No primeiro deles, um professor nonagenário me detalhou como havia escapado do Gueto de Varsóvia, em 1942, tendo inventado uma cirurgia para disfarçar dos nazistas a circuncisão.

É impressionante a naturalidade com que os mais velhos discorrem sobre acontecimentos e personagens que, para os jovens, são lendas enciclopédicas. Vargas, Lênin, Hitler, Einstein. Em menos de um mês eu tinha gravado uma pilha de fitas cassete e aprendido o bastante para raiar a erudição. Estava satisfeito, obviamente, embora ainda me faltasse um eixo, uma paixão propulsora para dar o primeiro passo.

Partiu de um amigo a sugestão de visitar o Clube Monte Sinai, na Tijuca, onde às terças-feiras se reunia um grupo de idosos. Um funcionário me encaminhou para um salão imenso em cujos fundos, atrás de um biombo, 15 ou vinte pessoas rodeavam uma mesa farta, todos não só falantes, mas bemvestidos porque era dia de festa. Dona Rosa Schneider, a líder do grupo, me explicou que um deles comemorava nada menos que cem anos. E o aniversariante, lúcido e vigoroso, distribuía chapeuzinhos de papel para os convidados. Vesti o meu, bastante impressionado. O homem era a exaltação da vida, não o seu ocaso, alinhadíssimo num blazer azul-marinho com um lenço de seda na lapela. Eu não lhe daria mais que oitenta anos, o que talvez pareça piada para quem enxerga os velhos como um rebanho encarquilhado onde tudo são rugas e bengalas. Dali a pouco, o centenário empurrava uma cadeira de rodas, trazendo para o salão a mulher com quem era casado havia seis décadas. Ela mal mexia os bracinhos, muito debilitada num vestido de flores vermelhas. Dona Rosa contou que a troca de alianças fora um gesto "audacioso", nunca reconhecido pelos rabinos. Por que audacioso? Que eu perguntasse para Max. O fato é que certas pessoas ainda achavam um "acinte" o convívio forçado com seu inamistoso passado. A polêmica já tinha causado bate-bocas e requentado os traumas da Praça Onze. Quais traumas? Dona Rosa fez suspense: Max dirá.

Cantamos o parabéns e comi um pedaço de bolo. Max e sua mulher trocaram um beijo afável, sendo patente a fragilidade dela. Depois, tão educadamente quanto possível, me apresentei como escritor e perguntei quando ele me concederia uma entrevista. "Estou ocupado, outro dia!"

E continuaria ocupado por longos meses, até a esposa falecer. Houve uma cerimônia fúnebre no clube, mas evitei assisti-la para não parecer oportunista. A verdade, porém, é que aquele homem me fascinara, sabe-se lá por quê. A viuvez o abatera tão profundamente que ele tinha deixado o grupo para intrigar as crianças no parquinho do clube, onde agora passava tardes inteiras olhando um lago de peixes ornamentais. Tentei me aproximar, simulando encontros casuais e lhe oferecendo o meu cartão de visitas. Em vão. Max contemplava os peixes como se o resto do mundo não existisse. E não existia, mesmo. Max era o seu próprio e inviolável mundo.

Que fazer, senão respeitá-lo? Adiei o romance e passei a frequentar o grupo que, soube então, se chamava "Clube da Vovó". Era um ambiente adorável, sem falsas promessas nem afetações politicamente corretas. Ouvi histórias, ganhei presentes, fiz amigos. Um homem revelou ter dado carona para Getúlio Vargas depois que um acidente quase matou o presidente na estrada Rio-Petrópolis. É que uma rocha tinha desprendido da encosta e atingido o carro oficial, fulminando o assessor no banco da frente. Por um triz Vargas, sentado atrás, não morreu junto. Isto, antes do Estado Novo e da Segunda Guerra Mundial. Um metro a mais ou a menos e a história do Brasil teria sido outra. Alguém sabia disso? Nem eu.

Acabei sendo acolhido pelo grupo. Às vezes me incomodava ver aquela gente socada num canto, como se a velhice fosse uma afinidade real e não mera contingência. Além do mais, ninguém era velho justamente porque todos, ali, eram velhos. Faltavam os contrastes e parâmetros do exterior para envelhecê-los, daí que as verdadeiras diferenças saltassem aos olhos e, não raro, o grupo mais parecesse uma sopa de restos, com carnes e legumes forçosamente fervidos numa esquecida caldeira. O fato é que o convívio com pessoas tão vívidas e inconfundíveis revelava aquilo que os jovens não conseguiam ou nem sequer se davam ao trabalho de perceber. Era uma lição primorosa para quem, como eu, considerava a velhice a antessala da morte. Quando alguém gripava ou se ausentava do grupo, lá me vinham presságios mórbidos. Mas não se morria ali. Um amigo me lembrou, sabiamente, que os velhos só são velhos porque não morrem à toa. Tinha razão. Quantos vovôs e vovós resistem bravamente, sem largar o osso que seus filhos e netos desperdiçam tão precocemente?

Enquanto Max olhava seus peixes, decidi me dedicar a um conto inspirado na líder do "Clube da Vovó", Rosa Schneider que tinha sido atriz de teatro iídiche na Praça Onze. Dona Rosa dizia que artista não morre, sai de cena, sempre a contar piadas e a cantar relíquias. Ouvi confidências e trechos de uma peça que, encadernada, hoje guardo comigo (*A Sorte Grande*, de Sholem Aleichem). Os admiradores de Dona Rosa, que não foram poucos nem quaisquer, acabaram virando nome de rua, de praça, até de aeroporto. E quando eu finalizava a história, no justo dia em que a espevitada senhora conferia a versão definitiva do conto, o meu telefone celular tocou e uma voz áspera perguntou se eu ainda tinha vontade de falar com o Sr. Kutner.

— Kutner? — estranhei.

— Max Kutner, eu mesmo.

O primeiro encontro foi num sábado fresco e nublado. Max, que morava a duas quadras do Monte Sinai, agora se mostrava amistoso, quase hospitaleiro. No segundo encontro, tomou gosto pela palavra e, já no terceiro, tive a impressão de que ele se afeiçoava a mim. Falava, falava, desatava a falar até o fôlego rarear. Então, na cozinha, preparávamos mais café e os assuntos voltavam a fluir. Confesso que, no início, me era estranho associar Hannah Kutner àquela velhota no salão do clube, tão torta e desfigurada. Por outro lado, um romance que se pretendesse épico não poderia temer os efeitos do tempo. Antes, deveria ressaltá-los.

Pois bem. Fazia uma hora que Max murmurava "era Guita", o olhar vago e as mãos inertes no consolo da poltrona. Fingi compreendê-lo, forçando caras e bocas de neutralidade duvidosa. Lá pelas tantas pedi para usar o banheiro, onde frascos de perfume já escuros e oleosos eram resquícios da Sra. Kutner. Não resisti a abrir um deles e, com um frêmito fetichista, senti um cheiro póstumo e adocicado. Quando criança eu tinha medo de perfumes velhos. Achava que os vidros na penteadeira da minha avó guardavam espíritos e que seus cheiros, estranhamente inebriantes, eram emanações de outros mundos. Pensando bem, ainda acho isso.

Voltei para a sala, folheei um livro, fiz o possível para descontrair o emudecido sapateiro. Nada. *Ôi vêi*, aquilo já começava a me desesperar! Que diabos Max calava para me torturar assim? Por que a crueldade é inerente ao poder? Por que as pessoas de quem eu precisava nunca eram tão solícitas quanto as que precisavam de mim?

De repente:

— Café?

Foi na cozinha, coando a quentura, que ele me fez saber

* * * *

Guita era prostituta, como Hannah. Tinha deixado a Polônia em 1927, antes da irmã, atraída por parentes que, na Argentina, lidavam com comércio em Rosário. Seu grande sonho era casar com o vaqueiro de quem os parentes falavam em cartas espessas. Um dia, mandaram o bilhete de navio. No porto de Buenos Aires, Guita foi saudada por um estranho que a levou para Rosário junto com outra moça. Do vaqueiro, nem sinal. Guita ainda esperava conhecê-lo ao se empregar num salão de cabeleireiro de nome Hermosita, em cujos fundos funcionava uma casa clandestina. Em suma, um bordel. E o propalado vaqueiro — será preciso dizer? — não existia.

Guita relutou em colaborar com os rufiões, que só evitaram espancá-la porque sua carne "tenra e imaculada" era apregoada nas bodegas e ranchos das redondezas. Teve as mãos e os pés amarrados para não se machucar durante o leilão que lhe arrematou a virgindade. Sua primeira noite não foi noite, mas uma extenuante semana com um fazendeiro tão rico quanto o marido que ela já não esperava conhecer. Dois meses depois tinha deitado com um batalhão e até feito um aborto. Nas horas vagas, escrevia mentiras para a irmã.

Não se aprende a ser desgraçado da noite para o dia. Os postulantes quase sempre relutam, desafiam, questionam aquilo em que eles próprios vão sendo gradativa e irremediavelmente transformados. Um dia acabam tão confundidos com sua circunstância que já não se distinguem dela. Então, em vez de renegá-la, renegam as intrusões de sonhos românticos ou ambições desmedidas que possam desestabilizar as coisas. A isso uns chamam conformismo, outros, maturidade. O certo é que, em 1928, Guita gemia em espanhol e ensinava as incautas a maquiar suas cicatrizes. Era uma puta destemida, dessas que nunca levariam desaforo para casa se tivessem onde morar. Vivia de cama em cama, vagando por bandas distantes como Neuquén, Bariloche e os brejos da Patagônia. Entre uma provação e outra, descrevia para a irmã os lagos de Santa Cruz e os pinguins da Terra do Fogo. Fazia questão, ela própria, de lacrar os envelopes e postá-los nas agências dos correios. Àquela altura já se acostumara a abortar descuidos e a mordiscar pelancas, mas não se acostumava, jamais, à ideia de contar a verdade para Hannah. Ficava louca só de pensar na junção acidental de duas realidades tão díspares, absurdamente incompatíveis — e, no entanto, coexistentes em seu coração guerreiro. Faria o possível e o impossível para separar as coisas. Nenhuma dignidade estaria totalmente perdida enquanto Hannah, mais do que amá-la, a admirasse.

Em Ushuaia, Guita abrandou o inverno de uma penitenciária antes que, em 1931, fincasse os saltos na cosmopolita Buenos Aires. Encontrou o *métier* em pânico porque, dois anos antes, as denúncias de uma velha polaca haviam implodido a Zwi Migdal. Em poucos meses a organização tivera os tentáculos cortados, um a um. De repente, não existiam bordéis, lojas de fachada, fundos de assistência nem a suntuosa sede na Avenida Córdoba. Rufiões ontem milionários agora se viam tosquiados que nem as ovelhas da Patagônia, foragidos, sem um níquel para refazer suas vidas. Vide Jayme.

Quis o acaso que os dois dividissem um apartamento em La Plata, perto de Buenos Aires. Guita nunca chegou a gostar do sujeito, na verdade um certo Augusto Strizansky, ex-tesoureiro da Zwi Migdal procurado por todas as polícias do continente. Durante oito anos o homem mal saíra do quarto enquanto a parceira vendia o corpo para realizar o sonho de rever a irmã no Rio de Janeiro. E foi deitando com os serviçais de um magnata portenho que ela conseguiu inscrever um endereço nobre nos envelopes. Guita debulhava um milharal de mentiras nas cartas que Max traduzia, dizendo-se aristocrática, anfitriã de embaixadores etc. etc. Foi achacada, presa, traficou drogas e até armas, amolada pelo traste a quem chamava de marido. Numa fria primavera, conseguiu-lhe um passaporte mais falso do que a nobreza ensaiada no porto de Buenos Aires, ao zarparem num transatlântico.

Durante o encontro no Rio de Janeiro, em 1939, Jayme tinha ordens de só falar o indispensável e ocupar a boca com charutos que lhe calassem as besteiras. Fazendas, laranjas, café? Tudo lorota. Em síntese, uma farsa tão rica e convincente quanto aquela que Hannah e Max também encenavam. Duas tramas, duas plateias, dois bastidores. Quem diria que Guita e Jayme só tinham se hospedado no Hotel Glória na noite em que Hannah e Max vieram jantar? Quem diria que os finos trajes de Guita tinham sido comprados em brechós e remendados com os fios de seus sacrifícios? Quem diria que Guita e Hannah eram duas almas tragadas pela mesma hidra, unidas pela sorte que pensavam separá-las? Guita e Hannah mentiam para resguardar a única verdade de suas vidas: o amor recíproco.

Quando viu o sapateiro na delegacia de Santos, Guita esperneou e gritou tanto, mas tanto, que precisaram dopá-la com uma injeção. Na manhã seguinte, numa cama de hospital:

— Podem me matar, mas não contem para Hannah!

E Max, com um afeto perplexo:

— Não se preocupe, não vou contar.

Também prometeu esquecer que Augusto Strizansky, vulgo Jayme, fora o "tubarão" caído nas redes da polícia. Na delegacia santista, Strizansky tinha cortado os pulsos com os cacos de um perfume para morrer abraçado à sua "putinha" (era assim que ele se referia à consorte).

— Ela não pode saber, não pode... — Guita se retorcia na cama, enrolada em gazes e esparadrapos. — Por Deus, não diga nada!

Ouvindo isso o sapateiro deixou o quarto do hospital, escoltado por um sargento que o levaria direto para a base aérea de Santos. O avião decolou às 10 horas da manhã. Promessas à parte, Max estava determinado a falar a verdade para Hannah — e urgentemente. Antevia-lhe o susto, o olhar incrédulo, o misto de horror e alívio. Um novo mundo a proclamar sua lógica! Quantas culpas expiadas, medos renovados? Max pretendia dosar as palavras para ser o prelúdio, o agente e cúmplice de Hannah em sua redescoberta — e, com isso, redescobri-la.

O pouso aconteceu na hora do almoço. Do Aeroporto Santos Dumont, o sapateiro telefonou para todos os números que Hannah pudesse atender antes de tomar um táxi para o Rio Comprido. Esmurrou a porta do 310 do Topázio e interpelou os vizinhos, todos eles, andar por andar, chegando a ofender o porteiro de quem ouvira um rotundo "não sei". Arrombou o 310 com um pé de cabra. Ninguém em casa, o guarda-roupa intacto, a cama arrumada e a mesa pronta para o jantar da véspera. Louças, cristais e pratas eram brilhos póstumos. Na cozinha, jazia um castiçal de duas velas e três panelas cheias no fogão.

Max saiu correndo pela cidade. Tampouco sabiam de Hannah no boteco ao lado, no barbeiro em frente, na praça Estrela. Hannah havia faltado a um compromisso importante na Casa Amarela. Não dava notícias fazia 24 horas. Dona Ethel, do grupo Bnei Israel, ficou de acionar os *meraglim*, e o Capitão Avelar convocou sua tropa. No dia seguinte todas as polícias brasileiras já estavam mobilizadas. Em poucas horas retratos falados de Hannah estampavam quinas e esquinas, até prisões, manicômios e cemitérios. Em Petrópolis, duas possíveis Hannahs foram detidas, embriagadas. Em Juiz de Fora, sete. No total, 11 mulheres disseram ser Hannah nas delegacias de São Paulo. Quarenta e cinco teriam estado com ela na véspera, quatro testemunharam sua morte e, duas malucas, seu nascimento. Pistas falsas atazanaram a polícia enquanto o obstinado sapateiro voltava para Santos. Claro que, àquela altura, Hannah soubera da irmã. Não lhe faltavam atalhos e radares para sabê-lo. E a única forma de achá-la, obviamente, seria vigiando Guita.

Mas o destino tinha pressa. Bastou entrar no hospital para Max escutar os berros do Tenente Staub, que andava em círculos, vermelhíssimo, erguendo o dedo, cuspindo labaredas na cara de médicos, enfermeiros, funcionários e soldados. Em vão: ninguém fazia a menor ideia, nem sequer adivinhava como aquilo podia ter acontecido. Afinal, Guita vinha sendo patrulhada noite e dia num quarto sem janelas nem exaustores. E não adiantaram as ameaças de Staub. Que instaurasse seus inquéritos, que prendesse ou demitisse quem lhe aprouvesse até que fosse explicado o desaparecimento de Guita.

Peritos do Exército esquadrinharam o hospital, leito por leito, chegando a arrancar bandagens e a estapear cadáveres. Ninguém entrava ou saía do prédio sem ser interrogado. Enquanto isso, agentes secretos e ostensivos infestavam a cidade, violando lares e algemando inocências. Não tardaram as prisões incidentais, os contrabandos e as subversões que Staub só anistiou para não desvirtuar as buscas. Hannah Kutner era o seu único foco. E de Max também.

* * * * *

Agora jantávamos numa mesinha quadrada, num canto da sala. Max revolvia a sopa sem apetite:

— Procurei Hannah pela cidade inteira. Eu sabia, tinha certeza, de que ela e Guita estavam em Santos, mas onde? Como, fazendo o quê?

"Andei na chuva, no sol, no vento, no escuro. Andei rua por rua, canal por canal, oito dias atrás de Hannah em todos os hotéis, pensões, bordéis, vilas. Fui para São Vicente, subi o Monte Serrat, entrei no cassino, em igrejas, cemitérios, tudo. Emagreci, virei pele e osso, fiquei conhecido como o gringo apaixonado. O Tenente Staub já tinha avisado a polícia da Argentina, do Uruguai e também do Paraguai, da Bolívia e do Chile. No Rio, soldados vigiavam o Edifício Topázio e a Casa Amarela."

Comecei a ficar intrigado, atento ao retrato do casal Kutner na mesa de centro. Claro que era Hannah, como não?

— Enquanto isso eu andava e perguntava, perguntava e andava. Lojas, mercados, prostíbulos, museus, estações de trem, de bonde, de ônibus, de barco. Eu era um pedinte, um miserável a quem as pessoas diziam não, não, não. Ou então debochavam de mim, dando pistas falsas e falando besteiras. Teve um homem que ofereceu sua esposa; outro, a sogra. Um dia desmaiei.

"Fui acordar no hospital, anêmico. Passei uma semana internado. E quando me recuperei, quando pisei a rua, tomei a decisão mais difícil da minha vida. Não que eu tivesse desistido de encontrá-la. Desistia, sim, de procurá-la."

Max enxugou a boca com o guardanapo.

— Sabe, rapaz, o único consolo de quem procura é a certeza de que o procurado não quer ser achado. Se eu pudesse vê-la pela última vez, eu lhe diria o que tinha aprendido nas ruas de Santos. Que dizer adeus é menos difícil que deixar de ouvi-lo.

— Não acredito! — Larguei a colher: — Desistiu de Hannah?

— Sim.

— Para sempre? Não pode ser!

— Por que não?

— Bem... porque não!

Havia indulgência na voz do sapateiro. Ele tinha a aura piedosa com que os sábios vão minando a ingenuidade dos discípulos.

— Aquela mulher ali, aquela mulher! — apontei o retrato.

— Oh, sim, minha esposa. Pensou que fosse Hannah?

Beirei a grosseria:

— Não devia ter pensado?

Max espalmou as mãos:

— Santa inocência! Você acha possível conviver por sessenta anos com alguém a quem se ame tanto quanto amei Hannah?

— E você acha possível conviver com alguém a quem não se ame tanto assim?

— Pois aprenda uma coisa! — Max se exaltou: — Existem dois tipos de pessoas no mundo: as que nos fazem sonhar e as que nos mantêm acordados. Dois tipos bem diferentes, ouviu? E minha esposa era, evidentemente, do segundo tipo. Ou você pensa que eu teria suportado sessenta anos com Hannah? Ora, que bobagem! Amor e respeito não resistem ao dia a dia, rapaz! — Apontando o teto: — As pessoas só amam e respeitam o Criador porque não precisam dividir o banheiro com ele!

Fiquei estarrecido. Afinal, quem senão Hannah haveria de ser a velhota que Max beijara em seu centenário, no Monte Sinai? Quem ele teria desposado à revelia dos rabinos? Quem teria escandalizado o "Clube da Vovó" e requentado os traumas da Praça Onze? Outra polaca? Que absurdo! Fosse quem fosse, o fato é que eu estava despreparado para aquele desfecho. Queria escrever um livro de amor, não de desamor, de resignação ou tristeza, começado e acabado nos anos 30.

— Não fui a única vítima de Hannah Kutner — ressaltou o sapateiro. — O Tenente Staub, coitado, endoidou de vez por causa dela. Descumpria ordens, não saía de Santos para nada. Chegaram a interná-lo num sanatório em Campos do Jordão. Pois Staub fugiu, voltou para Santos e foi visto remando um barquinho nos rios da região. Um dia teria a recompensa.

— Como?

— Staub descobriu uma colônia de pescadores chamada Ilha Diana, escondida na curva de um rio. Um lugar bem simples, com casas de madeira, chão de terra e não mais que umas vinte famílias. Nem energia elétrica existia ali. Hannah e Guita teriam chegado numa canoa e ficado por uma semana. Dormiram em redes, comeram peixes, frutas, tomaram banho de rio, apaixonaram os homens e ensinaram as mulheres a fazer *guefilte fish*. Não paravam de rir, de brincar, de falar coisas que ninguém entendia. Depois foram embora.

— Para onde?

— Sabe Deus para onde, mas a canoa foi achada perto do porto de Santos. Devem ter fugido de navio para outros mundos...

— ... E foram felizes para sempre — emendei com sarcasmo.

A essa altura a sopa já era uma massa espessa. Não consegui esconder o desânimo, mordiscando um pedaço de pão só para ocupar as mãos. Magoado:

— E quem é ela? — me referia de novo ao retrato.

— Quer mesmo saber? — Max fez um ar moleque. — Será que devo dizer?

— Por que não?

— Está bem. Voltemos a Santos, ao dia em que saí do hospital. Já não tinha o que fazer ali e estava na hora de voltar para casa. Arrumei a mala e fui para a estação de trem. Era tarde da noite, ninguém nas ruas. O trem para São Paulo ia sair em meia hora e eu precisava beber alguma coisa. Havia um único bar aberto. Lembro bem, um lugar estreito e comprido com um balcão cheio de garrafas e linguiças penduradas no teto. Pedi um copo de água. Estava triste, mas calmo. O corpo doía e meus olhos já não enxergavam direito. E quando eu dava o primeiro gole alguém veio por trás, devagarzinho, até parar do meu lado e ficar me olhando. Quem era?

— Guita? — arrisquei.

Max riu, não era Guita.

— A mulher me olhava, meio desconfiada. Estava pálida e assustada. Tive a impressão de conhecê-la, mas não sabia de onde até ouvir: Sr. Kazinsky? — Pausa. Com um riso maroto: — Acredite, meu rapaz, eu nunca tinha pensado em casar com Marlene Braun. Juro!

Horror:

— Quem?

— Marlene, a mulher de Franz.

— A nazista?

— Nazista era Franz, não ela! Marlene tinha ajudado a polícia a prender o marido e o bando que ele chefiava, por isso foi autorizada a ficar no Brasil. Era uma boa mulher, vítima das circunstâncias. Coitada. Estava mais sozinha e aflita do que eu naquela noite...

Fiquei sem ação. Quer dizer que Max havia se casado com a lívida e azeda Sra. Braun, a anti-Hannah, a ruína de todos os sonhos e, por isso, sua inusitada fonte de paz!

— Fomos felizes. Ela largou o cigarro por minha causa, sabia? Quantos maridos e esposas fariam isso pelo outro? Eu dormia bem, trabalhava bem, levava uma vida tranquila e ainda tivemos um cachorro. As noites não chegavam a ser tórridas, mas ficávamos satisfeitos e depois ainda fazíamos um lanchinho. Biscoitos, maçã, chá. Um dia, resolvemos só fazer o lanchinho. Foi melhor assim.

Ôi vêi, a velhota era Marlene Braun!

— Só casamos no cartório — ressalvou o sapateiro. — Que rabino ia nos casar? Nenhum.

— E Franz?

— Foi deportado para a Alemanha e morreu no navio, que o diabo o carregue.

Custei a acreditar.

— Deixamos o Flamengo em 1958 e nos mudamos para cá porque Marlene tinha problemas para subir escadas. Uma boa mulher, amiga e pacata, que me ajudou na oficina até o último dia.

De Hannah, nenhuma imagem ou recordação. Fiquei inconformado:

— Se o seu verdadeiro nome é Max Goldman, filho de Leon Goldman, por que manteve o nome falso?

— Boa pergunta! — De pé, recolhendo a louça: — Não mudei o nome quando me naturalizei brasileiro. Tinha razões práticas, é claro. Para que arranjar problemas com a polícia?

Na cozinha, Max baixou os olhos marejados, inspirou fundo e sentou num banquinho. Eu tinha tocado num ponto nevrálgico.

— Na verdade, conservei o nome Kutner para homenageá-la, para senti-la perto de mim. — E, se assoando num papel-toalha: — Sabe, rapaz, se o judaísmo tivesse uma versão masculina para as *agunot*... Se existissem os *agunim* ou coisa do gênero, eu seria o primeiro deles. Fui, sou e terei sido um homem acorrentado.

Ficamos em silêncio por um bom tempo.

— Não tentou procurá-la?

Tristíssimo:

— Ela não queria ser achada.

— Marlene sabia de seu sentimento?

— Não falei de Hannah para ela. Aliás, é a primeira vez que falo de Hannah para alguém.

— Sessenta anos calado?

— Bem... quase. Venha comigo.

Max me levou ao seu quarto e apontou a cabeceira.

— Ele nunca me faltou.

Em sépia, um rosto antiquíssimo. Toquei no porta-retratos para conseguir acreditar:

— Shlomo?

Max confirmou com candura:

— *Zêide.*

Tinha a face altiva, a serenidade dos justos. O olhar pairava num confim cheio de fé mas também de angústia. O que Shlomo enxergava?

Sentado na cama:

— Uma vez Marlene perguntou quem era a tal mulher de São Lourenço. Falei que era uma espiã, uma funcionária pública, que eu nem mesmo a conhecia ou teria voltado a vê-la.

— Ela acreditou?

— Claro que não! — Num tom casual: — Nem eu acreditei que Marlene tivesse esquecido de Franz.

Que belo casal, bufei comigo. E Max:

— Marlene e eu sempre mentimos um para o outro, mas nunca fizemos questão de nos enganar. Se o nome disso não é amor, o que é?

* * * * *

Vi Max pela última vez num domingo de verão. O Rio se bronzeava nas praias quando ele me chamou para uma "missão urgente", sem entrar em detalhes. Apareceu na porta do prédio com uma roupa leve e clara, sob um chapeuzinho de abas largas. Antes de entrar no carro, pegou uma pedra no chão:

— Para pôr no túmulo de Fany. Sabe o caminho de Inhaúma?

Ôi vêi, resmunguei com meus botões. Não conhecia aquelas bandas, nem sequer fazia ideia de como chegar lá. Bairros como Inhaúma, Pilares ou Cascadura eram, para mim, um novelo suburbano sem começo nem fim. Que enrascada!

— Vá para o Méier seguindo a linha do trem.

Ah, os velhos e suas manias! Engatei a marcha.

— Como anda o seu romance?

— Muito bem — desconversei.

Não era verdade. A bem dizer, eu não tinha superado a frustração de sabê-lo viúvo de Marlene Braun. Não bastasse, ainda me perguntava se Hannah havia de fato existido. Era ofensivo desconfiar do sapateiro e me sentir ludibriado. Quanto ao romance, não passava de uns esboços engavetados enquanto, através da Internet, eu descobria que um certo William Staub fora coronel da Força Expedicionária Brasileira durante a Segunda Guerra Mundial. Pena que ele estivesse morto há vinte e tantos anos. Descobri, também, que a censura postal do governo durou até 1948, depois de Vargas ter deixado o Catete e concluído sua ditadura. No Museu Judaico, aprendi que as polacas mantiveram uma associação de assistência mútua até 1968, anos antes de sua sinagoga ser derrubada para a construção do metrô, na Praça Onze. Nada havia restado da praça em si, demolida na década de 1940 pelos tratores da Avenida Presidente Vargas. Quinhentos e tantos prédios foram abaixo da Candelária à Cidade Nova, na mira do progresso getulista. Os cacos remanescentes do judaísmo seriam varridos das cercanias, pouco a pouco, até não sobrar mais nada no que, hoje, é um pedaço desfigurado do Rio de Janeiro.

— Quero ser o primeiro a lê-lo! Já tem título?

Traduzindo Hannah, respondi por responder, ligando o rádio para dispersar o assunto. Por que confessar a angústia, a insegurança dos últimos meses? Preferia não dizer que os arquivos oficiais desconheciam qualquer Casa Amarela ou que o Edifício Topázio — realmente situado no Rio Comprido — não tinha mais que seis apartamentos por andar, faltando o 310 onde Hannah teria morado.

Bem que eu podia atribuir à idade as falhas e imprecisões do sapateiro, ou então reconhecer que minha obsessão pelo realismo escamoteava o medo de estrear os trabalhos. Na semana anterior eu tinha fotografado a antiga Delegacia Central, hoje um palácio lúgubre na Rua da Relação, tomado pelo esquecimento a que os malditos são condenados quando perdem o poder. Também tinha navegado a Baía de Guanabara para visitar o cemitério de pássaros, em Paquetá, uma colina poética em cuja entrada perguntei a um perplexo zelador (para não dizer desocupado) se existia algum livro com o nome dos sepultados. Ele ficou me olhando, em silêncio. Logo mais, resolvi ajudar uma criança chorosa a sepultar o que eu supunha ser o seu bichinho de estimação, numa caixa de sapatos, mas que, na verdade, era uma coxa de galinha ensopada com quiabo.

— Já falei para a mamãe que não gosto disso — chiou o moleque.

Em suma, eu só inventava bobagens para adiar o projeto.

Na altura do Norte Shopping, alguém nos mostrou o viaduto para Inhaúma. E o cenário, que já não primava pelos encantos, definhou de vez quando entramos numa rua de mão dupla. À nossa direita, calçadas esburacadas; à esquerda, uma favela. Passamos por prédios horríveis entre carcaças de carros, entulhos e praças baldias. Como chamar aquilo de Cidade Maravilhosa?

Ao meu lado, Max tirava um cochilo. Em seu colo, a pedra de Fany evocava um hábito milenar — e, para mim, misterioso. Eu nunca tinha sabido o porquê de se colocar pedras nos túmulos judaicos.

— Chegamos.

Estacionei perto da entrada do cemitério. Aos bocejos, Max fazia menção de saltar quando lhe segurei o braço:

— Fique aqui, já volto.

Andei uns dez metros, apertando os olhos contra a claridade. Nada, ninguém nas imediações.

Parei diante de um portão de ferro com uma estrela de Davi enferrujada. Estava trancado, enroscado numa corrente de várias voltas. Não adiantava forçá-lo, chamar alguém, buscar a campainha ou coisa parecida. Estalei a língua: e agora? Teria cruzado a cidade à toa? Foi então que me dei conta. E estremeci.

As lápides estavam imundas, as pedras encardidas, algumas rachadas. Um mato grosso e crestado tomava as alamedas, sacudido por ratazanas que corriam entre os túmulos. Num mármore crescia um arbusto bicado por pássaros que sujavam símbolos e inscrições hebraicas. No canto esquerdo, uma casa caía aos pedaços. Noutro canto, um salgueiro sombreava um entulho. De repente, o estouro de um rojão (ou de um tiro) afugentou um bando de urubus lá nos fundos. Não se via um mísero zelador, um alento, tudo era descaso, indigência. Eu me perguntava o porquê daquilo. Havia outros cemitérios na vizinhança — na verdade, as polacas ocupavam um dos lotes num conjunto de cemitérios — e eu poderia buscar ajuda. Mas as chances de êxito eram poucas e a estrela enferrujada prenunciava o espanto que eu causaria por querer entrar onde, por vontade, ninguém parecia ter entrado há décadas. De mais a mais, por que levar Max para um local tão degradado? O que faria o sapateiro, senão sofrer profunda e inutilmente?

Que Fany nos perdoasse, mas decidi poupá-lo; poupar sua pedra, sua saudade. Fazia um calor dos diabos e eu queria ir embora. Mas não sem antes imaginar o cemitério em seu apogeu, as alamedas limpas, as lápides polidas entre os ritos que as polacas oficiavam para se consolar, se honrar e se afirmar. Tentei imaginar os piqueniques, as lágrimas, o suor, a fé naqueles corações sempre empenhados em erguer e manter suas autoestimas, apesar dos pesares. Tentei imaginar a indignação dos patrícios ao ver seus símbolos e credos apropriados por "desregradas" que teimavam em se dizer feitas do mesmo barro que eles.

Fiquei abismado. Será que, nos confins da Praça Onze, não havia uma fagulha de ternura ou compaixão por aquelas mulheres? Será que ninguém desconfiava que a vida não cabe em cartilhas e que o destino é uma nau desgovernada onde só nos resta varrer o convés? Ninguém, ali, desconfiava que o bem e o mal não se atêm a fronteiras doutrinárias e que, em nome de um, muito do outro já se fez? Talvez alguns nem sequer pensassem nisso porque fosse mais fácil se apegar a tradições do que a valores; porque fosse mais fácil acender velas do que se inspirar em sua luz.

Sim, eu estava revoltado. Embora tentasse compreender a Praça Onze a partir de seu contexto, a visão daquele cemitério perpassava todo e qualquer contexto para provar que a injustiça é extemporânea. Ontem, hoje e sempre haverá bodes expiatórios; haverá expurgos e falsas dicotomias pregadas por pessoas que, à falta de algo bom e consistente para repartir, terão como consolo o desprezo àqueles e àquilo que nunca conseguiram ou nem sequer tentaram entender.

Eu finalmente aprendia o quanto homens e feras se parecem ao demarcar seus espaços. Porém, os espaços mais defendidos pelos homens são etéreos, bem ali onde cultivam suas certezas, de onde rosnam para tudo e para todos que os façam entrever o imponderável, que os façam desconfiar que o ápice de seus saberes, seus pontos culminantes, não passam de meras saliências num vale profundo, cercado de montanhas verdadeiramente altas.

Inhaúma me intimava a agir. Em boa hora eu admitia que, em vez de especular se Hannah tinha existido — onde, como, quando? —, o que me competia era, isto sim, fazê-la existir.

* * * * *

Max não estranhou quando lhe sugeri guardar a pedra para outra ocasião.

— Boa ideia. — Foram suas palavras.

Aquilo me deu a impressão de que ele sabia, que tinha planejado tudo e até previsto a minha reação. Seus motivos? Mistério.

Dali a pouco estávamos na Avenida Brasil.

— Aonde vamos? — perguntei casualmente, em direção ao Centro.

Max abriu a janela:

— Qualquer lugar.

Dirigi sem pressa. Olhávamos as indústrias, os galpões, as bordas do caminho. Sentíamos cheiro de poeira, da coisa urbana misturada ao lodo de um canal. As pistas estavam livres e o asfalto ardia à nossa frente. Propus que almoçássemos numa churrascaria no Aterro do Flamengo, ao que ele aceitou. Então contou ter deixado a censura postal em 1940.

— Pedi para sair, não aguentava mais.

O último ano de traduções fora marcado pela expectativa de receber notícias, pela dúvida sobre o que teria acontecido naquele jantar em sua casa.

— Era horrível ver tantas cartas sabendo que Hannah não estava lá... Se é que esteve, um dia.

— Como assim?

Max não respondeu, afagando sua pedra.

Seguimos para o Centro via Canal do Mangue. O sol descorava a paisagem e um termômetro marcava 36 graus em frente à Estação da Leopoldina. Num sopro:

— Nunca perdi a esperança de revê-la.

Virei à esquerda, subimos o viaduto dos Pracinhas e nos deparamos com a Avenida Presidente Vargas. Lá estávamos, naquela enormidade asfaltada, trafegando no que os livros da minha infância descreviam como "a avenida mais larga do mundo". Eu teria acrescentado "e mais feia", também. Depois do prédio dos Correios, o que se viam eram planícies concretadas com uma árvore aqui ou uma mureta acolá — um lugar desumano, para dizer o mínimo. Os tratores de Vargas tinham sido realmente pródigos em rasgar a cidade e espalhar cicatrizes. A mendicância dormia e o Sambódromo se enfeitava para o Carnaval. Passamos por baixo de um viaduto perto do edifício conhecido como "Balança mas não cai". Mais à frente, a torre da Central do Brasil com seu relógio gigantesco.

— Para! Agora!

— Onde?

— Aqui, agora!

Encostei o carro: o que tinha acontecido, meu Deus? Max abriu a porta e saiu andando pelo canteiro central. Não entendi nada! Tranquei o carro e fui atrás. Ele corria e gesticulava, imune aos meus gritos. Parecíamos dois soldados numa marcha aloprada até o homem parar na extremidade do canteiro, entre duas pistas e um cruzamento. Estudou o cenário antes de invadir o asfalto, como que movido por um comando superior, zanzando entre as faixas de trânsito. Parou de novo e estendeu os braços, medindo sabe-se lá o quê antes de dar três passos para a esquerda, recuar um pouco e rodopiar feito um bailarino.

— Aqui!

— Aqui o quê?

Corado pela certeza:

— Minha oficina era aqui.

Fiquei arrepiado. Não se via ninguém, nada num raio considerável. Estávamos num platô inóspito.

— Como você sabe?

— Pelas montanhas.

Atrás de nós havia o Morro da Providência; adiante, o Morro de São Carlos; ao fundo, o Corcovado e o Sumaré.

— Bem-vindo à Rua Visconde de Itaúna — Max sorriu cordialmente. E, me puxando pela mão: — Venha por aqui! Seu Pedro, boa-tarde!

Que Pedro?

— Dona Helena, melhorou?

Que Helena?

— Está vendo aquele ali? — Formou concha com a mão: — É o filho da vizinha... comunista encrenqueiro.

Um carro quase nos atingiu, outro freou bruscamente. Max não arredava o pé do asfalto:

— *Ôi vêi*, por que vêm desfilar logo aqui?

— Quem?

— Os integralistas! Querem nos provocar. Galinhas-verdes, galinhas-verdes! — E saiu correndo para outra pista.

Max tinha endoidado de vez.

— Cuidado, rapaz! Olha o bonde! Ontem mesmo um desavisado se foi. Boa-tarde, seu Heitor! Não, não quero comprar nada. — Bufando para mim: — *Clientelshiks*...

E se enroscou no além, entre os sobrados e as vilas de outrora — "ali é a Federação Sionista, aqui, a sinagoga dos ortodoxos". Euforia:

— Estamos na Rua Senador Eusébio. — E me arrastou com força, dedo em riste: — Neste antro não ponho os pés!

— Por que não?

Esgrimindo a voz, mãos nos quadris:

— E lá sou homem de jogar bilhar? Vivo dos meus sapatos, não tenho tempo para bolinhas coloridas! — Antes que eu reagisse, arregalou os olhos: — Está vendo? É ela!

— Quem, Hannah?

— Não, a Praça Onze! Não vê o coreto, o jardim, o Cinema Centenário? Como está linda, meu Deus! Podaram os jardins, limparam o chafariz!

E avançou, ofegante, saudando fantasmas, contornando o incontornável até se deter repentinamente. Fechou os olhos, esturricado pelo sol do meio-dia. Achei que Max morria à minha frente, mas o que ele fez foi tirar a pedra do bolso, reabrir os olhos e, agachado, colocá-la no chão. Levantou-se, inspirou e me encarou solenemente:

— Aqui jaz a Praça Onze.

Senti outro arrepio. Estávamos num não lugar, num ermo, numa artéria cinzenta; estávamos aonde não se vai, de onde não se vem.

Max suspirou com uma lucidez inequívoca:

— Sabe por que nós, judeus, colocamos pedras nos túmulos ao visitarmos os mortos?

Era o mais sóbrio dos mestres:

— Existem várias versões, mas prefiro a mais simples. É que o nosso povo vivia no deserto e as pessoas eram enterradas em covas que podiam ser descobertas pelos ventos, pelas tempestades de areia. Então, para proteger os mortos e marcar

265

seus túmulos, eram colocadas pedras. Quem passasse por perto fazia uma boa ação colocando mais uma pedra.

A quietude reinava na avenida. Não havia carros nem gente nas redondezas. Braços abertos:

— Está vendo, rapaz? Está vendo o que aconteceu? Os tempos são outros, tudo mudou, mas as pedras continuam nos túmulos.

Max pausava a fala, a voz tranquila. Os idosos têm uma aura sábia e previdente nos ritos fúnebres. São épicos no lidar com aquilo que os jovens ainda aprendem a cultivar — a saudade.

— Está vendo, rapaz? Hoje os cemitérios têm lápides e endereços. Na Europa, os nobres chegam a se enterrar nos quintais de seus castelos. — Fez silêncio, enxugou a testa. — É. Hoje, ninguém precisa de Deus, de pedra, de areia, de nada. Para quê? O homem descobriu como fazer suas próprias tempestades...

Baixei o rosto, para ouvir serenamente:

— E seus desertos.

Glossário

Aliá (hebraico): no sentido moderno, migração para a Terra de Israel.

Ashkenazim (hebraico): judeus procedentes da Europa Ocidental, Central e Oriental.

Bar Mitzvá (hebraico): Filho do Mandamento; cerimônia para a celebração da maioridade religiosa do homem judeu, em seus 13 anos de idade. Plural: *Bar Mitzvot.*

Beth Israel (hebraico): Casa de Israel (do povo de Israel, judeus).

Bnei Israel (hebraico): Filhos de Israel (do povo de Israel, judeus).

Borsht (iídiche): sopa de beterraba, legumes e carne bovina.

Brit Milá (hebraico): circuncisão; literalmente, aliança da circuncisão.

Chanucá (hebraico): Festa das Luzes, que comemora a vitória dos judeus sobre os greco-sírios que tentaram erradicar o judaísmo através da assimilação, entre 167 e 165 a.C.

Clientelshik (iídiche): vendedor ambulante, mascate.

Dreck (iídiche): merda.

Geniza (hebraico): porões ou depósitos nas sinagogas onde são guardados os livros sem uso.

Guevalt (iídiche): exclamação de desespero; forças, poder.

Ghit Iur (iídiche): bom ano; feliz ano-novo judaico.

Gót (iídiche): Deus.

Goyim (iídiche): plural de *goy*; não judeus.

Guefilte fish (iídiche): bolo de peixe recheado, típico de *Pessach*.

Iom Kipur (hebraico): Dia da Expiação ou do Perdão; dia sagrado do judaísmo, quando se pede perdão a Deus pelos pecados cometidos no ano que passou.

Kabalat Shabat (hebraico): véspera do *Shabat*, serviço religioso que introduz o dia sabático, às sextas-feiras à noite.

Kadish (aramaico): oração dos mortos.

Kosher (iídiche): alimento que segue os preceitos dietéticos do judaísmo.

Keren Kayemet LeIsrael (hebraico): Fundo Nacional Judaico; fundo criado para promover o assentamento e desenvolvimento de judeus sionistas na Palestina, visando à fundação do Estado de Israel.

Kurve (iídiche): prostituta.

Le Chaim (hebraico): à vida; saudação usada em brindes.

Matzá (hebraico): pão ázimo, sem fermento, comido pelos judeus em *Pessach*. Plural: *matzot*.

Matzeiva (hebraico): lápide tumular.

Mazel Tov (hebraico): boa sorte; votos de felicitações usados em ocasiões festivas.

Meraglim (hebraico): espiões.

Meshiguene (iídiche): maluco.

Mezuzá (hebraico): amuleto tradicional preso ao batente direito das portas de entrada das casas e dos aposentos, contendo inscrições sagradas que abençoam o local.

Menorá (hebraico): candelabro de sete braços, símbolo tradicional do judaísmo.

Mohel (hebraico): homem encarregado de realizar a circuncisão conforme a tradição judaica.

Ôi (iídiche): oh; palavra que exprime espanto, susto, surpresa, lamentação.

Ôi main Gót (iídiche): oh, meu Deus.

Ôi vêi (iídiche): oh, dor; palavras que exprimem espanto, sofrimento, lamentação (oh, céus; oh, meu Deus).

Parashá (hebraico): porção, pedaço; porção semanal da Torá que é lida nas sinagogas durante o serviço de *Shabat*.

Pessach (hebraico): travessia; festa que comemora o fim da escravidão dos hebreus no Egito.

Pogrom (russo): massacre.

Purim (hebraico): festa que comemora a vitória dos judeus sobre os persas que tentaram exterminá-los no reinado de Ahashverosh (Assuero), há 2.500 anos na Pérsia.

Relief (inglês): alívio; instituição criada para fornecer apoio financeiro e logístico aos judeus recém-chegados ao Brasil na primeira metade do século XX.

Seder (hebraico): jantar comemorativo de *Pessach*.

Sefaradim (hebraico): judeus procedentes dos países ibéricos (ou de toda a região mediterrânea, segundo interpretação extensiva).

Shabat (hebraico): sábado, sétimo dia da semana, dia do descanso sabático.

Shammes (iídiche): serviçal da sinagoga; auxiliar do rabino.

Shaná Tová (hebraico): feliz ano-novo.

Shaná Tová Umetucá (hebraico): feliz e doce ano-novo.

Shemá (hebraico): primeira palavra da oração "*Shemá Israel, Adonai Eloeinu, Adonai Errad*": "Ouça ó Israel, o Senhor é o nosso Deus, o Senhor é único".

Shavuot (hebraico): semanas; festa das semanas (ou Pentecostes).

Shiva (hebraico): sete; primeira etapa do luto judaico, que perdura sete dias a contar do falecimento.

Shleper (iídiche): mendigo, indigente, pobre coitado.

Shloshim (hebraico): trinta; cerimônia celebrada aos trinta dias do falecimento.

Shmuck (iídiche): idiota.

Shofar (hebraico): instrumento sonoro feito com chifre de carneiro.

Sholem (iídiche): paz, saudação (alô, oi); despedida (tchau, adeus).

Shtetl (iídiche): aldeia.

Simhat Torá (hebraico): Alegria da Torá; festa do saber.

Talmud (hebraico): livro de comentários e interpretações sobre a Torá.

Torá (hebraico): instrução; Pentateuco, Cinco Livros de Moisés: Gênese, Êxodo, Levítico, Números e Deuteronômio.

Varênike (iídiche): pastel cozido com recheio de batata.

Zêide (iídiche): avô.

Este livro foi composto na tipologia Electra LH
Regular, em corpo 11/16, e impresso em papel
off-white 80g/m² no Sistema Cameron da
Divisão Gráfica da Distribuidora Record.

era muito ciumento, ninguém podia chegar perto dela. Queria Hannah só para ele. Viajavam nos verões porque ele não suportava o calor e começou a ter problemas no coração. Iam sempre para Teresópolis.

"Mas Kelevsky era, acima de tudo, um fora da lei. Todo mundo sabia que ele podia ser preso ou expulso do Brasil. Por isso ele pagava muito, muito dinheiro para a polícia. Melhor não saber os nomes, Sr. Kutner. Me-lhor-não-sa-ber!

"Pois um dia aconteceu um problema. Parece que uma autoridade, um comissário, sei lá, foi à casa de Kelevsky ameaçando deportar umas vinte polacas porque o passaporte delas já não valia. O homem exigia muito, muito dinheiro. *Ôi vêi*, uma fortuna! Era tanto dinheiro que Kelevsky começou a passar mal. Então Hannah veio socorrer o marido."

Fany aceitou mais um chope.

— Quando o comissário viu Hannah, disse: "É ela que eu quero!" Kelevsky falou que não, nunca, nem pensar. O homem podia exigir qualquer coisa, mais dinheiro, escolher cem mulheres, quem ele quisesse, todas juntas, mas não Hannah. O polícia nem escutou. Queria Hannah, só Hannah. Kelevsky disse que não, jamais, que as polacas se danassem, mas Hannah não! Então foi Hannah quem disse: eu vou. O que Hannah podia fazer? Deixar o polícia deportar as coitadas? Não, claro que não, então ela foi. Ali mesmo, em casa. Kelevsky implorou para ela não ir, mas ela foi.

"Sabe o que aconteceu? O comissário gostou, adorou, e Hannah também, mas quando voltaram para a sala... *Ôi Gót*, Kelevsky estava morto. Morto, morto! — Exultante: — 'Que arda no inferno!'"

— Amigas? Mais que isso. Devo minha vida a Hannah.

— Vida?

— Hannah me tirou do inferno. Hoje sou sua assistente.

— Ela sempre... trabalhou com isso?

Fany bebericou o chope, resignada ao tema:

— Hannah tem uma história diferente, Sr. Kutner. Não foi iludida, seduzida como todas nós. Não morava num *shtetl* nem caiu na conversa do casamento. Viveu com um homem muito poderoso, Artur Kelevsky, não sei se o senhor ouviu falar, um cafetão de marca maior. Conheceram-se na Polônia. Kelevsky era perdidamente apaixonado por Hannah. Per-di-da-men-te! Tenha certeza de uma coisa, Sr. Kutner: ele morreu de amor.

— Como assim?

— Artur Kelevsky tinha sido um grande traficante de peles, se é que me entende, com negócios no mundo inteiro. Mas, como o senhor deve saber, a Zwi Migdal praticamente acabou e foi um deus nos acuda, cada um por si. Kelevsky ainda era rico quando trouxe Hannah para o Brasil. Isso foi em... não sei. Dez anos? Menos, porque já era o Getúlio. Bem, não importa.

"Moravam numa casa em Botafogo, dizem que um lugar lindo. Nunca fui. Kelevsky tinha quatro bordéis no Rio e dois no interior, além de lojas e até casas que ele alugava. Um homem inteligente, com certeza.

"Hannah levava uma vida de princesa. Só usava roupas de costureiro, bons perfumes, chapéus sob medida, e estava sempre nos magazines da Rua do Ouvidor ou na Park Royal. Foi uma das primeiras mulheres a ter carro no Rio! Mas Kelevsky